Désert barbare

Maud Tabachnik

Désert barbare

ROMAN

Albin Michel

COLLECTION « SPÉCIAL SUSPENSE »

L E TERRAIN VAGUE qui précédait les bâtiments industriels était jonché de parpaings, de ferrailles rouillées, d'objets de rebut à l'utilité mal définie. Un vieux tracteur arrivé d'on ne sait où était appuyé contre une barrière défoncée qui donnait sur la rue ; une herbe drue soulevait les plaques de béton de ce qui avait été autrefois un parking.

Les squats les plus proches étaient à une centaine de mètres et les rues adjacentes affichaient une ligne quasi continue de boutiques fermées par des planches ou laissées à l'abandon, donnant au quartier une image de fin du monde.

Frank Peterson, planqué à l'abri d'un bâtiment situé à moyenne distance des hangars, attendait comme ses collègues l'ordre d'attaquer.

Il était là depuis deux heures, les pieds pataugeant dans leur sueur, la chemise et le pantalon collés à la peau. Depuis la veille la température avait atteint trente-huit ; un record pour Boston.

Les huiles poireautaient aussi mais dans des cars climatisés. Ils attendaient les derniers renseignements sur la planque de Jean-François Mercantier, un Haïtien qui avait tout compris au désir d'enfants de l'Occident.

Après le séisme de 2010, Mercantier, qui tenait le

haut du pavé de la pègre haïtienne, avait vite réagi. Le trafic de drogue, l'essentiel jusque-là de son activité, subissait les contrecoups de la catastrophe par la présence envahissante des sauveteurs étrangers qui exerçaient du même coup une surveillance des activités illicites. Homme d'affaires avisé, il avait aussitôt pensé à diversifier son commerce et mis sur pied une filière d'évasion d'enfants à destination des États-Unis.

Il avait acheté à bas prix des enfants aux familles en détresse, récupéré des orphelins, qu'il avait fait transiter depuis La Nouvelle-Orléans à bord de cargos affrétés au Mexique, peu regardants sur les visas d'entrée, et qui accostaient dans les ports de la côte Ouest où les enfants étaient rassemblés avant de repartir en suivant les filières d'adoption.

C'est la découverte de deux petits cadavres à la hauteur du Boston Industrial Park qui avait révélé le pot aux roses et mis les services de police et de Protection de l'enfance sur l'affaire.

Peterson, sentant ses cuisses s'engourdir, changea de position et adressa un petit signe à John Connoly, son partenaire, en planque un peu plus loin.

Malgré ses crampes, la chaleur et l'angoisse avant l'action, Peterson était sur un petit nuage.

Il avait rejoint la brigade du lieutenant Goodman depuis un an. Débarqué de Raleigh, en Caroline du Nord, il avait trouvé un joli studio pas loin du commissariat du 9ᵉ principt et s'estimait déjà très gâté, quand un mois plus tôt il était tombé amoureux fou de la secrétaire d'un suspect qu'il avait interrogé.

Ils étaient plusieurs fois sortis ensemble, et il avait décidé que dès que cette affaire serait bouclée, il rentrerait rapidement chez lui, se doucherait, se changerait (il avait préparé ses vêtements la veille pour ne pas perdre de temps) et l'emmènerait dîner dans un restaurant qui le faisait rêver depuis son arrivée à Boston, et là, il lui proposerait de l'épouser.

Une voix se fit entendre dans son oreillette.

– Vous êtes en position, Connoly et vous ?

– Oui, sergent.

– Préparez-vous à intervenir. Le premier assaut sera donné par les Swat, et la brigade suivra dès que les commandos auront investi… Nous confirmons qu'il n'y a pas d'enfants à l'intérieur.

– D'accord, sergent.

– N'oubliez pas votre gilet, ces hommes sont dangereux.

– Oui, sergent.

Peterson jeta un coup d'œil vers le kevlar qu'il avait posé un peu plus loin. Ce truc pesait pas loin de quatre kilos et le porter par cette chaleur était insupportable.

Il sourit à John qui hocha la tête, et examina les toits des immeubles alentour pour repérer les snipers dissimulés. Le commandement avait décidé pour s'emparer de Mercantier de lancer une opération de grande envergure, mais le quartier habité principalement par des junkies était la meilleure protection du Haïtien qui savait acheter les sympathies.

Peterson entendit la voix de son partenaire.

– Comment tu te sens, p'tit père ?

Peterson leva le pouce dans sa direction en clignant de l'œil. D'humeur égale et serviable, il avait tout de suite été adopté par l'équipe. Le danger l'excitait, il brûlait de montrer à tous de quoi il était capable bien que son chef de corps l'ait déjà mis en garde contre un excès de confiance en soi.

Un avion qui décollait de l'aéroport de Logan passa très bas, et Peterson, distrait par sa course, sursauta en voyant les commandos s'élancer soudain contre les bâtiments où étaient retranchés les voyous.

Il les regarda progresser par bonds, s'abritant derrière chaque obstacle. On tirait des hangars et les balles sifflaient sur les policiers.

Il jeta un coup d'œil vers John, crispé sur son arme, mais qu'il savait concentré et calme, et pensa qu'il avait de la chance de travailler avec lui.

De caractère un peu bourru, Connoly était pourtant un brave type qui lui donnait de bons conseils. Dans un élan irrépressible, Frank lui avait confié avoir rencontré une jeune femme formidable dont il était tombé amoureux et qu'il comptait épouser. Mais devant ses moqueries s'était tu. John venait de divorcer et ce n'était pas le moment de lui prendre la tête avec ce genre de confidences.

Cependant, il était bien décidé à lui demander d'être son garçon d'honneur. Ses parents viendraient avec son frère et sa sœur, peut-être même inviterait-il ses camarades de promotion de Raleigh ; ce n'était pas si loin.

Les commandos s'étaient introduits dans les bâtiments et seuls quelques coups de feu sporadiques retentissaient encore. Peterson jeta un coup d'œil vers John qui, à moitié redressé, attendait l'ordre de foncer.

John mit la main sur son oreillette puis se tourna vers lui en lui désignant l'objectif.

Peterson s'éjecta précipitamment de son abri et courut vers les hangars. Devant lui un commando tomba, aussitôt tiré à l'abri d'un bloc de ciment par ses collègues.

Il entendit la voix de John dans son oreillette sans bien comprendre ce qu'il disait. Il paraissait que loin de se rendre ou d'être réduits, les Haïtiens en remettaient une couche, et Peterson se jeta à plat ventre pendant qu'une rafale s'écrasait à moins d'un mètre de sa tête, faisant voler des bouts de ciment.

Du coin de l'œil, il vit le lieutenant Goodman ramper vers un de ses hommes pris sous le feu.

Puis les tirs cessèrent, et un Swat apparut à une des fenêtres, faisant signe que tout était sous contrôle.

John se redressa et cavala vers les bâtiments, son fusil tenu à deux mains. Peterson lui emboîta le pas et ils arrivèrent en même temps que la section du lieutenant Goodman à une dizaine de mètres des hangars, armes pointées, les nerfs encore secoués.

S'approchant de l'une des portes, il vit que les commandos tenaient trois gangsters en joue et les poussaient à l'extérieur.

Il entendit en même temps dans son oreillette la voix du lieutenant Goodman leur recommandant de couvrir les côtés des bâtiments pour que personne ne s'échappe.

Peterson se dit que si jamais il réussissait à poisser Mercantier, sa célébrité était assurée et Nelly ne pourrait rien lui refuser. Il s'éloigna sur la gauche et avança vers le mur est du bâtiment.

Tournant le coin, il entendit un bruit de verre cassé au-dessus de lui. Il releva la tête, crispé sur son pistolet tendu à bout de bras, et la balle à tête creuse qui l'atteignit passa juste entre, pénétra à la hauteur du sternum, ressortit au niveau de la deuxième dorsale, pulvérisa tout sur son passage, et il tomba au ralenti, comme étonné, comme n'y croyant pas, et personne ne sut ce que fut sa dernière pensée.

TOUS LES FLICS du poste étaient là, sauf un. Mercantier avait réussi à s'échapper, mais ce soir, ce n'était pas leur souci.

Au centre du cercle qu'ils formaient, un bureau était vide. Celui de Frank Peterson, le benjamin. Un grand gars un peu naïf, heureux de vivre, rouquin et bâti comme un bûcheron. Jamais le dernier à rire ou à remplacer un collègue au débotté. Mais ce soir, le gars de Caroline du Nord avait fait son dernier tour de valse.

Le lieutenant Sam Goodman, raide de colère et de dégoût, observait ses hommes en silence. Il n'avait pas dit à Peterson que les voyous tirent sur les flics parce qu'en abattre un fait de vous un héros. Un an de mauvais coups à Boston n'avait apparemment pas suffi à l'aguerrir. Mais Boston n'est pas Raleigh.

Boston, la ville européenne, la ville snob, n'a pas sa pareille pour tromper son monde. Ses belles maisons Nouvelle-Angleterre, ses quartiers rupins, sa Philharmonie, le *Mayflower*, ses familles qui descendent de la vieille Europe et ne s'en sont pas remises cachent la violence et le désordre de trop de quartiers. On peut y vivre toute une vie sans les voir, il suffit de rester à l'abri. Mais gare à ceux qui s'aventurent dans ces lieux de rage et de violence.

12

Goodman se rapprocha du bureau du rouquin et, songeur, pianota sur son sous-main.

– Peut-être qu'il croyait que comme dans les séries les méchants sont toujours punis…, murmura-t-il sans les regarder. Il se tut. Je vous promets, reprit-il en relevant les yeux sur eux, que Mercantier ne l'emportera pas au paradis. Que les tueurs de flics avant d'être des héros en prison passent par la case police.

Les flics ne réagirent pas. Ils avaient les gueules figées et les épaules remontées.

John Connoly, le plus proche de Peterson, leva la main.

– On sait qui est sa petite amie et où elle habite ?

Les poulets se regardèrent, Goodman fronça les sourcils.

– Il avait une petite amie ? Il vous l'avait dit ?

Connoly se leva lentement.

– Il m'en a parlé, je me suis fichu de lui. Il avait l'intention de lui proposer ce soir de l'épouser.

– Et où est-elle ?

– Je ne sais pas.

– Vous avez un nom ?

Connoly baissa la tête.

– Je ne lui ai pas demandé.

– Il ne vous a pas dit où elle travaillait ?

– C'est de ma faute, râla Connoly. Je me disais que ce perdreau allait encore se faire avoir. Que comme les autres elle allait lui casser les pieds s'il n'était pas à sept heures assis à table !…

Les flics hochèrent la tête de connivence. C'est pour cette raison apparemment que la femme de Connoly avait demandé le divorce. Elles voulaient bien épouser des flics mais ils devaient vivre comme des fonctionnaires.

– Comment on va la prévenir ? demanda un des hommes.

Goodman se tourna vers le capitaine Franklin, resté

13

en retrait, et qui haussa les épaules en signe d'ignorance. Un Afro-Américain, toujours un peu complexé vis-à-vis des Blancs. Bon flic, bon chef. Pas assez politique pour grimper plus haut.

– On a prévenu ses parents ? s'inquiéta un autre.

Le plus mauvais moment dans la vie d'un flic. Que ce soit pour un collègue, une victime ou même un truand.

– J'ai appelé les collègues de Raleigh. Je connais le capitaine Timmons, ils vont s'en occuper, soupira Franklin.

Ils n'avaient plus rien à se dire. Le corps que les parents iraient reconnaître reposait chez le légiste avant d'être transporté à la morgue. Puis ce serait l'enterrement avec les policiers de tout le district en grand uniforme, la musique, le maire, tout le tintouin.

Ils ne savaient pas comment partir, n'avaient pas envie de se séparer, de quitter ce qu'ils étaient nombreux à considérer comme leur vrai foyer.

Comment révéler à leurs conjoints qu'un des leurs était encore une fois tombé ? Lire l'inquiétude dans leurs yeux et subir leurs reproches de ne pas laisser choir ce foutu métier, de lui préférer leur famille ?

– Bon, on n'a plus rien à faire ici, lâcha Franklin, rentrez chez vous. On débriefera demain. On est tous crevés.

Comme ils ne bougeaient pas, il agita les mains avec impatience.

– Alors, vous n'avez pas entendu ce que j'ai dit ?

L A RELATIVE FRAÎCHEUR DU SOIR incitait les Bosto-
niens à envahir les espaces verts et les terrasses de
café.

Sam Goodman marchait sur Beacon Street, perdu
dans ses pensées lugubres et sa colère. Que s'était-il
passé ? Où cela avait-il merdé ?

Le salopard qui avait descendu Peterson s'était
rendu les mains au-dessus de la tête en suppliant de
l'épargner. Pourquoi ce putain de négro, même pas
haïtien, avait-il tiré sur un flic alors que l'affaire était
déjà pliée ? Ce connard aurait fait au plus quelques
années de tôle, et au lieu de ça il crèverait derrière les
barreaux.

Épuisé, Goodman arrêta un taxi pour rentrer chez
lui, mais ne tenant pas en place il le fit arrêter trois
blocs avant.

Il habitait dans un quartier chic et cher une maison
de Bostonien privilégié. Avec un bow-window, une
façade en bardeaux gris tourterelle percée de fenêtres
cintrées laquées blanc, un toit d'ardoises en surplomb
d'un bout de pelouse où un cerisier se battait pour
survivre.

Sa mère l'avait beaucoup gâté et son beau-père lui
avait laissé un joli héritage. Elle s'époumonait à lui
asséner qu'il n'avait pas besoin d'être flic pour vivre.

Elle lui martelait qu'avec son doctorat en droit et ses certificats de droit pénal, il pourrait s'associer dans n'importe quel cabinet d'avocats, dîner avec de riches clients et enfin trouver une femme qui le rendrait heureux.

Il marchait sans rien voir autour de lui, avec l'envie d'engueuler ces gens qu'il croisait, la mine béate, indifférents à ce qui venait d'arriver.

Ce con de Peterson avait cru qu'il fallait mourir pour eux ! Il y avait laissé sa putain de vie pour qu'ils puissent se balader dans leur putain de quartier de luxe sans se faire assassiner par des putains de Mercantier. Les mêmes prêts à porter plainte s'ils l'avaient vu arrêter un peu rudement un salopard.

Mais il était aussi con que Peterson. Combien de fois n'avait-il pas lui aussi risqué sa vie ? Et pourquoi la balle qui avait abattu Peterson ne l'avait-elle pas visé, lui ? Est-ce qu'une balle choisit celui qu'elle va tuer ?

Il aperçut la supérette coréenne de Lee Myung Rhe qui dépannait trop souvent ses dîners solitaires, poussa la porte et se retrouva dans le dos de deux grands Blacks dont l'un tenait en joue Lee Myung, son épouse dont il n'avait jamais pu retenir le nom et leur fils Sygman.

Le complice poussa un cri d'alarme, et Goodman se retrouva face au canon d'un 357 nickelé coincé entre deux mains taillées comme des assiettes.

En un éclair il enregistra la mort annoncée par l'index sur la détente, trébucha, tomba, pendant que dégringolait derrière lui la glace fracassée par la balle.

Il roula sur lui-même, arracha son 38 de son étui, tira sans viser, hurla, se tortilla pour se mettre à l'abri, tandis que le grand Black s'écroulait dans une avalanche de boîtes de conserve, d'étagères, de bouteilles qui éclatèrent sur le carrelage, que les hurlements de tous se mêlaient à la cacophonie. Il vit sans compren-

16

dre les gens courir dans la rue, crut être mort parce qu'il n'entendait plus rien, regarda pleurer l'autre voyou penché sur le cadavre de son copain qui se vidait sur le sol, releva la tête vers les trois Coréens pétrifiés. Pissa, vomit, frappa le sol de son arme comme un dingue.

ROBERT BROCK, l'avocat du syndicat, était assis sur le côté, le capitaine Franklin derrière son bureau et les deux inspecteurs des Affaires internes sur des chaises contre le mur.

Sam s'avança et resta debout, faute de chaise. Un des inspecteurs se leva.

– Vous voulez vous asseoir ? Sam refusa d'un signe. Je m'appelle Cartraigh, et voici mon collègue, l'inspecteur Benson.

Ils étaient aussi incolores l'un que l'autre, sinon que Cartraigh était asiatique.

Ce dernier fit le tour du bureau de Franklin et prit un dossier qu'il ouvrit.

– J'ai là le rapport de l'officier Terranova qui est arrivé sur les lieux après la fusillade. Il y dit qu'il vous a trouvé au sol près du cadavre de Gil Ranson, en présence de l'ami de celui-ci, Tony Baylot, et des propriétaires de l'épicerie, la famille Lee Myung Rhe. Il releva la tête. Vous êtes d'accord ?

Sam acquiesça. Il n'avait pas dormi de la nuit, revoyant inlassablement la mort de l'inspecteur Peterson et cherchant où était la faute.

Connoly l'avait appelé à deux heures :
– Excusez-moi, je vous réveille, lieutenant ?

Il attendit un moment avant que Connoly, dont il entendait le souffle précipité, se décide à parler.

– Frank m'avait dit qu'après l'opération Mercantier il avait rendez-vous avec son amie chez elle pour l'emmener au restaurant...

Il attendit encore. Connoly ne l'appelait pas au milieu de la nuit pour ce genre d'info.

– Vous savez à quoi je pense ? Je pense qu'elle a dû l'attendre toute la soirée sans savoir ce qui s'est passé !

Sam avait à cet instant nettement perçu un sanglot dans la voix de Connoly.

– Normal, on ne donne jamais les noms des victimes à la télé avant que les familles soient prévenues...

– Elle ne sait pas qu'il est mort !

Sam laissa Connoly se reprendre, puis :

– Calmez-vous. Je sais combien c'est dur de perdre son partenaire... Nous verrons demain le capitaine, vous avez besoin d'être aidé.

– Ce n'est pas moi qui ai besoin d'être aidé ! C'est cette fille dont je n'ai même pas demandé le nom ! Il a dû croire que je m'en foutais ou que j'étais jaloux, ou que je le prenais pas au sérieux !

– Connoly, vous n'avez rien à vous reprocher. Peterson savait en entrant dans la police ce qu'il risquait. Il a pris tout seul l'initiative de s'éloigner.

– Merde, lieutenant ! Il avait vingt-trois ans ! Il pétait de joie en pensant à cette fille, et je ne sais même pas qui c'est !

Il raccrocha brutalement et Sam resta un moment l'écouteur à la main.

Connoly n'avait même pas fait allusion à la fusillade chez le Coréen. Pourtant il avait dû en entendre parler. Tous les flics de la ville avaient dû en entendre parler. Tous les flics de la ville devaient se demander ce qui allait leur tomber sur le dos après qu'un flic blanc eut tué un Noir.

Et pourtant Connoly n'avait pensé qu'à la petite amie de Peterson qui l'avait sans doute attendu toute la nuit.

Savait-elle maintenant qu'il était mort ? Sam hésita et finir par appeler son commissariat.

– Allô, ici le lieutenant Goodman, qui est de permanence ?

Le gars à l'autre bout eut un instant de flottement, et Sam savait pourquoi. Tant que l'enquête ne le dédouanerait pas, les flics seraient mal à l'aise. Les émeutes de Los Angeles étaient dans tous les esprits.

– Agnello, lieutenant... Je vous le passe ?

– Oui.

La fille avait appelé. À une heure du matin. Agnello lui avait demandé de bien vouloir passer au poste le lendemain matin. Qu'il ne pouvait pas lui répondre comme ça. Elle avait insisté, mais il n'avait pas cédé. Elle avait demandé s'il était arrivé quelque chose à Peterson, Agnello lui avait répondu d'aller voir le capitaine Franklin.

Vers sept heures, Sam se prépara et marcha jusqu'au carrefour de Charles et Beacon Street. Il entra dans une cafétéria et avala un double café.

Son cerveau tournait en rond. Lui aussi, la pensée de l'amie de Peterson ne le quittait pas. Il l'imaginait attendant chez elle, nerveuse, sachant parfaitement avec cette prescience qu'ont les femmes ce que Frank allait lui demander. Puis au fur et à mesure que le temps passait et qu'il ne se manifestait pas, pensant qu'il se dérobait, qu'il la lâchait. Et elle pleurait ou se mettait en colère, mais dans tous les cas souffrait de ce qu'elle croyait être une trahison.

Le bus pour son commissariat passa et il le prit. Franklin l'avait prévenu que les AI venaient à neuf heures. Dans cette affaire, personne ne voulait perdre de temps.

Deux affaires. Un flic blanc tué par un truand noir, un truand noir tué par un flic blanc. Les gens y verraient-ils une guerre interraciale ?

Et lui ? Lui, Sam Goodman, qui avait toujours prétendu à qui voulait l'entendre que le racisme était un crime, qu'il n'y avait pas de race inférieure ou supérieure mais des individus plus ou moins bons, plus ou moins malins, plus ou moins loyaux, et qu'être un assassin ou un juste ne dépendait pas d'une origine ou d'une couleur mais de la nature de chacun, était-il certain, au tréfonds de sa conscience, que ce soir, en débarquant dans l'épicerie et en voyant les deux Noirs braquer les Coréens il aurait tiré si le braqueur avait été un Blanc ? Ou aurait-il tenté de le raisonner, le désarmer ? N'était-il pas parti avec ce préjugé que le Noir, parce qu'un Noir avait abattu un de ses hommes, que le Noir est naturellement violent et raciste, et qu'un Noir ne peut que tuer ? Il s'était cent mille fois posé la question au long de sa carrière sans vraiment se répondre.

Mais en réalité aujourd'hui il s'en foutait. Il était trop fatigué. Son téléphone sonna dans sa poche. Il reconnut le numéro de sa mère et coupa la sonnerie. Elle écoutait la radio depuis six heures tous les matins. Elle savait.

– Nous n'avons évidemment pas encore votre rapport, lieutenant, continua Cartraigh, mais je serais désireux de le lire demain, qu'en pensez-vous ?

Sam acquiesça. S'ils savaient, ces guignols, comme il se foutait de leur désir. Brock leva la main.

– Inspecteur... Cartraigh ? fit-il semblant de déchiffrer sur une fiche qu'il avait sortie de sa poche. Le lieutenant Goodman a perdu hier, lors d'une opération où il a risqué sa vie pour mettre un de ses inspecteurs à l'abri d'un feu nourri, un de ses hommes. Et comme si ça ne suffisait pas, il a été une heure plus

tard à deux doigts d'être tué par un truand qui menaçait d'honnêtes commerçants. Ne croyez-vous pas que
la plus infime compassion que l'on puisse avoir pour
un policier courageux serait de remettre à plus tard
ce genre d'exercice ?

Celui qui s'appelait Benson voulut intervenir, mais
l'avocat continua.

– ... D'autant que le truand, connu des services de
police, n'a pas hésité à tirer le premier alors que le
lieutenant Goodman ne le menaçait pas.

Cartraigh grimaça un sourire, ce qui creusa davantage les rides dont son visage était tailladé.

– Nous n'en sommes pas au jugement préliminaire,
maître. Nous voulons seulement savoir ce qui s'est
réellement passé dans cette épicerie.

– Mais vous le savez. L'officier Terranova vous l'a
dit, et j'imagine que les épiciers ont confirmé.

Cartraigh hocha la tête et pinça les lèvres d'un air
embêté.

– Justement. Les épiciers ont été interrogés par un
autre officier dont j'ai là le rapport. Peter Lang, le
partenaire de Terranova. Ils disent ne pas avoir vu ce
qui s'est passé.

– On peut les comprendre, ils étaient terrorisés. Si
le lieutenant Goodman n'était pas intervenu, sûrement qu'à l'heure actuelle ils seraient morts.

Goodman croisa le regard de Franklin. Le capitaine
n'avait pas dû dormir beaucoup lui non plus. Ses vêtements froissés indiquaient qu'il s'était allongé tout
habillé. Derrière son bureau un cagibi renfermait un
lit de camp pour les soirs où il ne pouvait pas rentrer
chez lui. Il était célibataire et ça ne le gênait pas de
dormir dans ce qui était son vrai chez-soi.

L'un et l'autre suivaient la joute de l'avocat et de
l'inspecteur, mais Sam était sans nul doute le moins
intéressé.

Il venait de réaliser qu'il avait échappé par deux

fois à la mort. Cette journée du 9 était probablement une des pires qu'il ait jamais vécues, s'il exceptait celle où Julia était morte.

Cartraigh le regarda de côté.

– Ce qui nous gêne, lieutenant, c'est que Ronson vous ait visé d'après vous à bout portant, et qu'il vous ait manqué.

Sam soupira.

– Je ferai mieux la prochaine fois.

Cartraigh eut un sourire forcé.

– Ne vous méprenez pas, lieutenant, nous sommes ravis que vous soyez vivant.

– C'est gentil à vous.

– Vous ne voulez vraiment pas vous asseoir ?

Il secoua la tête.

L'autre inspecteur des AI, vexé d'être laissé à l'écart, intervint sèchement :

– Nous n'avons pas besoin d'une guerre entre Blancs et Noirs, lieutenant. Nous n'avons pas besoin d'un flic blanc qui descend un truand noir de plusieurs balles. Nous voudrions juste comprendre, mon collègue et moi, pourquoi ce Ronson, qui entre parenthèses n'était pas connu de nos services comme tueur mais comme dealer et consommateur de substances illicites, vous a tiré dessus, alors qu'il lui suffisait, puisqu'il vous tenait en joue d'après ce que vous avez déclaré à l'officier Terranova, de vous neutraliser...

Sam lui lança un regard dénué d'expression.

– Ronson était chargé, lâcha-t-il. Chargé ou en manque, je ne sais pas. Mais dans les deux cas vous savez parfaitement que la raison leur échappe.

– Et vous, lieutenant, veniez de subir un stress intense. Une action de police à haut risque pendant laquelle un de vos inspecteurs a été abattu par un Noir.

– Le stress fait partie du métier. Pas de se faire braquer sans réagir par un truand qui vous tire dessus.

– Vous êtes-vous identifié quand il vous a braqué ?

– Inspecteur..., intervint vivement l'avocat.

Mais Sam le fit taire d'un geste, regarda fixement Benson, et soudain tira son arme et la braqua sur lui. Il y eut un moment de stupeur et Benson trébucha contre la table en reculant instinctivement.

– Voilà comment ça s'est passé, dit-il, dents serrées. À part que Ronson n'a pas eu à sortir son arme puisqu'il l'avait déjà en main.

Benson éclata en injures contre Sam et voulut se précipiter sur lui. Son collègue le retint in extremis puis se tourna vers Sam qui avait entre-temps rengainé.

– Ce n'est pas ce qu'il y a de meilleur pour votre défense, grinça Cartraigh qui avait du mal à maîtriser son collègue, fou de rage.

– J'ai simplement voulu faire une reconstitution, répliqua Sam. Il y a longtemps que vous n'êtes plus sur le terrain ? demanda-t-il nonchalamment à Benson. Ou y avez-vous jamais été ?

– Allez vous faire foutre !

– Bien, dit Cartragh en lâchant son collègue. Je crois que nous en resterons là pour aujourd'hui. Trop de nerfs. Trop d'émotions. Mauvais pour l'objectivité. L'inspecteur Benson et moi allons retourner interroger les épiciers et le complice de Ranson. Il se tourna vers Franklin. Où a été incarcéré Tony Baylot ?

– À Ryckert.

– Je vous demanderais de ne pas faire de déclaration à la presse, lieutenant, et vous non plus capitaine, si vous me le permettez. Nos services enverront une note aux principaux journaux indiquant que l'enquête se poursuit mais que dans l'état actuel des choses, nous ne pouvons pas nous prononcer, si ce n'est que d'après les premières constatations et les témoignages, il semblerait que le lieutenant ait agi en état de légitime défense. Baylot a vu un avocat ?

– Bien sûr. Pour une histoire comme ça, on ne manque pas d'amateurs, répondit Franklin en hochant la tête en direction de Brock. Excusez-moi, maître, ne le prenez pas en mauvaise part.

Mais l'avocat ne prenait rien du tout en mauvaise part. Une partie de son job était de défendre les flics, un boulot pas commode et mal payé, à part que sur ce coup le capitaine avait raison, ce serait une histoire médiatique. Bien que Boston ne soit pas Los Angeles, un flic blanc qui descendait un Noir, les journaux allaient adorer.

Brock était au syndicat de la police parce que son père avait été inspecteur principal à la police de Boston, et comme il l'avait déçu en ne suivant pas ses traces, il s'était résolu à défendre ses collègues. Il rangea ses fiches dans sa serviette, se leva, sourit à Goodman.

– Ne vous en faites pas, lieutenant, on va vous en sortir.

Du ton d'un toubib annonçant à un patient qu'il a une chance sur deux de survivre.

– Vous êtes relevé de vos fonctions le temps de l'enquête, lieutenant Goodman, veuillez laisser à votre capitaine votre plaque et votre arme. Et prenez immédiatement rendez-vous avec un psychologue de la police. Messieurs, on se tient au courant.

Les deux inspecteurs prirent congé et sortirent, accompagnés de l'avocat. Franklin et Goodman les regardèrent partir sans un mot.

– Comment vous vous sentez ? interrogea Franklin.

– Je ne me sens pas. Quand a été prévu l'enterrement de Peterson ?

Franklin leva la main dans un geste évasif.

– Lorsque l'autopsie sera terminée. Ses parents arrivent cet après-midi. À mon avis ils voudront emporter le corps. Très con ce que vous avez fait à Benson, marmonna-t-il.

– Et sa petite amie ?

Franklin entreprit de ranger ses stylos.

– Vous avez entendu ce que j'ai dit ?

– Oui. De toute façon ils m'auraient suspendu.

– Peut-être. Allez voir un psy.

– Je veux continuer sur l'affaire Mercantier.

– Sans plaque et sans arme ?

– Avez-vous vu la fiancée de Peterson ? redemanda Sam.

– Elle est venue à sept heures, elle m'a attendu, j'étais sorti prendre un jus. Mais elle avait compris. C'est une chouette fille, Peterson avait tiré le bon numéro. Elle va revenir cet après-midi pour rencontrer ses parents.

Il se leva brutalement, tapa du plat de la main sur son bureau, fixa Goodman.

– Putain ! Quand c'est que ça va s'arrêter !

– Quoi ?

– Toute cette merde !

IL ÉTAIT UNE FOIS trois garçons qui étaient nés et vécurent jusqu'à ce qu'ils s'en échappent dans un bled paumé au milieu de nulle part, une espèce de trou à rats où survivaient une douzaine de familles.

Hubbard, l'aîné, et son cousin Jasper, d'un an son cadet, étaient issus de foyers monoparentaux, ce qui était un terme alléchant et prétentieux si l'on considérait leurs génitrices respectives, soûles la plupart du temps. Leur copain Timor avait ses deux parents, ce qui multipliait simplement par deux les bouteilles d'alcool de bois qui entraient chez eux.

Il n'y avait dans ce bled surchauffé, planté comme un furoncle au milieu des plaines qui n'en finissaient plus et à cheval sur deux routes, ni école, ni épicerie, ni pharmacie, ni n'importe quoi d'autre qui facilite la vie des autochtones.

Un bus scolaire hasardeux ramassait ceux qu'intéressaient les bases du savoir, ce qui n'était pas vraiment le cas de nos trois lascars qui leur préféraient l'apprentissage de la vraie vie qu'ils entamèrent, dès qu'ils eurent l'âge de marcher sans qu'on leur tienne la main, par le braconnage dans la forêt toute proche dont ils connaissaient chaque sentier grâce aux nombreux pièges qu'ils posaient. Le produit de leur chasse illicite enrichissait les tables du voisinage, leur permettant de se constituer un pécule qu'ils dépensaient avec les drôles de Longstone, le village distant d'une quinzaine de kilomètres où l'on trouvait, le long d'une unique rue, ce dont avaient à peu près besoin les habitants de ce comté d'Arthur, dans le Nebraska, un des plus pauvres de la région.

Quand ils atteignirent l'adolescence, nos pieds nickelés diversifièrent leurs sources de revenus en volant, rackettant, et au besoin en molestant leurs concitoyens. Ce qui leur valut leur première condamnation.

Hubbard, le malin, s'en tira avec deux mois de mise à l'épreuve, après avoir proposé son concours aux policiers pour arrêter les membres d'une bande rivale, tandis que Jasper et Timor s'en prenaient six.

De nouveau réunis, Hubbard, l'ambitieux, leur proposa puisque aucun d'eux n'était encore majeur de s'attaquer à un plus gros gibier. Et une nuit, ils investirent le bureau de poste.

Ils en ressortirent avec le produit des mandats, dégotté sans peine dans un bureau fermé par une serrure qui leur résista le temps d'un soupir, et des bons du Trésor. Le tout pour une somme de 5 000 dollars. Éblouis, mais ignorant ce qu'étaient des bons du Trésor, ils s'en débarrassèrent, ne gardant que le liquide, soit 3 500 dollars qu'ils se partagèrent d'une façon non équitable : 2 500 pour Hubbard, le cerveau, et le reste pour les autres.

Hubbard, en homme d'affaires avisé, décida que désormais le tiers de chaque somme irait dans une cagnotte qui leur permettrait plus tard de se tirer. Et comme il était clair que tout ce qu'entreprenait Hubbard s'avérait positif, Jasper et Timor acceptèrent avec enthousiasme une proposition de leur aîné d'attaquer la caisse d'épargne locale.

Comme dans les films, ils découpèrent des collants de femme dont ils se coiffèrent, piquèrent dans une ferme isolée deux fusils de chasse, et entrèrent un matin à neuf heures dans la succursale de la caisse.

Une salle carrelée d'une trentaine de mètres carrés éclairée par une vitrine d'un mètre sur deux, un comptoir où officiaient deux employées, une à la caisse et l'autre aux documents, leur chef assis derrière dans un bureau vitré, la comptable coincée dans une espèce de cagibi aussi étriqué qu'elle constituaient la brigade financière de Longstone.

– Les mains en l'air, bande de tarés ! hurla Hubbard de sous son bas, tandis que Timor, qui tremblait comme un fil de soie dans le vent, s'avançait trop vite vers la caisse que la préposée achevait à peine d'ouvrir, et que Jasper, qui s'étouffait sous son masque, se figeait, fusil braqué dans la position du tueur impitoyable qu'il avait reluquée des centaines de fois à la télé.

Il y eut un vrai moment de flottement chez les banquiers. La caissière, femme mûre habituée aux vicissitudes de la vie, s'immobilisa, le visage tendu. La préposée administrative laissa échapper un cri de femme surprise. Le chef, épais de ventre et de nuque, se retourna d'un bloc en levant bien haut les mains, et la comptable se recroquevilla davantage dans son terrier, prête à plonger dans un tiroir.

– Putain, la caisse ! hurla Hubbard que son ventre vissé de trouille encourageait à précipiter les choses.

La préposée agita les mains dans un mouvement qu'Hubbard prit pour un geste de mauvaise volonté, et appuyant bêtement sur une des deux détentes de son fusil, il lâcha malgré lui un pruneau qui alla se ficher dans le mur.

Cette balle eut pour effet de tirer chacun de sa stupeur. Timor accéléra vers le comptoir sans se souvenir exactement où se trouvait la fameuse caisse, Jasper d'instinct recula vers la porte, et Hubbard se pétrifia sous le bruit de la détonation.

À ce moment la porte de la banque qui ne s'était ouverte ce matin-là que devant le trio s'ouvrit une nouvelle fois pour laisser le passage au... chef de la police. Qui après un moment de désarroi et de stupeur reprit ses esprits, subodorant immédiatement qui se cachait, si mal, sous le nylon quasi transparent.

– Lâchez vos armes, bande de connards ! rugit-il en désarmant Jasper en moins de temps qu'il n'en faut pour l'écrire, puis il intima l'ordre à Timor de se mettre à quatre pattes, et à Hubbard de poser son fusil avant qu'il ne lui en expédie une.

Hubbard, mouillé de la tête aux pieds de sueur profuse, hésita, conscient qu'il perdait à cet instant un statut qu'il ne retrouverait peut-être pas de sitôt. Cependant, haussant ostensiblement les épaules pour affirmer son indépendance, il déposa son fusil à terre.

L'épais directeur de la caisse abaissa vivement les mains et se précipita vers le policier en tentant au passage de frapper Hubbard. Mais l'ado, plus vif, lui décocha un méchant coup de pied.

Dans la confusion qui suivit, le policier faillit perdre le contrôle de la situation en même temps que sa maîtrise, et envoya valdinguer le dirlo d'une virile bourrade.

– Bordel ! Vous allez vous tenir peinards, merde !

Il était neuf heures et demie et les premiers clients arrivaient.

Un couple de retraités, M. et Mme Diaz, se figèrent sur le pas de la porte. Mais se reprirent, tout au moins M. Diaz, ancien garde-frontière, qui jugeant la situation difficile pour le policier entreprit de tordre le bras de Timor qui ne demandait rien. Le jeune homme glissa à plat ventre en gémissant et M. Diaz resserra sa prise.

– Lâchez-le ! hurla le policier.

– Mais…, commença M. Diaz.

– Mais rien du tout ! Lâchez-le ! Il se tourna vers la

caissière. Madame Fernandez, appelez s'il vous plaît le poste, qu'il m'envoie du renfort immédiatement, et fermez-moi cette putain de porte !

C'est ainsi que Hubbard, Jasper et Timor firent leur entrée dans le grand banditisme.

Hubbard se prit trois ans ferme pour agression à main armée et tentative d'homicide, bien qu'il lui manque six mois pour atteindre sa majorité, et Jasper et Timor deux ans, dont un avec sursis pour complicité.

Quand Hubbard ressortit après un an et demi d'incarcération à la prison du comté, il retrouva ses deux amis et put prendre avec eux, grâce à sa prévoyance, le car pour ailleurs où il leur affirma qu'il y avait un putain de blé à se goinfrer.

F OX FIT UN TOUR COMPLET sur lui-même et embrassa l'horizon d'un seul regard. Aussi loin que ses yeux portaient, ils ne rencontraient qu'étendues sableuses, rocailleuses, hérissées de cactus saguaros, pour certains hauts de quinze mètres, chandeliers de métal vert-de-gris au pied desquels se traînaient d'autres cactées, tordues comme des nids de vipère, piquetées de bouquets de boutons rouges qui ressemblaient à des langues.

À l'ouest, avant que le soleil meurtrier s'abîme, à l'heure où le feu du jour cède au froid glacial de la nuit, il pouvait apercevoir, très loin, des collines arides comme des semelles de botte.

Il avait débarqué là une fin de jour, crachant le sable par tous ses orifices, écrasant l'accélérateur de sa vieille Ford qui refusait d'aller plus loin, la maudissant, l'insultant au-delà de l'imaginable.

Elle s'était quand même arrêtée d'un coup, en soufflant comme un vieil âne moribond, et relevant les yeux, il vit qu'il était arrivé devant une cahute, un tas de planches, un puzzle de bouts de bois percés d'une vague porte suspendue par un seul gond, éclairée d'une lucarne, presque au ras du sable, censée vouloir être une fenêtre, et à sa droite, un préau, ou ce qu'il en restait, avec son toit affaissé d'un seul côté comme un béret posé de travers.

Mais ce qu'il remarqua, là où il en était, à bout de soif et de souffle, ce fut la margelle d'un puits, avec, suspendu à une poulie branlante, un seau qui se balançait en grinçant. Et un puits dans cet univers représentait la vie.

Il mit pied à terre comme un cow-boy glisse de son cheval. C'était un homme petit et maigre, avec de longs cheveux emmêlés, une barbe sombre qui lui mangeait la figure, et des yeux noirs comme le fond du ciel, perçants comme des pics à glace, fixes et brillants qui vous fouillaient à vous racler les os.

Le premier soir, il coucha dans sa voiture, craignant d'entrer dans la cabane dont, même de la porte, il ne pouvait voir l'intérieur, tant la nuit était noire, et qu'il imaginait remplie de serpents. Mais quand le jour apparut d'un coup, comme un clown bigarré, il s'y aventura, tapant le sol du talon de sa botte, sachant que les serpents sont sourds comme des pots et ne réagissent qu'aux vibrations.

Il resta un moment sur le seuil, épiant ce qui pouvait se cacher dans les recoins, mais ce furent ses oreilles qui le prévinrent. Un bruit de crécelle, des frottements d'écailles sèches comme l'amadou, l'air dérangé par de lents mouvements.

Il revint en courant vers sa voiture et prit sa Winchester Long Trac de calibre 7×64 qu'il avait gagnée à un poivrot complètement cuité qui l'avait défié au bras de fer, la chargea avec des balles Starfire, les dernières que Winchester avait fabriquées avant l'interdiction, sortes de frelons aux pointes de métal repliées comme des griffes que le soûlard conservait comme un trésor et que Fox avait dû lui arracher, et retourna vers la baraque.

Fox avait l'habitude des serpents depuis qu'il errait dans le désert, mais il n'avait jamais pu se défaire d'un frisson de peur mêlé de dégoût devant leurs gueules triangulaires qu'ils ouvraient en sifflant sur leurs crochets monstrueux.

Il se posta à l'entrée, laissant ses yeux s'habituer à l'obscurité, et il le vit, ou plutôt, *les* vit. Deux crotales avec des corps épais comme des bras d'homme, la queue relevée agitant leur crécelle, leur cou puissant, dressé, supportant leur tête aplatie qu'ils balançaient d'avant en arrière dans un va-et-vient chargé de menaces.

Fox jura et recula malgré lui, le fusil dressé vers eux, se disant qu'il pourrait peut-être en tuer un mais pas deux, qu'en tout cas le deuxième aurait sa chance, et qu'ils avaient de si grandes gueules qu'ils pourraient même percer sa botte.

Ils se regardaient tous les trois, la mort entre eux, la poussière du sol se soulevant par saccades, l'index de Fox caressant la détente, hésitant à tirer, pendant que la paume de sa main se mouillait et que sa gorge se desséchait.

Et puis il tira, mais tellement maladroitement, tellement à la n'importe comment que les balles allèrent se ficher n'importe où, faisant juste dégringoler quelques bouts de bois qui tenaient on ne sait comment ni pourquoi, et qu'il trébucha, autant à cause du recul du fusil que de sa frousse, ce qui le sauva parce que les crotales en profitèrent pour se faufiler dehors en rampant comme des fous se mettre à l'abri de ce dingue qui les canardait, les sillons de leurs corps musculeux s'imprimant jusque sous les maigres arbustes pour disparaître plus loin dans le sable.

Il fit exprès en entrant un vacarme effrayant, mais aucune autre créature vivante, à part la vermine, ne semblait y avoir pris ses quartiers.

Dans un coin, un sommier métallique recouvert d'une paillasse pourrie indiquait que quelqu'un avait un jour dormi là. Ailleurs, un réchaud supportait encore une casserole rouillée, et sur des étagères improbables, quelques gamelles noires voisinaient avec deux ou trois paires de couverts.

Il fit l'inspection complète de cette pièce qui devait mesurer une quinzaine de mètres carrés, et sur laquelle s'en ouvrait une seconde, plus grande, au sol également goudronné, donnant à l'est, renfermant celle-ci un évier en pierre alors que le réchaud était dans l'autre pièce, comme si on avait voulu séparer la cuisine du cabinet de toilette.

Il soupira devant l'ampleur de la tâche qui l'attendait, parce qu'il avait déjà résolu de faire de cette cabane son home sweet home, une position de repli et de secret comme il les aimait.

Les deux premiers jours il se servit de l'eau qu'il avait prise dans le dernier village traversé et dormit encore dans sa voiture. Il se fit un feu qu'il alimenta de planches trouvées sous le préau et entreprit de nettoyer la cabane. Il brûla la paillasse du sommier et mit à la place son sac de couchage. Il nettoya les ustensiles de cuisine avec du sable et balaya les sols avec des tiges d'ocotillo.

Puis il résolut de s'attaquer au puits, mais pour ce faire il fallait y descendre, et un coup d'œil lui renvoya un trou noir sans fond. Il grimaça, s'alluma une cigarette et réfléchit, le cul sur la margelle, les yeux perdus sur le sable rouge où l'air était si chaud qu'il vibrait.

Il hésita presque une heure, puis avec un soupir alla chercher une solide corde dans la camionnette, qu'il fixa à la ferraille au-dessus du puits. Il l'arrima solidement, tira dessus plusieurs fois de toutes ses forces. L'arceau tremblait mais paraissait assez résistant.

Il se servit du seau rouillé comme marchepied et se laissa doucement descendre le long de la corde. Plus il s'enfonçait, plus l'odeur de vase devenait forte. Il se repoussait du pied de la paroi visqueuse d'herbes, évitait de faire tournoyer la corde pour ne pas imprimer trop de secousses au trépied qui la supportait. S'il se rompait ou si la corde se détachait, il irait se ramasser tout en bas, dans cet entonnoir sans lumière, et y crèverait en gueulant sa mort.

Son pied effleura la surface de l'eau. Il l'agita avec précaution, hanté qu'il puisse en surgir une créature des ténèbres, se maudissant de son imprudence, pris d'une soudaine frayeur qu'il ne contrôlait pas, réalisant, effaré, la distance vertigineuse qui le séparait du jour.

Il se cramponna, les doigts gourds, ferma les yeux pour se reprendre, s'obligea à ralentir son souffle, s'aperçut en baissant la tête que l'eau n'était pas si trouble qu'il le croyait, qu'il y avait bien quelques déchets mais qu'elle semblait se renouveler doucement, ridée de légers tourbillons qui la traversaient.

Mais les forces lui manquèrent, ses pieds raclèrent la paroi, la corde tourna sur elle-même plusieurs fois. Il poussa un cri qui se répercuta en écho.

Sa tête heurta la pierre et ce choc qui aurait pu le précipiter au contraire lui rendit ses esprits. Il ne pouvait pas mourir là, dans ce désert où jamais personne ne se hasardait, au fond de ce cloaque, lui qui avait tant de projets.

Il serra plus fort la corde, banda ses muscles tétanisés, respira doucement comme pour ne rien provoquer, et demi-mètre par demi-mètre, tirant sur ses bras, se repoussant de ses talons, retenant son souffle à la limite de suffoquer, il se remonta, trempé de sueur jusqu'à ce que ses doigts accrochent le rebord, attrapent le trépied, et dans un dernier effort le hissent hors du trou.

L E VILLAGE VOISIN, distant d'une trentaine de kilomètres, s'appelait Coolidge, mais pour lui c'était
le Village. Il était constitué d'une unique rue de baraques faites de bric et de broc, où les débits de boissons étaient plus nombreux que les épiceries, le
bureau de la police côtoyait la succursale de l'unique
banque du coin, et l'armurerie dont les vitrines faisaient baver d'envie la population voisinait avec le
cabinet médical et l'église.

Plus loin, l'école riche de dix classes aux murs
tagués de dessins obscènes et aux vitres sales jouxtait
le bar country topless dont les affiches affriolantes
échauffaient les élèves, suivi d'une blanchisserie
tenue par d'authentiques Chinois où les amateurs
savaient trouver de la bonne came, et qui voisinait
avec une boutique de plantes réputées encourager la
virilité ou stopper la chiasse.

En face du tribunal de simple police, un marchand
de vidéos XXL flirtait avec un bar mal famé appuyé à
un immense magasin de télés qui faisait cour commune avec un restaurant de tapas repérable de loin
grâce à son odeur d'huile rance. Tandis que sur le
trottoir exposé au soleil de l'après-midi, un conces-
sionnaire de vieilles voitures faisait la nique à deux
garages rivalisant d'efforts pour propager l'odeur de

leur gazole et le boucan de leurs essais de moteurs, sans que ça paraisse gêner la cantina voisine, colorée comme un cimetière mexicain.

Mais l'âme de chacun était sauvée grâce à la profusion de calvaires couverts de haut en bas de fleurs en plastique pâles et poussiéreuses, devant lesquels une population de fermiers pauvres priait avec ferveur, mélangeant les slogans antigouvernementaux vengeurs aux suppliques à Jésus. Se consolant sûrement en se persuadant que si l'un ne répondait pas, l'autre le ferait peut-être. Souffrant d'abandonnite permanente, comme ces gosses qui attendent tout et n'obtiennent rien. Se disant que la prochaine fois, s'ils gueulaient plus fort et mieux, priaient plus sincèrement, on les entendrait, on retaperait leurs maisons, l'eau coulerait dans les éviers, le maïs et la bière empliraient les panses et ils pourraient enfin acheter une robe pour la communion de la dernière ou se soûler à la gnôle. Et si ça allait encore mieux, ils s'empêcheraient de maudire ce monde qui les avait oubliés et qu'ils se transmettaient de père en fils et de mère en fille.

Pourtant, à proximité de ce patelin, à sept kilomètres exactement, il y avait plus démuni, plus paumé, plus lâché par la vie, et ceux de Coolidge finissaient en comparaison par se trouver pas si mal que ça.

À sept kilomètres à l'ouest il y avait en effet deux hangars dont personne ne savait de quand ils dataient ni qui les avait construits. Deux baraquements en tôle et planches, grands comme presque un terrain de tennis, où débarquaient sans que l'on sache d'où et qui ils étaient – ou alors on le savait mais on n'en parlait pas – des femmes et des hommes avec des mines fatiguées, les mines de qui cherchait quelque chose mais savait ne rien trouver.

Ils s'arrêtaient là, s'installaient sous les hangars, sortaient leurs richesses de routards, d'échappés du système, restaient un temps, puis reprenaient la route infinie qui courait comme un câble au travers des collines, du sable entassé, des forteresses de roche. Ils se regroupaient ou pas, mangeaient ensemble ou pas, partageant leurs souvenirs, s'en inventant, mais tous éructant ce monde qui les avait crachés et qu'ils détestaient.

Fox les connaissait, il en avait vu beaucoup exactement pareils. Il savait aussi l'effet qu'il leur faisait.

Il changea la courroie du ventilateur de la camionnette qui l'avait planté là, et prit la route vers le Village.

Plissant les yeux, il vit au-dessus des formations rocheuses, loin à l'horizon, se préparer une tempête de sable et espéra arriver à Coolidge avant qu'elle soit là. Mais déjà la surface croûteuse du sol frémissait telle une peau qu'on caresse, et le chant hargneux du vent s'enroulait autour des organ pipes, ces cactus en forme de tuyaux d'orgue, raides comme des minarets.

Pour ceux qui comme Fox connaissaient le désert, les organ pipes étaient une boussole. Ils poussaient sur les pentes orientées au sud, absorbant la lumière et la chaleur autant qu'ils le pouvaient, avant de grelotter la nuit.

Il arriva aux hangars vers quatre heures, le vent sur les talons, après avoir traversé le Village et n'y avoir décelé âme qui vive, ni observé d'autres mouvements que ceux de volets mal attachés ou de portes battantes.

Il accéléra jusqu'aux hangars, luttant de vitesse avec la tempête qui le poussait, sauta hors de la Ford qu'il mit à l'abri du mieux qu'il put, et s'engouffra dans un des bâtiments après avoir vigoureusement klaxonné avant que l'on se décide à lui ouvrir.

Celui où il entra était le plus petit mais pas le moins habité. Fox chercha des yeux dans la pénombre qui s'épaississait de plus en plus et que nul ne songeait à chasser des visages connus. Il se dirigea d'instinct vers le fond, là où la crasse et le capharnaüm entassés repoussent et protègent des curieux. Il s'approcha d'un groupe d'une demi-douzaine de personnes assises en rond.

Le vent était là à présent, furieux comme on le connaissait, et Fox pensa avec amusement que sa rage était peut-être dirigée contre lui qui lui avait échappé.

Une fois à proximité du groupe, il resta à les observer. Pas longtemps, car comme attirés par un aimant les visages un à un se levèrent vers lui, et dans l'expression de chacun s'alluma une lueur d'incrédulité, de joie et de presque extase. Ils se mirent debout et lui tendirent leurs mains comme pour recueillir la manne.

– Salut, je vous ai retrouvés on dirait, notre Famille est de nouveau réunie, sourit-il.

L A TEMPÊTE dura deux jours à ne pas mettre un coyote dehors. Vu l'étanchéité du hangar, le sable s'y coula avec enthousiasme, et ils mangèrent à la sauce sable, dormirent sur des couches granuleuses et respirèrent de la poussière.

Mais ils s'en moquaient, tout au moins celui et celles que Fox avait retrouvés. Quatre filles et un garçon égarés depuis deux ans quand Fox avait eu la malchance de se faire pincer pour un délit anodin.

Ils s'en moquaient parce qu'ils revoyaient leur Père.

– C'est toujours comme ça. Tu peux passer au travers même si t'as zigouillé dix personnes, mais tu te fais choper pour un vol de pomme. Vous ne serez pas punis pour ce que vous aurez fait, parce que vous l'aurez fait pour une bonne raison, mais parce que vous aurez pas eu de chance.

Ça ne voulait pas dire grand-chose mais ça n'avait pas d'importance. Fox pouvait dire ce qu'il voulait, ils le croyaient. C'était comme ça, il n'y avait pas d'explication.

Il ignorait d'où venaient ces filles et ce garçon, ce qu'ils avaient fait avant et pourquoi ils l'avaient suivi. Il pressentait pour deux d'entre elles, Cindy la camée et Roxane l'anorexique, qu'elles sortaient d'un milieu bourgeois. Les trois autres, Amélia la furieuse, Carmen la gauchiste et Bobby le schizo, pouvaient venir de n'importe où. De toute façon il s'en foutait.

Il les alimentait en drogue et leur parlait pendant des heures, et ils l'écoutaient comme s'il était leur meilleure came. Ils mangeaient s'il y avait de quoi, dormaient là où il leur disait, et l'auraient suivi en enfer.

Au début de son incarcération ils avaient entrepris un sit-in dans une rue proche de la prison. Ils arrivaient le matin des trous où ils avaient dormi, s'installaient sur le bord du trottoir et restaient toute la journée sans rien faire d'autre qu'attendre et répéter aux passants que leur Père était injustement détenu. La police, exaspérée de les retrouver chaque matin après les avoir délogés la veille, avait exigé que Fox leur ordonne d'aller se faire pendre ailleurs. Ils avaient résisté mais fini par obéir, craignant pour la sécurité du Père.

Le deuxième soir, après qu'il les eut ramenés à sa baraque déglinguée qui les enthousiasma, il les réunit autour de lui.

Il parla longuement et ils l'écoutèrent, extatiques, emmitouflés dans leurs loques à cause du froid, assis sur des graviers rendus brillants par la morsure de l'air, lui prenant la main et l'embrassant comme ces dévots baisant l'anneau pontifical.

Il leur décrivit le monde tel qu'il le voyait, ceux qui le peuplaient et qu'il détestait ; le cosmos qui au-dessus d'eux attendait les purs qui avaient su s'affranchir de ce monde, où le Diable, le seul qui vaille, régnait, repoussant les serviteurs de cette fausse civilisation, où le mot « égalité », ce mensonge, servait de viatique au plus grand nombre qui s'y vautrait.

Il leur raconta Jésus et son combat avec Lucifer, et leur dit que l'on pouvait être l'un et l'autre puisque l'un et l'autre existaient, et qu'il fallait inscrire sa vie dans le Livre des Ténèbres.

Ils l'écoutaient comme on écoute le chant des étoiles, le vent léger, le bruit de la mer. Il leur rappela que les hommes avaient tracé des lignes, des cadres, qui ne concernaient pas ceux qui avaient compris que le mensonge était partout, dans chaque parole, chaque geste de chaque homme. Que la mort était délivrance et l'unique réponse à l'iniquité.

Ses mots s'envolaient vers leur esprit, leur cœur, leur âme, et tous savaient lui appartenir. Il leur passait les pipes de crack sur lesquelles ils tiraient goulûment, remplissant leurs poumons autant que leur cerveau, tremblant quand la divine substance descendait dans leurs jambes, leur sexe, leurs mains.

Et quand il les jugea de nouveau prêts, quand leurs yeux se mouillèrent d'amour pour lui, il les entassa dans la Ford et ils roulèrent un moment dans la nuit froide, serrés les uns contre les autres, silencieux et soumis.

Ils s'arrêtèrent à courte distance d'un domaine dont la luxueuse blancheur tranchait sur la nuit. Fronton, colonnades, galeries, immense pelouse arrosée sans vergogne et dont la masse sombre tranchait sur la rocaille du désert. En retrait de la maison principale, une écurie où, quand ils débarquèrent, hennirent des chevaux.

Silhouettes silencieuses se coulant dans l'ombre d'une lune à sa moitié, tendus et déterminés, se rapprochant par bonds.

Bobby trouva la boîte de dérivation électronique et coupa les contacts, dépouillant la maison de sa sécurité et la leur livrant.

Ils entrèrent en file indienne, et Fox leur désigna l'étage. La maison baignait dans une douce lumière que dispensait un éclairage ténu. Ils négligèrent le rez-de-chaussée et montèrent vers les chambres.

Dans celle des parents, la première à se présenter après une succession d'autres portes donnant sur des pièces vides et richement meublées, Amélia, Carmen et Cindy se faufilèrent. Un reflet de lune joua brièvement sur les longues lames qu'elles tenaient.

Bobby et Roxane ouvrirent la chambre d'un trio d'enfants endormis, le garçon étalé sur le dos, draps rejetés, visages froissés par le sommeil, sur lesquels ils fondirent.

Aucun bruit, ni cri, ni hurlements, ni supplications, non plus que de portes claquées, ne retentit. La mort était entrée sur la pointe des pieds, gantée de latex, et la maison poursuivait sa route de sommeil sans s'être aperçue que personne n'y dormait plus, que ceux étendus dans leurs lits, couverts de sang, dépecés sous le coup d'une rage meurtrière alimentée par les drogues et la folie, avaient changé d'état.

Fox les rejoignit après avoir parcouru le rez-de-chaussée, et ils l'accueillirent sur le palier comme des athlètes victorieux attendant sur un podium leur récompense. Il les regarda, ensanglantés de la tête aux pieds, visages rayonnants, et leur sourit.

Il parcourut l'étage, entra dans la chambre où l'horreur avait surpris les enfants endormis, et eut un hochement de tête moitié étonné, moitié approbateur vers Bobby et Roxane quand il vit les corps martyrisés.

Dans l'écurie, les chevaux affolés par la mort voisine s'agitaient et hennissaient, et Fox craignit que leurs cris de détresse retentissent trop loin dans la nuit.

– Va t'occuper des chevaux, ordonna-t-il à Bobby. Emmène Carmen.

Les deux jeunes gens descendirent, puis leurs compagnons sur un ordre de Fox entreprirent de fouiller et de piller la maison. Quand Bobby et Carmen revinrent de l'écurie, inondés cette fois du sang des trois chevaux, Fox leur ordonna d'aller se laver.

Il attendit qu'ils reviennent pour refaire avec eux le

tour de la villa et y inscrire ses marques sur les murs, les insultes dont son cœur et sa bouche étaient remplis, sa haine de ce monde trop riche, trop beau. Trop loin.

Ensuite Carmen revint sur leurs traces et les brûla à l'aide du chalumeau pendant qu'ils festoyaient sur les tapis de l'immense salon où, tour à tour, Amélia et Roxane se donnèrent au maître, se coulant entre ses jambes, happant son sexe, se retournant et présentant leurs croupes, tandis que Bobby et Cindy renversaient tout ce qu'ils trouvaient, croyant briser un monde qu'ils exécraient.

Lorsqu'ils repartirent, cap à l'est, au moment où la lueur miraculeuse du jour se levait à l'horizon, la grande maison blanche semblait la même qu'aux premières heures de la nuit.

C OMME je l'ai subodoré au téléphone rien qu'à la façon qu'a eue M. Cooliers de prononcer les voyelles, je n'ai pas été surprise en arrivant à Sea Cliff par la route circulaire du Presidio qui longe la mer de tomber sur une des plus ravissantes demeures de cet hyper-sélect quartier de San Francisco.

Ne cherchez pas ici le plus petit commerce ou immeuble qui donnerait à cette colline une allure triviale. Non, ici, rien que des hôtels particuliers dont le coût du moindre doit avoisiner le PIB de certains pays d'Afrique.

M. Cooliers m'a proposé de réaliser pour sa fondation un reportage sur les jeunes qui quittent leur famille pour vivre dans la rue, ou qui participent avec des groupes de marginaux à des actes subversifs. Style Patricia Hearst dans les années soixante-dix.

Je remonte avec ma Jeep une allée royale et quand je m'arrête devant une terrasse babylonienne, un maître d'hôtel m'accueille, me prend en souriant les clés de ma voiture comme si je lui abandonnais les rênes de mon cheval, et pendant qu'il la conduit au garage apparaissent les maîtres de maison.

Je ne vais pas vous décevoir. Ils vont avec l'endroit.

M. Cooliers, le deuxième ou troisième du nom, et madame sont les prototypes de cette clientèle que l'on voit parfois en couverture de *Time* quand l'un de leurs rejetons convole avec le fils ou la fille du Président, ou d'un descendant d'une famille régnante européenne à bout de souffle que leur argent revitalise. Lui est grand, mince, les cheveux abondants d'un joli gris métallisé. Elle est grande, mince, les cheveux d'un joli blond doré.

– Bonjour, sourit Mme Cooliers alors que je monte les marches vers eux.

– Ravie, rétorqué-je en lui tendant une main aux doigts déliés.

Je fais de même avec l'époux.

Ils ont beau être élégants, distingués, courtois, ma perspicacité enregistre immédiatement l'expression attristée qu'ils ne peuvent dissimuler, et je m'en étonne in petto.

– Merci d'être venue, ajoute M. Cooliers. Voulez-vous vous donner la peine d'entrer ?

Je me donne, et les suis.

Bien, je laisse tomber les descriptions. Parce qu'on pourrait croire que j'en rajoute. Juste un mot sur la vue. Partout, le Pacifique. Cent quatre-vingts degrés sur la baie de San Francisco. Le Golden Gate à gauche, l'île Angel, à droite, transformée en parc d'État, et les voiliers qui se baladent languissamment sur l'eau. Voilà.

Ils me conduisent dans un salon où logeraient à l'aise une dizaine de familles, décoré d'un peu moins d'œuvres d'art que le palais de la Légion d'honneur situé à un jet de pierre.

– Thé glacé ? me propose Mme Cooliers.

– Non, merci.

Et rien que dans cette réponse ils devraient comprendre que je ne suis pas là pour des mondanités. Ils se regardent, croisent les doigts sur leurs genoux, me regardent.

– Madame Khan, si nous nous sommes permis de

faire appel à vous, commence M. Cooliers, c'est sur la recommandation d'une de nos amies, Mme Lévy, dont la fille avait disparu et que vous avez retrouvée.

Je fronce les sourcils. Si je me souviens bien, cette histoire remonte à cinq ans. Je revenais du Mexique, Ciudad Juárez, pour être précise, où j'étais allée enquêter sur le massacre et les disparitions de centaines de jeunes filles dans cette ville frontière avec El Paso. Le *San Francisco Chronicle* avait publié pendant plusieurs semaines le reportage que j'avais fait et qui m'avait valu une belle publicité.

Suzan Lévy, la fille, était partie de chez elle un samedi pour se rendre au tennis et n'était pas rentrée. La police apprit qu'à la sortie du cours elle était retournée aux vestiaires, et avait demandé à ses amis de rentrer sans elle.

Elle pilotait une Nissan cabriolet que l'on retrouva à Minneapolis. Au bout de six mois de recherches intensives motivées par la notoriété de la famille, amie de la présidence, la police abandonna, d'autant que Suzan avait alors dix-huit ans, l'âge légal qui permet de disparaître dans la nature sans donner d'explication. Mais la famille ne l'entendait pas de cette oreille et engagea différents détectives qui firent chou blanc.

C'est à ce moment-là que parut mon reportage sur le Mexique et que Mme Lévy me demanda de rechercher sa fille qui, elle en était sûre, était toujours en vie et avait besoin d'elle.

J'étais revenue mal en point de mon expédition mexicaine. Nina m'avait interdit de bouger plus d'un cil à la fois sous peine de divorce. Mais Mme Lévy mettait à ma disposition tous les moyens possibles pour retrouver sa fille et la ramener, sachant que l'on perdait sa trace au moment où elle débarquait à Paris. Être grassement payée pour aller à Paris était plus qu'il n'en fallait pour me motiver.

Je ne la ramenai pas parce qu'elle filait le parfait amour avec un Roumain qui la battait et lui prenait les sous qu'elle gagnait comme call-girl.

Mais elle était bien vivante, et je racontai à Mme Lévy que sa fille travaillait en tant qu'humanitaire au Sri Lanka.

Je ne suis pas sûre qu'elle me crut, puisque la jeune Suzan, à part danser et jouer au tennis, ne savait rien faire d'autre.

Elle fut pourtant si soulagée quand je lui rapportai les photos de sa fille souriante qu'elle accepta ma version des faits.

– Vous vous souvenez de Suzan Lévy? insiste Mme Cooliers.

– Oui. Mais retrouver les jeunes gens fugueurs n'est pas mon métier. Et quel rapport avec votre fondation?

M. Cooliers se lève et se met à fouler, les bras croisés et les yeux baissés, les tapis jetés çà et là et sur lesquels j'oserais à peine poser les mains.

– Nous savons, madame Khan, que vous êtes journaliste. Mais nous savons aussi que vous n'hésitez pas à vous investir dans des... cas difficiles... s'ils vous semblent... humains.

– Et votre problème en fait partie? Vous m'avez dit au téléphone soutenir une fondation qui s'occupe des familles dont les enfants ont choisi de mener une autre vie...

Ils se lancent un long regard et j'en profite pour vérifier dans quel genre de tableaux les très riches placent leurs économies. Eux, c'est du classique. N'ont pas pris de risques avec l'art moderne. Je ne peux pas les blâmer, j'ai moi-même du mal avec cet art-là.

– Pouvons-nous vous parler franchement? me demande avec vivacité Mme Cooliers.

– J'aimerais autant, souris-je.

49

Elle se met aussi à marcher. Certainement que, chez les riches, l'exercice physique active la parole. Elle se tord aussi les mains et j'entrevois quelques soucis. Elle s'arrête, se tourne brusquement vers moi.

– Notre fille nous a quittés, lance-t-elle tout à trac. Cela fait deux ans. Je ne veux pas dire qu'elle est morte, que Dieu nous garde. C'est pourtant ce que nous lui avons dit quand elle nous a téléphoné pour nous annoncer qu'elle ne reviendrait pas vivre avec nous parce qu'elle avait trouvé une famille qui lui convenait mieux... Et je m'en veux tellement. Tellement. Mais comprenez-nous, elle avait tout ce qu'elle désirait. Elle s'arrête, lèvres serrées, la voix tremblante. Notre fille est partie vers l'est..., reprend-elle.

(Ça ne me semble pas de prime abord, si grave que ça, mais il y a des gens qui ne supportent que le soleil couchant.)

– Elle a rencontré... elle a rencontré des gens... qui ne sont pas pour elle.

(Je m'en doutais.)

– Elle s'est monté la tête. On lui a monté la tête, précise-t-elle, les yeux flamboyants. Mais nous ne supportions plus de ne plus la voir, alors mon mari et moi avons diligenté des détectives pour savoir ce qu'elle était devenue. L'un d'eux l'a retrouvée à Yuma, dans une bande... qu'elle avait rencontrée... Elle se droguait... vivait comme une clocharde... elle était avec un homme... un homme qui n'est pas du tout, mais alors pas du tout de son monde.

Mme Cooliers me fixe de ses yeux bleus de wasp qui véhiculent néanmoins beaucoup d'angoisse.

– Madame, je vais vous répondre ce que j'ai dit à votre amie Mme Lévy : votre fille est majeure et a le droit, même si ce n'est pas de votre goût, de fréquenter qui elle veut.

– Nous en sommes bien conscients, intervient M. Cooliers, notre fille serait mineure que nous aurions demandé à la police de nous la ramener... Il se tourne vers sa femme comme s'il attendait son autorisation pour continuer ; il doit l'obtenir car il poursuit. Le problème n'est pas qu'elle ait choisi une vie qui n'est pas celle que sa famille aurait souhaitée. Il se rassoit près de sa femme et lui prend la main. Le détective qui l'a localisée il y a deux mois était un professionnel aguerri. Du moins nous le pensions. Les honoraires que nous lui donnions garantissaient sa qualité, ajoute-t-il. Un soir, il suit toute la bande dans un bar d'après lui très mal fréquenté, dans un quartier excentré de la ville. Il entre, les aperçoit assis dans le fond, se dirige vers le bar, c'est son récit, précise M. Cooliers, et à ce moment-là un des hommes de cette bande, le plus âgé, l'aperçoit. Notre détective nous dit qu'il a à cet instant été pénétré d'un grand froid.

Il se tait, mais il commence à m'intéresser. Je suis comme ça, je n'y peux rien, l'étrange m'excite.

Il a lâché la main de sa femme et baissé la tête. Je les regarde tous les deux ; il faudrait avoir un cœur de pierre pour ne pas ressentir leur chagrin.

– Notre fille dormait à moitié, visiblement pas dans son état normal, la tête posée sur l'épaule d'une jeune femme. Il y avait quatre ou cinq hommes et autant de femmes...

Il s'arrête de nouveau. Sa femme se lève et se plante devant moi.

– L'homme que nous avons engagé a eu peur. Une peur irraisonnée, a-t-il lui-même admis, de cet homme qui le fixait.

– Il a eu peur dans un bar fréquenté ? m'étonné-je.

– Exactement. Mme Cooliers a un ton plus ferme que son mari. Ce sont ses yeux qui lui ont fait peur.

– Notre fille a été envoûtée, murmure M. Cooliers. Nous devons la sauver, la sortir de cet enfer...

Mme Cooliers se penche vers lui, lui caresse les che-

51

veux, et dans ce simple geste ils redeviennent des parents comme les autres qui tremblent pour leur enfant. Riches ou pauvres, la crainte est la même. Je suis certaine qu'à ce moment ils apprendraient qu'elle s'est amourachée d'un plombier-zingueur au chômage qu'ils approuveraient des deux mains. L'épreuve leur a rendu l'humilité.

– Je comprends, mais je ne vois pas ce que je peux faire. Peut-être votre détective en a-t-il rajouté. Votre fille… comment s'appelle-t-elle au fait ?

– Cindy, répond sa mère.

– Elle s'est amourachée d'après ce que vous m'avez dit d'un homme qui n'est pas pour elle, et je veux bien vous croire, mais ni vous ni moi n'y pouvons rien. Ce ne serait pas la première.

– Cette bande est dangereuse, gronde M. Cooliers, c'est un ramassis de voyous, de drogués, une racaille. Notre détective n'a peut-être pas eu le courage de les affronter mais il les a bien vus. Nous ne voulons pas que notre fille participe à des… choses horribles.

– Qu'est-ce qui vous fait penser ça ?

Il soupire, s'éloigne, se plante devant un Georges de La Tour (si, si), enfonce les mains dans ses poches Sa femme le rejoint, se tourne vers moi.

– Cindy est ce que nous avons de plus cher au monde, madame Khan. Nous savons qu'elle est en danger. Nous vous supplions de la retrouver. Juste la retrouver. Nous nous chargerons de la ramener.

– Pourquoi ? Elle n'est plus à Yuma ?

– Peut-être que si. Lorsqu'il a quitté le bar, le détective les a attendus à l'extérieur. Mais on l'a assommé.

– Assommé ? Comment les avait-il débusqués ?

– Il correspondait avec un confrère de la ville et il lui a demandé son aide. Cet homme a fini par les localiser. Ils n'étaient pas très discrets, d'après lui, et les mauvais lieux sont connus.

– Et ensuite ?

– Ensuite, toujours d'après ce qu'il nous a dit, et qui, je ne vous le cacherai pas, nous a laissés sceptiques mon mari et moi, au point que nous avons refusé de lui payer la totalité des honoraires qu'il nous demandait, ensuite toute la bande a disparu après qu'il se fut retrouvé à l'hôpital.

– Donc, vous ne savez pas où ils sont à présent.

– Commencez par Yuma, madame Khan, je vous en supplie, nous ne pouvons pas rester les bras croisés en sachant notre fille en danger.

Qu'auriez-vous fait à ma place ? Je suis revenue à la maison et, avec les mêmes précautions que l'on prend pour annoncer à une jeune accouchée qu'il manque à son bébé la moitié de ce qui lui est nécessaire, j'ai dit à Nina que j'avais accepté un reportage qui m'emmenait pour quelque temps dans une vraie saloperie de région de notre beau pays.

Q UAND ILS ÉTAIENT ENTRÉS, Fox avait distraitement regardé les trois gars qui s'étaient accrochés au comptoir. À part lui, personne n'y avait prêté attention.

Ils s'étaient hissés sur des tabourets aussi poisseux que le sol sur lequel ils reposaient, et avaient les coudes sur le comptoir. Le plus petit semblait nerveux, tandis que les deux qui l'accompagnaient paraissaient amorphes.

Le petit, qui se conduisait en chef, commanda des bières et du whisky pour les trois. D'où il était assis, Fox put entendre son accent paysan.

Il jeta un coup d'œil sur sa Famille installée à côté de lui sur la banquette et qui ne manifestait aucun intérêt. Ils n'en manifestaient jamais.

Qu'ils soient dans le désert à massacrer des gens ou ici, dans cette ville historique qui avait vu arriver les premiers colons de l'Ouest, ils le suivaient sans manifester d'autre désir que celui de rester ensemble.

Il leur désigna les trois jeunes.

– Marrants, hein ?

Ils acquiescèrent mollement et il ne fut pas certain qu'ils l'aient entendu.

Au comptoir, le plus petit, tout en sirotant sa bière, détaillait la salle dans le miroir qui lui faisait face. À son air mauvais, Fox pensa qu'il cherchait quelqu'un. Chercher dans les deux sens : un mec ou la bagarre.

Ils portaient des jeans noirs poussiéreux et des tee-shirts aux manches coupées sur des bras d'adolescents. Leur attitude de durs l'amusait. Il aurait pu parier qu'ils n'avaient pas 10 dollars en poche à eux trois, et semblaient prêts à vendre leur grand-mère si quelqu'un en voulait.

Il se leva et se dirigea vers eux sous les regards inquiets de sa Famille. Dès qu'il s'éloignait sans leur dire pourquoi, ils devenaient anxieux. Parfois ça l'énervait, d'autres fois ça le faisait rire.

Il rejoignit les trois gars et tira un tabouret près du premier en y passant seulement une jambe. L'autre le regarda dans la glace.

Ils avaient la coupe de cheveux « pécore voyou », rasé sur les tempes et une moquette sur le crâne. Ils sentaient la sueur et le tabac froid.

– Salut, dit Fox, sans qu'aucun lui réponde, j'peux vous offrir un verre ?

Son voisin tourna lentement le regard vers lui, à la façon de Lee Marvin dans *Canicule*.

– Pourquoi tu ferais ça ?

– Parce que vous m'êtes sympathiques.

Le deuxième gloussa. Il devait y avoir une paye qu'on ne leur avait dit un truc du genre. Le petit posa son verre de bière devant Fox.

– J'veux bien de ça...

– Très bien, la même chose pour mes amis, commanda Fox au barman en désignant les verres.

Le barman avait l'air épuisé, bien que ce soir la clientèle ne se bouscule pas. Mais il y avait une raison à sa lassitude. La veille, et le soir précédent, les flics de patrouille avec leurs uniformes bleu clair de tantouzes avaient investi son bar. Ils appelaient ça une descente. C'était plutôt la descente des verres de bière. Leur sergent, un putain de pète-sec, lui avait fait comprendre que s'il voulait travailler tranquille, fallait penser à eux. Et 100 dollars avaient changé de poches. C'était pas nouveau. Ce qui l'était, c'est que ça s'était arrêté avec Tom Sheffer, et que ça recommençait avec ces gugusses.

Perdu dans sa hargne, il balança les verres devant les clients, et un des trois, celui qui souffrait d'un léger strabisme et semblait le plus mauvais, lui attrapa le poignet.

– Ça te prend souvent ? grogna-t-il en désignant la bière qui avait débordé sur le comptoir.

Ils se défièrent du regard, mais le barman comprit vite qu'il n'aurait pas le dessus.

– Excuse, maugréa-t-il en passant un chiffon crado sur les éclaboussures.

Le client le lâcha à regret et avala sa bière d'un coup. Ses copains ricanèrent pendant qu'il reprenait son souffle. Fox n'avait pas bronché. Ces trois-là étaient de vrais caricatures de connards. S'il savait les prendre...

– Qu'est-ce que vous faites dans la vie, les gars ? leur demanda-t-il.

Ils échangèrent des coups d'œil méfiants.

– Pourquoi ?

– Vous me semblez avoir du potentiel...

Le mot n'éveilla rien chez eux.

– Je veux dire par là, reprit Fox, que vous me paraissez débrouillards... C'est quoi votre nom ? fit-il au petit.

– Et le tien ?

– Fox.

L'autre hésita.

– Hubbard.

– Vous venez d'où ?

– Tu fais une putain d'enquête ou quoi ? s'esclaffa son copain.

– Vous cherchez du travail ? relança Fox à Hubbard, ignorant ostensiblement le bavard.

– Ça dépend, qu'est-ce tu proposes ?

– Vous m'accompagnez à ma table ?

Ils se regardèrent, indécis, lancèrent un coup d'œil vers le coin où étaient alignés les membres de la Famille.

– C'est qui ? demanda Hubbard qui semblait le seul à parler.

– On est une famille, sourit Fox. Venez, je vais vous les présenter.

Les trois garçons balancèrent à accepter. Ils venaient juste d'arriver de Tombstone et ne savaient pas encore trop quoi faire. À force de se balader et de faire la foire depuis qu'ils avaient quitté le pénitencier de Gallup, leurs poches bâillaient.

Ils glissèrent de leurs tabourets sans se presser. Hubbard alluma son cigarillo avec une allumette soufrée qu'il avait grattée contre son talon.

– Bravo, apprécia Fox, tout à fait Clint Eastwood...

Le môme haussa les épaules, et ils allèrent se planter devant la Famille, l'air toujours aussi mauvais.

– Je vous présente nos trois nouveaux amis, leur annonça Fox.

Personne ne broncha, à part Cindy la camée qui examina Hubbard avec intérêt.

– Asseyez-vous, invita Fox, très maître de cérémonie.

Ils tirèrent des tabourets et s'assirent face aux autres sans un mot.

Fox était assez satisfait de cette soirée.

– Buvons, mes amis, lança-t-il en appelant le barman, c'est moi qui régale. La nuit ne fait que commencer.

V OUS AVEZ SÛREMENT entendu parler de Yuma à cause du célèbre western *Trois Heures dix pour Yuma*. Eh bien, restez-en là.

Yuma, c'est un four dont on ne fermerait jamais la porte. Quarante-cinq sous la toise, planté au milieu de millions d'hectares de désert. Au temps des diligences, il fallait un mois pour rejoindre El Paso.

De Frisco, l'aéroplane met deux heures. Mais comme il est climatisé, quand l'hôtesse ouvre la porte et nous invite à descendre, tout le monde se replie en hâte vers l'arrière.

Nina m'a prévenue, je ne l'ai pas écoutée. Pourtant elle a usé toute une soirée de ses charmes en débordant même sur les premières heures de la nuit pour me persuader d'y renoncer.

Pour rejoindre le bureau d'Hertz il faut traverser le tarmac. Et je pense à ces lézards qui dans le désert lèvent une patte après l'autre pour les refroidir.

À l'intérieur, il fait quinze degrés, et les employés ont le nez rouge. Comme je vais rouler dans le désert, je me fais plaisir et loue une grosse Range Rover noire, la même dont se sert le FBI dans les films.

La ville, avec ses palmiers brûlés et ses cafés aux terrasses désertées, est aussi gaie et animée qu'un cimetière. J'y trouve quand même un marché pour touristes où les Indiens Quechua proposent des mocassins fabriqués en Chine. Les Cooliers m'ayant donné une confortable avance, je choisis l'hôtel le plus chic, tout tarabiscoté d'art mexicain avec un salon décoré indien.

Les premiers habitants, d'après le guide, étaient des rouliers, des dockers, des chercheurs d'or et des droits communs, parce qu'on y avait construit un très beau pénitencier où l'on collait tous les tocards du coin.

Si j'observe les autochtones, ils ont fait souche. Style électeurs de Sarah Palin, pour faire court, obèses et blancs. Bon, je ne suis pas là pour commenter l'allure des indigènes et, dès que j'ai déposé mon sac dans ma grande chambre glacée, je file au journal local le plus important : le *Yuma Tribune*.

En entrant, je perçois aussitôt cette atmosphère particulière qui faisait le charme des quotidiens des années soixante. Foutraque, énervée, gueularde.

Je traverse l'open space où ça cavale et ça gueule, et aperçois au fond le bureau vitré du patron, telle une bulle de tranquillité.

J'attends derrière la vitre qu'il raccroche son téléphone, mais au moment où je vais frapper pour entrer, il prend un autre appel, et je patiente encore. Puis il raccroche et m'interroge du regard. Je souris et pousse la porte.

– Bonjour, dis-je avec un grand sourire.

– Bonjour, répond-il, dubitatif.

– Excusez-moi de vous déranger, je m'appelle Sandra Khan et je travaille au *San Francisco Chronicle*.

Il fronce le front, cherche, acquiesce.

– Je connais votre nom, admet-il.

– Bien. Je peux prendre un peu de votre temps ?

– À quel propos ?

Je lui déballe mon affaire en taisant le nom des Cooliers. Il m'écoute, l'air sceptique.

59

– Vous êtes devenue détective privée ?

Je souris largement. Parfois le fait de montrer ses dents s'avère bénéfique.

– Non, pas du tout, mais cette affaire m'intéresse. Il y a un grand nombre de jeunes qui chaque année quittent leur famille pour entrer dans des sectes ou des bandes, et leurs parents s'en inquiètent à juste titre.

– S'ils sont majeurs…, réplique-t-il en levant la main d'un geste évasif.

– Certes, mais la fondation qui m'a contactée aimerait faire la lumière sur certaines de ces disparitions, à la demande des parents.

– Bon, et qu'est-ce qui vous amène ici ?

– La fille d'une famille de San Francisco qui a quitté ses parents il y a deux ans…

– Deux ans, et ils se réveillent maintenant ?

– Dernièrement un détective qu'ils avaient embauché l'a retrouvée dans un bar de la ville en compagnie d'une bande.

– Où ?

– Au Frontera.

– Tsss… Le Frontera n'est pas spécialement l'endroit où j'aimerais retrouver ma fille. Alors… ?

– Ils ont disparu après avoir assommé le détective.

Il siffle de nouveau entre ses dents, se lève, regarde distraitement les journalistes au travers des vitres, décroche le téléphone qui sonne, engueule un typo, raccroche, soulève l'autre combiné qui sonne, remercie quelqu'un pendant qu'un journaliste passe la tête par la porte et annonce qu'il fonce chez le gouverneur en emmenant avec lui Jocelyne, raccroche, resiffle entre ses dents.

– Bon, qu'est-ce que je peux faire pour vous ? dit-il en se laissant tomber dans son fauteuil avec un air épuisé.

J'ai oublié de vous le décrire. C'est pas grave parce

que c'est tout à fait le stéréotype du rédac'-chef qui ne marche pas assez, boit trop, souffre d'ulcère et attend la retraite en souhaitant qu'elle n'arrive jamais.

– Avez-vous entendu parler, demandé-je d'un ton urbain en m'asseyant en face de lui sans qu'il m'en prie, d'une bande de filles et de garçons qui serait menée par un type plus âgé, pas sympa – le détective a dit qu'il en avait eu la trouille juste parce que ce type le regardait –, et qui se baladerait dans la région ?

Il me fixe en se tapant sur les doigts avec une règle. Le téléphone sonne, il décroche. S'énerve, se calme, dit que c'est d'accord. Raccroche.

– Une bande…, répète-t-il, songeur. Et même, y a une loi contre le fait de se balader à plusieurs ? Alors les équipes de foot, de basket… Il grimace un sourire. Vous savez, d'accord, on est en Arizona et votre fondation est en Californie, là où on est bronzé à force de surfer, et c'est vrai qu'en Arizona le bronzage est plutôt réservé aux vachers…

Il se tait, les yeux clignotants.

Tant mieux. Parce que je me dis que je suis en train de perdre mon temps avec le roi des ploucs.

– Une bande…, répète-t-il en continuant de punir ses bouts de doigts, j'sais pas si ça a un rapport…

Il s'arrête parce que le téléphone sonne, il parle, raccroche et là je pose la main sur son bureau.

– Écoutez, ça vous dirait que je vous invite à boire une tequila glacée ?

Il me fixe. Il a des yeux clairs et globuleux, veinés de filaments rouges. J'ai bien fait de ne pas lui proposer un thé glacé.

Il regarde autour de lui, se lève, me fait signe.

– Vous avez raison, ça commence à devenir chiant.

Quand nous traversons l'open space, trois ou quatre journalistes tentent de l'accrocher et il s'en débarrasse en postillonnant des borborygmes.

– Merde, font chier !

On va direct à un bistrot juste en face du canard où la température intérieure avoisine celle du Pôle, et il nous commande d'autorité deux doubles tequilas. Il attend qu'on nous les serve, vide la moitié de son verre et semble découvrir ma présence.

– Il y a deux, trois mois, on a eu un sale truc dans le coin. Des gens sont entrés la nuit dans une maison de richards, ont massacré tout le monde, y compris les chevaux, ont festoyé et chié sur les tapis, barbouillé les murs de slogans de dingos avec le sang des victimes.

– Et on sait qui a fait ça ?

– Non. Faut dire que les flics d'ici, c'est pas des épées.

– Ils n'ont pas appelé le FBI ?

– Ah, ah, le FBI, y préféreraient appeler Hitler ! pouffe-t-il. En plus, j'crois pas que ce soit fédéral.

Je vide la moitié de mon verre. On est à moins de deux heures d'avion, temps d'attente compris, des deux villes parmi les plus branchées des États-Unis, qui à elles seules produisent la moitié du PIB américain, et je me retrouve au temps de Wyatt Earp.

– Bon, mais vous, en tant que journaliste, vous avez suivi l'affaire ? Alors vous avez une opinion ?

Il achève son verre et regarde le fond avec tristesse.

– J'y ai mis tout de suite ma meilleure équipe. Des pas manchots. D'ailleurs, y resteront pas ici. Ils ont enquêté, pas un seul indice. Z'avaient brûlé leurs traces au chalumeau.

– Comment ça au chalumeau ?

– Les poignées de porte, les rampes, là où ils étaient passés. Une boucherie. Les corps dépecés, trois gosses, deux adultes, jamais vu ça ! Z'en avez pas entendu parler ?

– Si, c'était ici ?

– Entre ici et Phoenix. Un coin de merde mais une bath maison. Un avocat.

– Pourquoi un coin de merde ?

– Isolé, vachement. Flippant.

– C'était une bande ?

– Obligé, dit-il en refaisant signe au barman de nous remettre ça. Tu peux pas faire tout seul un tel carnage !

– Et alors, les flics, ils ont quand même bougé ?

– Z'ont vérifié tous les cinglés du coin... mais vous savez où on est ? Autour c'est le désert de Sonora. Tu peux y passer ta vie sans voir personne. Des millions d'hectares de sable et de roches, un coin pas possible. Si c'est une bande et qu'elle s'est planquée là-dedans, on peut toujours se fouiller pour la retrouver !

E N QUITTANT SA MÈRE ce soir-là, Sam s'aperçut
qu'elle allait mieux. Pas bien. Mieux.
Elle n'allait pas bien parce qu'il n'allait pas assez la
voir, qu'Obama était trop confiant avec les musulmans, qu'il n'avait pas d'opinion en ce qui concernait
la construction d'une mosquée près de Ground Zero,
que sa sœur se plaignait tout le temps. Mais elle allait
mieux que trois mois plus tôt.
Mme Goodman habitait Beacon Hill, quartier
huppé s'il en est, où les portiers d'immeuble sont
habillés comme les Suisses du pape, et où l'on teint
les chihuahuas en rose. Pas le genre de chiens
qu'aimait sa mère.
Elle avait passé douze ans de sa vie avec un mâtin
de Naples de soixante-dix kilos appelé Spartacus.
D'après l'avis de ses amis (et de son fils), c'était le
couple le mieux assorti qui puisse se voir. Ils ne se
quittaient pratiquement jamais.
Mais toute vie a une fin, et le brave toutou qui avait
coûté quelques costumes à Sam en les aspergeant de
sa bave joyeuse avait atteint l'âge où les chiens géants
ont du mal à se déplacer.
Sa mère avait engagé un jeune homme pour le promener à l'aide d'un harnais, mais Sam détestait voir
ce chien qui avait été si puissant se faire trimballer

comme un tétraplégique. Il avait tenté en vain de la convaincre de le faire euthanasier.

– Mais il mange bien, protestait-elle, il vient toujours me réveiller le matin, il ne souffre pas et on s'aime !

– Il se traîne jusqu'à ton lit, il mange allongé parce qu'il n'a plus la force de se dresser sur ses pattes, et je suis sûr qu'il déteste son état !

Et un jour qu'elle était partie pour la journée voir sa sœur, il avait fait venir le vétérinaire, qui avait approuvé sa décision bien qu'il se soit occupé de Spartacus depuis tout bébé. Avant la piqûre létale, Sam avait pris le grand chien contre lui, l'avait longuement caressé, et lui avait expliqué ce qui allait se passer. Et Spartacus était parti en une seconde rejoindre ses ancêtres, ses grands yeux tendres plongés dans les siens.

Les pompes funèbres canines avaient emporté sa dépouille pour l'incinérer, et Sam avait passé la soirée à pleurer comme un veau.

Quand sa mère était revenue, il lui avait dit que Spartacus avait fait un arrêt du cœur et que son vétérinaire s'en était occupé. On lui avait rapporté ses cendres quelques jours après, et Sam avait compris qu'elle avait plus de chagrin que lorsqu'elle avait perdu son second mari.

Mais lorsque Sam avait failli se faire tuer dans l'épicerie, l'angoisse de sa mère avait réapparu et ravagé de nouveau sa vie. Elle lui avait confié ne pas croire aux miracles, qu'un jour il tomberait sur un bec, un bec méchant et armé, et qu'elle en mourrait.

Quand cette idée lui venait, elle s'empressait de secouer la main en soufflant, pouh, pouh, pouh, comme on le fait chez les juifs pour chasser le mauvais œil.

Franklin, harcelé par sa hiérarchie pressée de se débarrasser de cette patate chaude que constituait un homicide perpétré par un Blanc sur un Afro-Américain, n'allait pas voir le marabout. Il courbait la tête en attendant que passe la tempête.

Et Sam, pour fuir les journalistes excités par cette affaire qu'ils présentaient comme une guerre interraciale, était parti en Floride, où une Cubaine s'était occupée de le soulager de ses soucis, et en était revenu bronzé et amaigri, détendu, autant qu'il soit possible à un juif ashkénaze.

Mais il était toujours aussi fatigué. Il se levait le matin comme il s'était couché, dormait mal, somnolait dans la journée, et s'était résolu à contrecœur à aller consulter la psy de la police.

– Vous sentez-vous coupable ? avait-elle demandé.

– Non.

– Quand vous y pensez, vous ressentez quoi ?

– Quand je repense à quoi ?

– Vous avez deux problèmes à résoudre, lieutenant : la mort de votre inspecteur et celle de votre agresseur. Qu'est-ce qui vous semble le plus lourd à porter ?

– Je ne porte rien. Peterson a fait une erreur qui lui a coûté la vie, et j'ai tué Ranson pour sauver la mienne. Qu'est-ce que je devrais porter ?

– C'est à vous de me le dire.

Cinq séances de ce tonneau et il avait laissé tomber.

Il attrapa un taxi déglingué dont le chauffeur barbu aimait la musique orientale et voulait en faire profiter la rue. Il lui demanda de baisser le son. Le chauffeur lui balança un regard indiquant clairement ce qu'il pensait des clients qui n'aimaient pas la musique orientale, mais baissa un peu. Suffisamment en tout cas pour que Sam sente son téléphone vibrer.

Il se pencha par la vitre du taxi pour mieux entendre, et décrocha.

– Franklin. Passez demain au commissariat, neuf heures.

– Pourquoi ? Vous manquez de femmes de ménage ?

Franklin soupira.

– Passez, c'est tout.

Et il raccrocha.

– Asseyez-vous, l'invita Franklin quand Sam débarqua. Il farfouilla dans ses papiers, chercha dans deux tiroirs, en sortit le 38 et la plaque de Sam. Voilà. Enquête terminée. Blanchi.

– Blanchi ? répéta Sam.

– Blanchi, presque. Et ce n'est pas tout. Mercantier a fait sa réapparition.

Sam sentit son pouls s'accélérer. Il était réintégré au moment où l'autre ordure refaisait surface. Il n'y a pas de hasard.

– Où ?

– Phoenix.

– Où ? Phoenix ? Pourquoi Phoenix ? C'est à trois mille kilomètres de Boston.

– Et alors ? Il y a des avions. Il en a même un privé, lui.

– Comment l'ont-ils trouvé ?

– Un coup de fil anonyme au FBI local qui nous en a fait profiter. Ils ont dû nous faire une vacherie sans qu'on s'en aperçoive et veulent sans doute se faire pardonner. Bon, pas trop d'illusions quand même. C'est pas des généreux.

– Et pourquoi ont-ils besoin de nous ?

– Vous connaissez le coin ?

– Vous plaisantez, qu'aurais-je été y faire ?

Franklin sortit une carte de l'Arizona où Sam ne vit d'abord qu'une grande étendue beigeasse, coupée par endroits de taches marronnasses représentant des chaînes de montagnes, et de pointes d'épingle figurant les villes et villages.

– Bon, là, Phoenix, dit Franklin en posant son index sur un point un peu plus gros que les autres, ici, Yuma, ici Tombstone, plus loin, Tucson… Plus un putain de désert. Le Sonora. Vous connaissez ?

– Non. Mais attendez, qu'est-ce que ce jobard est allé faire chez les Peaux-Rouges ?

– Se faire oublier et continuer probablement sa petite activité en toute quiétude. Une heure d'avion pour la côte Ouest, là où se trouve sa clientèle, et à deux revers de doigt de la frontière mexicaine. Parce qu'en plus des mômes il fournit des filles que lui vendent les cartels mexicains. C'est à Yuma qu'on passe le plus facilement le Colorado en aval de son confluent avec la rivière Gila, et qu'on se retrouve chez les sombreros.

Sam souleva les sourcils en soupirant.

Franklin lui jeta un regard par en dessous.

– On peut construire dans ce désert une base de l'US Air Force sans se faire repérer, ce qui est tout bon pour un Mercantier. Alors voilà le topo. Le préfet m'a suggéré, et c'est un euphémisme, que ce serait bien que vous le retrouviez, compte tenu de ce qui s'est passé ; en plus, il ne me l'a pas dit mais c'était pas la peine, vous seriez très loin de Boston, ce qui arrange tout le monde.

– Je suis dédouané ou pas ?

– Dédouané, soupira Franklin en haussant les épaules. Mais vous les connaissez. Si en plus vous prenez une flèche dans les fesses, ils ne porteront pas le deuil, acheva-t-il avec un sourire torve.

– Mercantier y est depuis quand ?

– Les fédés ne m'ont rien dit mais à mon avis le coup de fil anonyme ne doit pas dater d'hier. Ce que je pense, c'est qu'ils pataugent et ont peut-être peur de se planter.

– Les fédéraux ?

– Oui.

– Et pourquoi j'y vais seul ? demanda Sam au bout d'un moment.

Franklin ricana.

– Question de budget.

– Et si je refuse ce qui me paraît être un coup pourri ?

Franklin leva les bras dans un grand soupir.

– Y a deux gars aux archives qui viennent de prendre leur retraite.

– C'est du chantage ?

– Ça y ressemble.

– Et je dois partir quand ?

– Le plus tôt possible. Ils ont déjà dégagé le budget au service financier.

– Combien de temps devrai-je rester dans ce pays de rêve ?

– Jusqu'à ce que vous le rameniez, évidemment.

En repartant, Sam se dit que quelque chose lui échappait dans cette affaire. Il s'était souvent demandé pourquoi on avait lancé une action aussi casse-gueule que l'opération contre le QG du Haïtien sans s'assurer qu'il y était. Et maintenant on l'envoyait tout seul l'arrêter dans un coin merdique et inconnu où l'autre était chez lui, entouré des siens.

Qui avait intérêt à ce que cette ordure de Mercantier ne soit pas arrêté ?

Il pensa que sa mère en apprenant toute l'affaire sauterait sur l'occasion pour lui seriner : « Laisse tomber, Samèlé, tu ne vois pas qu'ils se moquent de toi ! T'as besoin d'eux ? Rien du tout ! T'as besoin de personne, tu as tout ce qu'il te faut pour vivre tranquille... »

J'ATTENDS dans un frigo qui s'appelle le Colorado Queen, un rade où la clim arrive tout droit du Spitzberg, les deux journalistes qui ont suivi l'affaire du massacre familial.

Le rédacteur m'a montré les photos du crime. Ils ont fait fort. Il a fallu que je m'accroche pour toutes les regarder. *Massacre à la tronçonneuse* pourrait passer à côté pour une bluette.

Quand on lit un fait divers dans le journal, on ne pense pas, et c'est une chance, à l'aspect des victimes. Je ne dis pas qu'on les retrouve toutes dans cet état, mais les flics vous diront qu'il leur arrive souvent de vomir.

Les journalistes débarquent et viennent droit à ma table. Je me lève en souriant.

– Bonjour, merci de vous être dérangés.

– C'est pas tous les jours qu'on croise une journaliste lauréate du Pulitzer, répond la jeune femme.

Une Indienne ou au minimum une sang-mêlé. La petite trentaine. Peau caramel, grands yeux clairs et cheveux noirs coiffés en une longue tresse, vêtue d'un body ouvert sur des épaules rondes, et une poitrine... généreuse.

– Bonjour, sourit son compagnon.

70

Lui est un Blanc pur sucre. Maigrichon et sympa. La jeune femme s'assoit à côté de moi.

– Mary, se présente-t-elle, et lui c'est Joss.

– Votre rédacteur a une très bonne opinion de vous au point qu'il pense que vous ne resterez pas ici, je renvoie, histoire de créer tout de suite une bonne ambiance.

– Il n'a pas tort en ce qui me concerne, répond Mary en me lançant un coup d'œil rieur.

– Mary veut travailler dans un journal avec ulcère et dépression à la clé, raille Joss. Vous devez en connaître.

– J'ai des adresses.

On badine un moment en attendant nos citronnades glacées. Ici, tout est double. La température, les crimes, les boissons. Une fois rafraîchie, je les renseigne sur ce que je cherche.

– Pourquoi notre rédac'-chef a-t-il fait le lien entre le massacre de la famille Rothman et votre affaire de fugue ? s'étonne Mary.

– La jeune fille que je recherche a été retrouvée par un détective en compagnie d'une bande qui lui a semblé suspecte. Il a été assommé en les attendant dehors, et celui qui les mène lui a paru être un grave allumé.

– La police a fait des recherches sur les cinglés du coin, reprend Joss, ça n'a rien donné. Ils en ont conclu que c'était probablement une bande de passage.

– Qui viendrait ?

– Ils savent pas. Ils ont volé pas mal d'argent, d'après le comptable. Rothman gardait toujours beaucoup de liquide chez lui. Ils ont négligé les objets de valeur négociables, ce qui indique d'après les enquêteurs qu'ils ne connaissaient probablement pas de receleurs, et confirme qu'ils ne sont pas d'ici. Ils ont laissé sur les miroirs et les murs, même sur les sols des sanitaires, des insultes, des menaces, des mains dessinées avec du sang, des têtes de mort..., lâche-t-il d'une voix troublée en secouant la tête.

Mary pose sa main sur son bras et je me demande s'il y a quelque chose entre eux.

– Joss est un grand garçon impressionnable, sourit-elle. Mais de vous à moi, j'ai calé aussi quand on a été sur place. Pourtant il n'y avait plus les corps. J'imagine ceux qui les ont trouvés. Avez-vous une piste pour cette bande ?

– Le détective qui l'a repérée travaille ici. Je vais aller le voir.

– On peut vous accompagner ? demande Joss.

– Je regrette, je veux juste retrouver cette fille, pas faire un scoop. Mais je vous promets que dès que je sais quelque chose... Au fait, qui a découvert le massacre des Rothman ?

– Les patrouilleurs municipaux. À l'étude de maître Rothman, on a été étonné de ne pas le voir arriver le lundi matin. Il avait des audiences. Il devait partir en week-end avec sa famille au parc naturel des Organ Pipes. Ils ont téléphoné toute la matinée et ont fini par demander à la police municipale d'aller voir.

– Pourquoi n'y sont-ils pas allés eux-mêmes ?

– La maison est à Wellton, entre Yuma et Sentinel, à une cinquantaine de kilomètres d'ici.

– Vos collègues de Phoenix ont découvert autre chose ?

– Non. On a été les premiers sur les lieux. Quand le cabinet de maître Rothman a signalé son absence, Mary et moi étions au poste de police de Yuma pour une affaire de vol de voitures. On est partis aussitôt. L'instinct, sourit-il. Mais on a été obligés d'attendre que l'équipe d'experts scientifiques ait terminé de sécuriser la scène de crime et relever les indices. On n'a d'ailleurs pas pu entrer. On a vu passer les cinq corps, c'était terrible. On n'a pas pu approcher non

72

plus les écuries où les trois chevaux avaient été éventrés...

– Éventrés ?

– Oui. Tous les trois. On est entrés plus tard, c'était effrayant. Ils leur avaient sorti les entrailles.

On se regarde un moment sans pouvoir parler.

– Et les chevaux en tout cas, ils les ont tués pour rien, murmuré-je. Par pur sadisme.

– Les flics ont retrouvé des pipes de crack, des cuillères percées, ils se sont shootés sur place, ajoute Mary.

Je ne sens plus le froid de la salle parce qu'il est à l'intérieur de mes os. Je ne peux pas imaginer la fille de gens comme les Cooliers mêlée à cette atrocité. Et pourtant ceux qui font ça sont aussi des enfants de, des conjoints de. Après la guerre, les enfants des bourreaux nazis ne pouvaient pas croire que leurs parents aient participé à l'horreur.

« L'Enfer, c'est les autres », a dit un philosophe français.

Quand un crime se produit, aucun proche de l'assassin ne peut admettre qu'il soit coupable. Ça remet en cause trop de choses. Comment une mère accepterait-elle que le bébé qu'elle a réchauffé contre son cœur puisse être un tueur ? Quelle femme peut admettre que l'homme avec qui elle vit soit un violeur ou un meurtrier ?

– Combien de kilomètres entre Phoenix et ici ?

– Un peu plus de cent cinquante, mais c'est tout droit, répond Joss. Un ruban d'asphalte qui court dans le gravier. Pas un croisement. Quelques fermes et des patelins plantés quelques centaines de mètres en arrière de la route.

– Vous êtes d'ici ?

– Moi, dit Mary, je suis née à Montezuma Castle, au sud de Flagstaff. Ma mère était une Quechua.

– Ah, et vous ?

73

– Moi, je viens d'El Paso. Pas de travail intéressant là-bas, alors j'ai accepté ce poste. Mais je ne crois pas que j'y resterai non plus.

On bavarde encore un peu et ils me proposent de dîner ensemble le soir même. Pas de refus. L'idée de dîner seule dans cette ville n'a rien de réjouissant. Et Mary pourrait m'initier aux coutumes indiennes.

Fox REGARDAIT Cindy et Hubbard regagner leurs pénates. Depuis qu'ils s'étaient mis ensemble, le lendemain de leur rencontre, ils avaient choisi de dormir dans l'appentis qu'ils avaient plus ou moins retapé.

Fox n'avait rien dit, se contentant d'observer. Les deux autres garçons étaient restés avec les membres de la Famille. Mais la sauce ne prenait pas vraiment entre eux. Les nouveaux venus paraissaient moins sensibles à son influence. Ils écoutaient plus volontiers Hubbard. Fox savait qu'une seule chose fédère les gens : une action menée en commun.

Quand Bobby était sorti assommer le connard qui les observait, et que Fox avait découvert dans sa poche sa licence de détective, il avait imaginé cent scénarios différents, sans penser que ce type pouvait être à la recherche de l'un d'eux. Ils étaient depuis si longtemps ensemble qu'il ne pouvait croire qu'une quelconque action soit entreprise pour les retrouver.

Il avait soupçonné les trois nouveaux, mais compris qu'il faisait fausse route quand ils s'étaient esclaffés en affirmant que personne de chez eux n'aurait ni argent ni envie de les ramener. Il avait alors craint d'avoir laissé des indices chez les Rothman. Dans cette hypothèse, ce n'aurait pas été un pauvre privé qui les aurait pris en chasse mais la police de tout le comté.

Il avait néanmoins sonné la retraite. Et depuis un long moment l'équipe glandait sans avoir rien d'autre à faire que se piquer le nez et picoler.

Fox décida de les occuper, d'autant que les fonds du pillage de la villa Rothman fondaient à vitesse grand V.

Un matin, il se rendit à Yuma qu'il quadrilla à bord de sa camionnette. Il acheta les journaux locaux pour repérer les habitants importants et vulnérables, et s'étonna, dépité, que l'agression contre les Rothman soit si vite passée aux oubliettes. Quatre mois, et le massacre était déjà remplacé par d'autres faits divers. Fox se dit que pour obtenir le fameux quart d'heure de gloire, il fallait vraiment en faire.

Les flics étaient si feignasses que s'ils n'obtenaient pas immédiatement un petit résultat, ils laissaient tomber. Il suffisait en somme de s'évanouir dans la nature et attendre que le temps passe pour recommencer.

Évidemment, ils auraient pu quitter la région. Mais Fox était un homme qui écoutait ses sensations, observait les signes que lui envoyait le destin.

Il était depuis longtemps un adepte convaincu de l'occultisme. Et aimait penser que pour travailler sur son esprit profond et sur celui des autres, la majesté du désert était une matrice féconde.

Il avait intégré un temps la Société des treize magiciens rituels, mais celle-ci s'était avérée trop timorée pour ce qu'il en attendait : entrer dans le domaine des morts. Puis, en prison, il avait fait la connaissance d'un homme condamné pour meurtre par satanisme. Un Guyanais qui vivait à La Nouvelle-Orléans, membre de la Santana, une secte qui pratiquait la magie noire. Au sortir d'un sabbat il s'était jeté sur une vieille femme et sa fille, les avait égorgées avant de boire leur sang. Il jouissait parmi les détenus d'un respect dû à la peur qu'il leur inspirait.

Fox avait réussi à gagner sa confiance en tuant dans les douches un nouvel arrivant qui s'en était violemment pris à lui, se moquant des prétendus pouvoirs dont ses codétenus l'investissaient.

Le Guyanais avait apprécié et lui avait révélé son « secret ».

On l'appelait l'Esobus, le Maître de la magie noire. En réalité un pseudonyme, car nul ne devait connaître sa véritable identité, et même savoir qu'il existait, avait-il expliqué.

Ayant trouvé en Fox une « âme » réceptive, il lui avait confié être un sorcier rituel. À la question de Fox, qu'est-ce qu'était un sorcier rituel ? l'homme avait répondu que si l'on se référait à la religion chrétienne, c'était un prêtre « à l'envers ».

Mais Fox avait été libéré avant que le Guyanais lui livre ses autres secrets.

Fox se sentait chez lui dans cet immense désert hostile qui lui ressemblait. Dangereux, l'un et l'autre, sans compassion pour quiconque tentait de les affronter.

Il aimait ces matins où le jour se levait brutalement, effaçant les ténèbres pendant lesquelles les plus dangereuses des créatures avaient chassé. Il savait ce qui se passait dans ces replis de sable, ces roches, ces épineux épais comme des barbelés. La mort. La mort pour chacun. La mort donnée et reçue.

Il aimait les crépuscules ensanglantés où ces mêmes créatures vivaient leurs derniers moments. Le désert était l'alpha et l'oméga de toute vie. Nul ne pouvait y survivre s'il s'y opposait. Il s'employait à perdre les insensés qui le violaient, les rendait fous de soif et de désespoir. Leur infligeant la mort la plus horrible. Aucune trace ne subsistait. C'était des crimes parfaits.

Il s'arrêta sur une place surchauffée et descendit se mettre à l'abri d'un immense palmier. Yuma semblait florissante, tout au moins dans son centre. De beaux magasins, des restaurants, des maisons confortables.

Il reprit sa voiture et s'enfonça dans les faubourgs. Là, tout changeait. Pavillons modestes d'ouvriers et d'employés, supérettes nombreuses aux vitrines surchargées de réclames, population ordinaire et bruyante.

Il se gara et parcourut plusieurs quartiers, prenant mentalement des notes, les rejetant aussitôt, jusqu'à ce qu'il tombe sur une petite succursale de banque plantée sur une place d'où s'étoilaient plusieurs rues.

Le désert était partout autour. Les habitants du quartier devaient probablement se battre en permanence contre le sable poussé par le vent. Les chaussées et les trottoirs en étaient pavés. Dans les jardins, les quelques arbres étaient pelés, secs, mourants. Les toits, les façades, enduits d'un sable pulvérulent. Un combat perdu d'avance.

Cette idée le fit penser à sa mère, mais il la chassa aussitôt. Pas de danger qu'elle se batte contre la poussière, elle ne la voyait même pas. Trop occupée à déchiffrer inlassablement son horoscope dans tous les journaux qu'elle achetait, ou à courir chez ces bonnes femmes qui lui prenaient tout son argent.

Il s'appuya contre un arbre et resta plus d'une heure à épier les va-et-vient des clients de la banque. Il ne devait pas y en avoir beaucoup, parce qu'il n'y avait pas beaucoup de va-et-vient.

Puis, sur le coup de onze heures, un camion blindé se gara. Un transfert de fonds. Il eut un frisson de plaisir.

Deux types en descendirent, dont l'un resta à l'extérieur, arme à la main, tandis que son collègue entrait dans l'établissement avec deux gros sacs, pour en ressortir un moment plus tard.

Pas besoin de posséder des yeux électroniques pour comprendre ce qu'il y avait à l'intérieur des sacs. Un civil suivit le convoyeur, s'entretenant cordialement avec lui. Puis l'homme serra la main du convoyeur et rentra dans la banque tandis que le fourgon s'éloignait.

Fox était ahuri. À moins que ces sacs ne contiennent que des haricots, ces types manquaient pour le moins de prudence.

Il attendit l'heure du déjeuner. Celui qui avait parlé au convoyeur sortit en compagnie de trois employés, mais ils se séparèrent. Le trio, deux hommes et une femme, se dirigea vers une échoppe qui proposait des repas pas chers, tandis que celui que Fox soupçonnait être le directeur monta dans sa voiture.

Fox regagna la sienne pour le suivre, autant par désœuvrement que par instinct. Le type prit à l'est l'autoroute qu'il quitta au bout d'une dizaine de kilomètres.

Ils arrivèrent l'un suivant l'autre dans un quartier plutôt bourgeois. Le directeur s'arrêta devant une maison un peu plus grande que ses voisines. Un gosse en jaillit et une femme apparut sur le pas de la porte en criant quelque chose qu'il n'entendit pas. L'homme fit un geste de la main et se dirigea vers le garage.

Fox resta tout le temps du déjeuner. Se dissimulant du mieux qu'il put dans sa camionnette. Quand le type repartit, il le suivit.

Il recommença le lendemain et le surlendemain, puis tous les jours de la semaine.

L E BUREAU du collègue de Neil Jordan, le détective
employé par les Cooliers, se situe juste au-dessus
du niveau zéro de la réussite sociale. Sur la porte que
j'ouvre après avoir frappé sans obtenir de réponse,
une étiquette défraîchie informe que Théodore Palmer est spécialisé dans les investigations commercia-
les. Je me demande pourquoi Jordan l'a choisi pour
pister une fugueuse.

– Bonjour, je m'appelle Sandra Khan et j'aurais
aimé vous parler d'une affaire, dis-je en me plantant
avec un grand sourire devant son bureau.

Il me lance un regard morne, celui qu'on réserve
généralement à quelqu'un venu vous taper.

– Votre confrère Neil Jordan m'a dit que vous aviez
retrouvé pour lui une jeune fille que je recherche,
continué-je d'un ton urbain.

J'ignore s'il est sourd ou muet mais il ne bronche
pas. Il me regarde par-dessous des sourcils brous-
sailleux, renifle un grand coup, farfouille dans un
tiroir et en sort un mince feuillet qu'il jette sur son
bureau.

– C'est son dossier ?

Il hoche la tête pour toute réponse. Je l'ouvre et
parcours un feuillet écrit en triple espace où est indiqué qu'il a retrouvé Cindy Cooliers en compagnie

d'amis dans un établissement de nuit appelé le Frontera. Que la recherche lui a pris trois jours qu'il a facturés 350 dollars.

– Vous êtes certain que c'était bien Cindy Cooliers ?

– Y m'avait donné une photo. Elle était vachement mieux sur la photo, mais c'était elle. Vous savez qu'une heure de consultation coûte 50 dollars ?

– Consultation ?

– C'que vous faites là...

Je plisse les lèvres.

– Et pour 50 dollars je peux emporter le dossier ?

Il acquiesce. Je sors 30 dollars que je déplie lentement et les pose sur le bureau.

– Je vous laisse le dossier, je ne prends que la consultation.

Il me lance un regard furibard en se redressant sur sa chaise comme s'il voulait me frapper.

– Mais si vous la retrouvez et m'avertissez aussitôt, c'est 5 000 dollars, plus vos frais, j'ajoute.

Il reste muet mais une petite lueur a éclairé son regard chassieux.

– Je suis à l'hôtel Cicero, prévenez-moi de jour comme de nuit si vous trouvez quelque chose. Comprende ?

Je n'attends pas sa réponse, qui d'ailleurs ne vient pas, et sors.

Dehors la même canicule. J'entre dans ma voiture, m'y enferme, et pousse le bouton de la clim jusqu'à ce que l'habitacle se transforme en igloo.

Je déteste tout ici. La ville, le climat, la tronche des gens, tout. À part Joss et Mary. Surtout Mary qui est vraiment séduisante.

Je reviens à l'hôtel, prends une douche glacée, ressors en grelottant et me prépare pour les rejoindre.

F OX ATTENDIT qu'ils finissent leur petit déjeuner pour embarquer Amélia la furieuse, Carmen la gauchiste, Bobby le schizo et Hubbard. Il était à peine six heures et déjà le désert s'éclairait des bandes de lumière qui montaient derrière l'horizon.

Les autres les regardèrent se préparer.

– Pourquoi qu'on vient pas ? demanda Timor d'un ton hargneux.

– Je vous l'ai expliqué, répondit sobrement Fox.

– Chuis pas d'accord, répliqua Timor.

Hubbard fit un pas vers lui.

– On va pas tirer une gonzesse, grogna-t-il. Alors tu manques rien.

– Quand même, on a toujours tout fait ensemble !

Fox, sans répondre, s'installa au volant et fit signe aux autres de monter.

Restaient Cindy la camée, Roxane l'anorexique, Timor et Jasper. Les filles semblaient davantage résignées mais Timor et Jasper ne cachaient pas leur mauvaise humeur. Fox se pencha par la vitre ouverte.

– On devrait être de retour en fin d'après-midi. Faites que tout soit prêt.

– Prêt à quoi ? aboya Timor.

Fox le fixa un moment sans répondre et démarra.

L'attitude des copains d'Hubbard le souciait pres-

82

que autant que l'expédition du jour. Il était pour une discipline absolue, un dévouement total. Ils avaient la veille passé la journée à répéter le plan.

Fox avait choisi ceux qui l'accompagneraient et ceux qui prépareraient la fuite en cas de coup dur. Ce qu'il avait appelé le plan B. Parfaitement compréhensible pour ces mordus de télé.

Il pensait d'ailleurs que l'absence de télévision faute d'électricité était la raison principale de leur mauvaise humeur. La musique dont ils gavaient leurs oreilles et qu'il jugeait épouvantablement violente ne remplaçait pas les bons talk-shows dont ils s'étaient déclarés friands.

S'ils restaient ensemble, Fox devrait trouver une solution. Et la seule qui lui venait à l'esprit était de changer de coin.

Il savait que des marioles avaient monté çà et là dans les parties les plus perdues du Sonora des poches où se retrouvaient ceux qui voulaient se faire oublier. Ils avaient imité ceux qui dans la Dead Valley avaient initié cette pratique pour les paumés qui hantaient le désert autour de Las Vegas, attendant de se refaire avant de retourner dans la cité des illusions.

Un des plus sûrs refuges, quant à la localisation, pas pour sa clientèle, se situait à l'est de Flagstaff, entre Flagstaff et Winslow. Météor Cratère, appelé aussi Canyon Diablo Cratère. Un cratère formé par la chute d'une météorite, cinquante mille ans plus tôt. Un trou de cinq cent soixante-dix mètres de profondeur et de mille deux cents mètres de diamètre, perdu dans un vide minéral si l'on exceptait l'unique patelin fantôme, appelé Meteor, et où subsistait un bureau de poste d'où le courrier partait et arrivait le 15 de chaque mois.

Et dans ce coin improbable, dans ce désert lunaire, d'autres marioles avaient créé un refuge, un îlot humain où ils louaient des caravanes, vendaient des filles et de l'alcool, organisaient des parties de poker où souvent les couteaux remplaçaient les paroles, et avaient installé un certain confort comme des groupes électrogènes permettant d'avoir de l'eau et de l'électricité.

La pension n'était pas donnée, une caravane coûtait le même prix qu'une chambre confortable dans un trois étoiles à New York, mais ceux qui venaient là ne cherchaient pas le confort, plutôt l'oubli.

Les patrons arrosaient la police des villes voisines et pouvaient proposer à leur clientèle un havre de paix provisoire. Et si par malheur des flics têtus ou des bavards venaient y fourrer leur nez, on pouvait se fondre et se perdre dans le désert sans fin.

Fox haussa les épaules et embraya nerveusement. Leur destination était à moins d'une heure de route, mais autant rouler à la fraîche.

Pendant plus d'une semaine il avait surveillé la banque et son directeur. Noté ses horaires et ses habitudes. En discutant avec le patron du bouiboui chez qui les trois employés déjeunaient, il avait tout appris des services de la banque.

Elle faisait office, en dehors d'être une banque de guichets, d'intermédiaire entre les deux PMU municipaux et le trésorier payeur du comté. Le lundi matin, un fourgon blindé apportait la recette du week-end qui était comptabilisée avant d'être virée le jeudi aux services municipaux.

On était lundi.

Au loin, en passant une crête, Fox et les autres aperçurent les premières lumières de la ville. Quelques kilomètres avant Yuma, Fox prit une route qui menait à une petite agglomération appelée High Plains, où vivait le banquier.

Il rangea le van dans une contre-allée dissimulée par une importante végétation à cent mètres de la maison, après avoir vérifié que la petite berline Mazda qu'il avait louée pour la semaine était toujours en place près de la sortie est des lotissements.

Le quartier était encore plongé dans le sommeil en ces dernières minutes de la nuit, et ils se dirigèrent comme des ombres vers la maison, un peu en retrait des autres en raison de la taille plus importante de son jardin. Ils s'y coulèrent en se faufilant entre les arbres. Une lanterne éclairait le seuil, mais le reste était plongé dans l'obscurité.

Carmen s'approcha de la porte et fourragea silencieusement dans la serrure, se servant de son attirail de cambrioleuse.

Carmen était une pure Américaine du Wisconsin. Elle s'était donné le nom de l'héroïne de Bizet par amour pour le personnage, et se cuisait au soleil pour lui ressembler. Elle avait quitté ses parents à seize ans et rejoint Fox par haine de l'establishment. Ses parents étaient persuadés qu'elle avait tué intentionnellement sa petite sœur, alors qu'il n'en était rien. Elle les avait détestés.

La serrure céda facilement, et elle secoua la tête à l'intention de Fox. Ces gens étaient réellement des abrutis de ne pas mieux se protéger.

Ils entrèrent l'un derrière l'autre dans le couloir où devant eux s'élevait un escalier qui menait aux chambres. Cuisine, salon et salle à manger étaient répartis de chaque côté du rez-de-chaussée.

– Dans la cuisine, murmura Fox à Amélia. Prépare du café.

Ils montèrent à l'étage. Les portes étaient fermées mais l'oreille fine de Fox perçut des bruits dans l'une des chambres.

Un lit qui grince, un soupir, des pas sur le parquet, une porte qui s'ouvre, de l'eau qui coule, un réveil qui grelotte, d'autres grincements, une voix répondant à une autre. Les Timermann se réveillaient pour affronter ce lundi 14 août qui se révélerait être une des plus chaudes journées de l'été.

S AM GOODMAN atterrit au Sky Harbor Airport de
Phoenix à trois heures de l'après-midi, après avoir
survolé un surprenant désert de sable rouge et, arrivé
au-dessus de la ville, un alignement géométrique de
maisons flanquées de piscines qui lui fit penser à une
vue de l'île artificielle de Dubai.

Pressé, car l'avion avait une heure de retard, il
dégringola l'échelle de coupée, se précipita dans le
bus qui attendait au pied, et qui l'amena directement
à l'intérieur où régnait une température de rêve,
trouva rapidement son bagage, ressortit tout aussi
rapidement, et c'est alors qu'il reçut la gifle des
quarante-cinq degrés qui s'étaient installés sur la ville
ce jour-là.

Il s'engouffra dans un taxi qui lui parut frais
comme un jardin de roses, lui donna l'adresse du
Bureau fédéral et se laissa aller contre la banquette.

Comme l'aéroport était à l'opposé du Bureau fédéral, dixit le chauffeur, il pensa avoir le temps de lire
le livre sur Phoenix que sa mère lui avait donné la
veille au soir ; pendant le dîner elle l'avait enseveli
sous une montagne de mises en garde, omettant tou-
tefois de lui signaler que la température de l'Arizona
en été se rapprochait dangereusement du point
d'ébullition de l'eau.

Il enleva sa veste en lin, ouvrit son col de chemise, desserra son nœud de cravate, déchaussa ses mocassins et entreprit de vérifier au travers de la vitre si ce qu'on disait de la ville correspondait à la réalité.

Pour l'instant, le taxi roulait dans une zone industrielle, classiquement très moche, doublait des dunes de sable installées entre les supermarchés riches de tout ce qu'une population gavée pouvait convoiter, filait dans de larges avenues désertes en faisant voler des nuages de poussière que lui renvoyaient les autres véhicules, bref, ce qu'il voyait ressemblait à ce qu'il avait lu, à savoir une ville horizontale comparable à une plaque de métal chauffée à blanc où presque tous les bâtiments avaient moins de six étages en raison du refus des habitants de laisser s'ériger les traditionnels gratte-ciel, hormis dans le petit quartier des affaires où quelques-uns se hissaient laborieusement, et qu'ils traversèrent rapidement.

Cependant, comme la population de la ville s'était multipliée, ainsi que le précisait orgueilleusement le guide, les habitants s'étaient étalés, et Phoenix couvrait actuellement une superficie de soixante-dix kilomètres sur cinquante, en faisant une des agglomérations les plus étendues des États-Unis.

Mais contrairement aux villes du Sud surchauffées bâties de rues étroites où le soleil n'entre pas, Phoenix qui s'était créée en suivant les vagues erratiques de peuplement avait négligé ce détail.

– Il fait toujours aussi lourd ? s'inquiéta Sam auprès du chauffeur.

– Bof...

Sam avait trop chaud pour s'interroger sur le sens de cette réponse, et le silence retomba entre eux. Bientôt le taxi s'arrêta devant le siège du FBI, et le chauffeur lui rendit sa monnaie, en descendant si peu sa vitre que Sam dut récupérer ses billets entre deux doigts.

Portant son sac à bout de bras, il entra vivement dans le bâtiment qui lui parut un havre de fraîcheur. Après être passé au détecteur, on le propulsa dans un ascenseur jusqu'au troisième étage (l'immeuble en comportait cinq) où l'attendait le prototype de l'agent fédéral rencontré dans toutes les agences du Bureau.

– Par ici, monsieur, l'invita le grand jeune homme au regard sérieux et aux cheveux ras.

Il le fit entrer dans une pièce où l'attendait l'agent spécial Roman Tibbs, avec qui il avait rendez-vous. L'agent Tibbs n'était pas seul.

– Lieutenant Goodman, sourit-il en s'avançant vers Sam, bienvenue à Phoenix.

– Merci, grinça Sam. Jolie ville...

– Très agréable, renchérit l'agent Tibbs, qui se différenciait du précédent par son sourire enjoué. Laissez-moi vous présenter les agents James Scott et Richard Venturi qui s'occupent aussi de notre affaire.

– Bonjour, dit Sam en serrant la main d'une grande asperge écossaise, blond de poils et rose de peau, et d'un fac-similé de parrain sicilien.

– Comment va Boston ? demanda le parrain.

– Très bien, vous connaissez ?

Venturi eut un geste gêné de l'épaule.

– J'y ai de la famille...

Et, de la façon qu'il le dit, Sam comprit que sa famille devait être une « famille ».

– Asseyons-nous, proposa Tibbs. Thé glacé ? Citronnade ?

– Citronnade avec beaucoup de glaçons et d'eau, accepta Sam avec empressement.

– C'est ce qu'il y a de plus cher ici, gloussa Tibbs.

Puis la légèreté des propos s'épuisa et les trois hommes entrèrent dans le vif du sujet.

– Comment avez-vous retrouvé Mercantier ? interrogea Sam.

– Coup de fil anonyme, répondit Tibbs, ça arrive parfois.

– Et vous l'avez logé ?

– Le renseignement indiquait un bar où semble-t-il le Haïtien se rend régulièrement. On l'a mis sous surveillance mais ça n'a encore rien donné.

– Alors ?

– On a comme vous remonté la piste de ses réseaux mais l'organisation est extrêmement cloisonnée. Il existe à l'échelon national, comme vous le savez, un fichier central qui enregistre les demandes d'adoption. La plupart sont refusées et c'est là où des Mercantier interviennent. Ce fichier a été piraté et les noms des demandeurs transmis à un site basé dans le nord du Chili que nous cherchons depuis un moment à démanteler. Mais les Chiliens ne font rien pour nous aider. Les adoptants déboutés de leur demande auraient pour quelques-uns les moyens de payer fort cher un enfant. Ces gens seraient contactés directement et mis en rapport avec des intermédiaires qui leur offriraient la possibilité d'accéder à l'adoption en leur fournissant en même temps les papiers officiels d'état civil. Mais vous savez tout ça.

– Vous avez pu retracer les identités des demandeurs ?

– Hélas, non. La directrice d'un des plus importants de ces centres clandestins d'adoption basés à San Francisco, et actuellement incarcérée à Pelican Bay, nous a appris que l'organisation s'engage par écrit auprès de ses « clients » à détruire tous fichiers relatifs à leur identité.

– Que vous n'avez pas pu retrouver dans leurs ordinateurs ? s'étonna Sam.

– Non. Et vous savez pourquoi ? Parce qu'ils ne se servent pas d'ordinateurs mais de supports papier.

– Quoi !

– Oui, tout se fait sur papier, à l'ancienne. La broyeuse est bien plus efficace pour se débarrasser de données compromettantes que n'importe quel logiciel d'effacement.

Sam le fixa en se demandant une fois de plus ce qu'il était venu faire là.

– Il est très fort, soupira Tibbs.

– Alors vous n'avez rien contre lui ?

– En tout cas rien en ce qui concerne ce trafic d'enfants. Cependant, votre coup à Boston, infructueux malheureusement quant à son arrestation, mais additionné à la presque éradication de ses réseaux lui a fait comprendre qu'il devait se reconvertir, et d'après ce que l'on a appris, il a embrayé sur la traite des femmes, mexicaines ou autres, qu'il fait passer jusqu'ici, où les plus jolies sont envoyées sur les côtes Est et Ouest, et les autres employées comme serveuses, si l'on peut dire, dans les rades crados de la région. Mais là aussi nous manquons de preuves et ses complices ne sont pas bavards. Nous l'avons mis sur écoute et on le surveille.

Sam subodora aussitôt qu'attraper Mercantier allait s'avérer aussi difficile que construire un château de sable avec du sable sec. Car même si l'État d'Arizona n'était pas un des pires pour la criminalité en raison d'une des juridictions les plus sévères des États-Unis, son voisinage avec le Mexique, terre bénie des criminels et de la corruption, en faisait un point de passage privilégié pour la prostitution, la drogue et les immigrés clandestins, sources de profits infinis pour la grande criminalité.

– Alors comment comptez-vous l'arrêter ? demanda Sam, d'un ton désabusé.

– Comme chez vous, on va mettre en alerte nos indics.

– Fiables ?

– Ici, intervint Scott, on a une immigration clandestine qui nous pompe nos forces, mais qui en revanche nous fournit des balances, dit-il avec dédain. Ou ils nous aident ou on les renvoie dans leurs taudis.

Sam hocha la tête. Sa mère n'avait pas manqué de lui signaler le caractère xénophobe des Phéniciens – c'est ainsi qu'on les appelait – pour lui enjoindre d'être prudent.

– Pourquoi ? Ils seraient antisémites ? s'était étonné Sam. Ce sont les Latinos qui leur posent problème, enfin, c'est ce qu'ils pensent.

Mais sa mère, en fonction du voyage de son fils chéri dans ce territoire perdu dont elle n'était même pas certaine qu'il fasse partie du même pays que le sien, lui avait fait remarquer que quand les gens avaient fini de s'occuper des Latinos, des Noirs, des Asiatiques, des musulmans, restaient les juifs. Les meilleurs parce que les plus habitués.

– Tu es parano, avait-il répliqué.

– Non, lucide et pessimiste. Et pendant la guerre les pessimistes se sont retrouvés à Hollywood et les optimistes à Auschwitz, alors tiens-en compte.

– Quels sont vos plans ? demanda Sam en lançant un regard noir à Scott.

– On a promis une récompense à quiconque fournirait un indice sur ses trafics d'êtres humains. Un de ses comptables nous a contactés. On l'a retrouvé décapité dans une fosse à merde. Les indics ne se bousculent pas. On est tout près du Mexique et de sa mafia. Ce ne sont pas des sentimentaux.

– Pourquoi m'avoir fait venir si vous n'êtes pas plus avancés que nous ? demanda Sam.

– Parce que vous étiez sur l'affaire à Boston et que vous le connaissez bien. Vos supérieurs ont semblé désireux de boucler cette histoire et quand on a eu le renseignement on a pensé que ça vous intéresserait.

– On n'a pas l'habitude de se faire des cadeaux, répliqua Sam, d'un ton sceptique.

– C'est pas un cadeau, corrigea Tibbs en grimaçant. En plus, on est depuis plusieurs mois sur une très merdique affaire de meurtres multiples avec possibilité de satanisme, une des spécialités du coin. Tout le monde rame dessus, on n'a rien contre un coup de main des collègues.

– Hin... hin...

– Vous pourrez faire équipe avec Venturi ou Scott qui vous feront connaître le coin. Si vous devez aller dans le désert, prudence. On pourrait remplir un paquebot avec les cadavres de ceux qui s'y sont perdus.

– Bon, en attendant, je vais aller à l'hôtel m'installer, dit Sam qui réalisait à quel point Franklin avait raison : les huiles de Boston avaient dû sauter sur l'occasion de se débarrasser de lui.

Quand il était revenu de ses vacances en Floride, les journalistes lui étaient de nouveau tombés dessus comme la vérole. La hiérarchie avait détesté, d'autant que le nouveau préfet n'était pas un de ses fans.

L'enquête sur la mort de Ronson était toujours en cours et les poulets tremblaient que la communauté noire s'impatiente, d'autant que se dessinait d'après les AI un non-lieu définitif en sa faveur pour tir en état de légitime défense. Ce que la communauté noire ne voudrait sûrement pas avaler.

– Où êtes-vous descendu ? demanda Tibbs.

– Western Inn.

– Oh, vous avez du pognon à Boston, réagit Tibbs. Bon, dès que vous serez installé, venez prendre un verre avec nous. Notre QG, le King of Night, n'est pas loin du Western, vous connaîtrez le reste de l'équipe. Après, si le cœur vous en dit, vous irez faire un tour au rade où Mercantier est censé faire la fête.

– D'accord, dit Sam en grimaçant un sourire. Alors à tout à l'heure.

– Vers sept heures ? ajouta Tibbs.

Sam acquiesça, reprit son bagage et sortit.

– Il est juif, ce type, non ? dit Scott.

– J'sais pas, répondit Tibbs, mais il a l'air d'avoir de l'oseille. Vous avez remarqué ses fringues ?

J E REGARDE Mary dormir à côté de moi. Son souffle régulier soulève légèrement le drap posé sur ses seins.

On a dîné ensemble avec Joss dans une cantina mexicaine où le piment remplaçait le sel. Résultat, on a englouti des litres de vin chilien à quinze degrés. Ensuite, comme on avait très chaud, on est allé boire des mojitos dans un bar, puis comme Joss ne tenait plus debout, on l'a mis dans un taxi, et Mary m'a proposé de prendre le dernier dans un bar de filles qu'elle connaissait.

Mexicain aussi, le bar. Lumières inexistantes et étreintes furtives dans les coins. On a dansé comme on a pu sur une piste où l'on se bousculait, ce qui nous a obligées à nous serrer.

Après, comme je lui ai dit que je me sentais fatiguée, ce qui n'était pas tout à fait exact (je culpabilisais en pensant à Nina), j'ai dit que j'allais rentrer à l'hôtel, et Mary m'a convaincue de m'y accompagner parce que je ne connaissais pas la ville. Ce qui m'a semblé à la fois juste et aimable.

Et maintenant je la regarde dormir, sa jolie tête brune posée sur l'oreiller voisin.

Je ne sais que penser de moi. Quand on est jeune, la nature parfois vous entraîne vers l'un ou l'une que vous ne devriez pas regarder, et l'on se dit que c'est la faute de la jeunesse, que ce n'est pas si grave, et qu'il faut en profiter justement à ce moment de la vie. Quand on prend de la bouteille, plus d'excuse autre que de ne pas savoir résister à la tentation. Mais on peut aussi se servir de l'excuse inverse : on n'a plus tellement d'années devant soi et il faut en profiter. Dans les deux cas, on ment. Et, plus grave, on se ment.

En tout cas, ce que je peux dire, c'est que ce rapprochement avec le monde indien a été fort agréable. Même si la culpabilité que je ressens en pensant que Nina me croit accablée de chaleur et de fatigue dans un pays pourri, m'imagine en galère, eh bien, ça gâche le plaisir.

L E TRIO était planté au milieu de la chambre parentale où Fox l'avait réuni. Bradley Timermann tenait sa femme dans ses bras, qui elle-même tenait son fils dans les siens.

Carmen était allée chercher le môme et l'avait ramené à ses parents qu'Hubbard avait tirés de leur lit. Et maintenant, les Timermann regardaient les yeux exorbités de peur la troupe improbable.

– Monsieur Timermann, je m'appelle Fox. Et voici mes compagnons, Bobby, Hubbard et Carmen. Une autre jeune femme, Amélia, est dans votre cuisine et prépare le café.

– Qu'est-ce que vous nous voulez ? réussit à balbutier Bradley Timermann.

À ses côtés, sa femme Meryl serrait à l'étouffer son garçon qui se mit à pleurer.

– Pas grand-chose, sourit l'homme, que M. Timermann trouva étrange et inquiétant.

Maigre, des cheveux sales qui lui tombaient sur les épaules et une barbe noire qui lui mangeait la figure. Des yeux sombres comme deux trous et un fusil impressionnant qu'il tenait négligemment tandis que les autres exhibaient des poignards, tout aussi impressionnants.

– Monsieur Timermann, reprit l'homme, et Timermann trouva que sa voix sifflante était en accord avec le reste, vous êtes le directeur d'un établissement bancaire qui reçoit aujourd'hui les recettes des deux établissements hippiques de la ville et peut-être bien la recette des arènes où s'est déroulé hier le concours de rodéo mensuel. Exact ?

– Je ne vois pas où vous voulez en venir…, chevrota le banquier, pendant que son fils enflait ses sanglots.

– Mais si, coupa l'homme. Ce que je ne sais pas, c'est le montant de la somme. Il est de quel ordre à peu près, monsieur Timermann, si on y inclut le rodéo ?

– Je n'en sais rien ! repartit vivement Timermann. Et je ne vois pas en quoi ça vous intéresse !

Il ne vit pas bouger Bobby qui s'avança et lui flanqua son poing dans la figure. Ce qui eut le double effet de le faire tomber sur le lit et d'encourager sa femme et son gosse à brailler.

– Vous êtes des brutes ! hurla-t-elle.

Ce qui lui valut un second coup de poing de Bobby, qui curieusement la laissa debout. Preuve que Bobby s'était maîtrisé.

Fox se pencha sur le banquier.

– Si vous répondez des conneries, vous allez prendre des coups.

Et à ce moment, M. Timermann pissa sur lui. Sa femme, horrifiée, regarda s'étendre la tache sur ses jambes de pyjama, et il eut envie de mourir.

– Bien, voilà ce qui va se passer, reprit Fox. Vous allez vous préparer et vous rendre à votre banque comme tous les lundis matin. Les sacs vont arriver dans la matinée et vous les réceptionnerez, comme tous les lundis matin. Vous parlerez si vous en avez envie avec les convoyeurs, sans dire quoi que ce soit sur ce qui se passe chez vous. Je vous explique. Nous gardons votre femme et votre gosse qui seront bien traités tant que vous suivrez mes instructions, qui sont bien sûr de ne prévenir personne, pas même d'un battement de cils. Vous devrez être comme d'habitude. Exactement comme d'habitude. Que faites-vous, monsieur Timermann, quand vous recevez les sacs ?

Timermann fixa Fox sans rien dire.

– Monsieur Timermann...

– Je... demande à la comptable qui vient les lundis en extra de... les vérifier et de les enregistrer..., bredouilla-t-il, en ayant envie de se fiche des gifles, pour ne pas être capable de réagir.

– Très bien... et ensuite vous mettez les liasses dans la chambre forte ?

Timermann acquiesça, excitant le va-et-vient de sa glotte.

– Bien. Alors vous ferez exactement de cette façon. À l'heure du déjeuner vous reviendrez manger ce que votre charmante femme aura préparé et vous repartirez... vous repartez à quelle heure ?

– Une heure... une heure et demie...

– Bien, et vous travaillerez l'après-midi, comme vous le faites d'habitude. Et quand vous fermerez, vers quatre heures quarante-cinq, exact ? vous attendrez que vos employés soient partis, vous approcherez votre voiture et la collerez à la porte de derrière, vous ferez rentrer ce jeune homme ici présent, ajouta Fox en désignant Bobby, remplirez les valises que vous voyez là et les placerez dans votre voiture.

– Je ne pourrai pas, cracha le banquier. Vous vous rendez compte de ce que vous me demandez ?

Fox se contenta de le fixer sans répondre.

– Bon, maintenant, dit-il en relevant légèrement le canon de son fusil, vous allez vous préparer pendant que nous allons descendre rejoindre avec votre petite famille la jeune femme qui prépare votre petit déjeuner. Et si jamais vous prenait l'envie de faire une bêtise, rappelez-vous que votre fils serait égorgé sous les yeux de sa mère, qui le serait ensuite sous les vôtres. Et vous, peut-être que je vous laisserais vivre…

– Vous êtes une ordure, cracha le banquier dans un sanglot, ce qui fit redoubler ceux de son fils.

– C'est bien possible, admit Fox. Madame, faites taire votre moutard parce qu'il m'énerve.

– Il a toutes les raisons de pleurer ! cria-t-elle en s'avançant courageusement vers Fox.

Qui la gifla de sa main libre, et elle se mit à hurler, ce qui encouragea son fils à l'imiter.

Hubbard, n'y tenant plus, le lui arracha des bras, le secoua dans tous les sens, décuplant ses pleurs et les protestations hurlées des parents, ce qui acheva d'énerver tout le monde. La tête d'Amélia apparut à la porte.

– Qu'est-ce qui se passe ?

Fox hocha la tête d'un air exaspéré, empoigna Timermann, le traîna vers la salle de bains, lui hurlant de faire taire sa putain de famille s'il ne voulait pas patauger bientôt dans les tripes de son marmot.

– Amène-les en bas, ordonna-t-il à Amélia. Carmen, occupe-toi du moutard !

– Non, hurla sa mère, ne touchez pas à mon fils ! On fera ce que vous voudrez !

Le père, accroché des deux mains au chambranle de la porte de la salle de bains, avait tout du martyr chrétien livré aux lions, s'amusa Fox.

– Prépare-toi et nous fais pas chier, lui dit-il. C'est pas le jour à être en retard.

– Ne leur faites pas de mal, implora-t-il.

– Je t'ai dit qu'on n'y toucherait pas, si tu te tenais bien. J'répét'rai pas.

– Je ferai ce que vous voulez.

– Alors, va te laver !

Timermann entra dans la salle de bains, tenant à peine sur ses jambes. Il s'appuya des deux mains au lavabo, releva la tête, se regarda dans le miroir et se reconnut à peine.

Que s'était-il passé ? Il venait de se réveiller quand ce misérable était entré dans la chambre, l'avait plaqué contre le mur, pendant que l'autre type faisait tomber Meryl du lit. Puis une fille avait amené Stanley à moitié endormi que sa mère avait arraché de ses mains. Et après, ces menaces horribles qu'il était sûr que cet affreux tiendrait.

Et lui, comment tiendrait-il toute une journée à crever de peur pour Meryl et Stanley ? Est-ce que ce type était sérieux quand il disait vouloir les relâcher s'il obéissait ? Ils ne dissimulaient pas leurs visages, s'appelaient par leurs noms sans précaution. Cela ne signifiait-il pas... ?

Mais pourquoi les tuer une fois qu'ils auraient ce qu'ils étaient venus chercher ? Pourquoi ajouter des crimes à un cambriolage avec effraction ? La peine de mort existait en Arizona, les autorités étaient parmi les plus dures du pays, à cause de l'immigration.

Il entendit Fox le héler du bas et lui crier de se grouiller.

Il se débarbouilla rapidement, enfila ses vêtements, n'osant pas se raser tant il tremblait, craignant de s'arracher la peau, sortit à moitié habillé et dégringola l'escalier jusqu'à la cuisine.

Ils étaient tous là. Fox et les autres autour de la table, sa femme, son fils qui ne cessait de pleurer.

Les deux filles, debout contre l'évier, telles des sentinelles, le terrorisaient encore davantage que les garçons.

À cause de leur allure, peut-être ? Ces cheveux en pétard, noirs comme le jais pour celle qui s'appelait Amélia, piercée de partout, nez, oreilles, lèvres ; et l'autre, Carmen, aux yeux fous et méchants et qui reniflait sans arrêt.

– Ah, quand même, vous voilà..., dit Fox.

Il se pencha vers le gosse, lui saisit le bras, s'approcha tout près et grinça assez haut pour que son père l'entende.

– Si tu la fermes pas, je vais t'écorcher vif !

Son père se précipita, le prit dans ses bras, le serra contre lui, le supplia de se calmer, que tout allait bien, que c'était comme dans les films, qu'il ne fallait surtout pas énerver ces messieurs-dames, qu'ils seraient gentils si lui l'était, que lui, son père, était là et ne laisserait jamais personne lui faire du mal, qu'il fallait être fort pour sa maman, et raconta tellement de craques, collé à son oreille, que le môme finit par se calmer à demi, braillant moins fort, se contentant de renifler et hoqueter, ce qui était juste un peu moins désagréable que de l'entendre chialer sans arrêt, admit Fox.

– Bon, maintenant prenez du café, monsieur le banquier, ironisa Fox, pendant que les autres se tartinaient de la confiture et du beurre de cacahuète.

– Je n'en veux pas.

– Mais si, faut que vous alliez bien, insista Fox. Allez, buvez.

Timermann s'exécuta, et eut aussitôt envie de vomir, tandis que concomitamment il sentit ses intestins se tordre.

Il quitta précipitamment la cuisine et courut aux toilettes où il n'eut que le temps de baisser son pantalon et de s'asseoir.

Il se reculotta, se lava les mains et sortit en titubant vers la cuisine.

– Il est l'heure de partir, haleta-t-il.

Fox le fixa un moment, se demandant si l'état lamentable où se trouvait Timermann n'allait pas compromettre toute l'affaire.

– Reprenez-vous. Ce soir vous serez tous libres, dit-il en tordant la bouche. Obéissez-moi, c'est tout.

Timermann lança un coup d'œil vers sa femme, n'osant pas aller l'embrasser, craignant de craquer ou qu'elle ne craque, sentant qu'ils tenaient sur un fil prêt à se rompre.

– À tout à l'heure, dit-il en sortant brusquement, alors que sa femme faisait mine de se précipiter vers lui, retenue brutalement par Carmen.

Il sortit en marche arrière de l'allée, manqua emboutir une voiture, redressa en faisant crisser la gomme sur l'asphalte.

Fox le regarda s'éloigner, puis se tourna vers Mme Timermann.

– À quelle heure votre fils va à l'école ?

– Huit heures...

– Alors téléphonez qu'aujourd'hui vous le gardez à la maison parce qu'il a de la fièvre, qu'il y retournera demain.

Elle le fixa en se mordant les lèvres. L'affreux bonhomme avait dit que Stanley retournerait demain à l'école, alors peut-être qu'ils ne les tueraient pas. Sinon, pourquoi dire ça ?

– Je vais le faire, dit-elle en faisant mine de remonter.

– Appelez d'ici, et faites gaffe à ce que vous direz.

Timermann arriva comme chaque jour avant ses employés. Il alla directement à son bureau et s'effondra dans son fauteuil, secoué de frissons.

Quand les employés arrivèrent, il ne sortit pas pour les saluer, faisant mine d'être occupé. La secrétaire passa le voir, il feignit de téléphoner et elle ressortit.

Il tremblait tellement qu'il était incapable de tracer un mot, et passa son temps jusqu'à l'arrivée des convoyeurs à fourrager dans ses papiers, ouvrir et fermer ses tiroirs, et donner l'impression d'être accablé de travail.

Il alla se passer de l'eau sur la figure avant d'aller accueillir le convoyeur. Ils se connaissaient depuis un moment et il craignait que l'autre remarque quelque chose.

– Monsieur le directeur..., salua le convoyeur en lui tendant la main.

– Bonjour, Michaël.

– Je peux amener les sacs, tout va bien ?

– Allez-y.

L'homme revint peu après avec deux lourds sacs de toile grise.

– Y en a encore un, celui du rodéo, dit-il.

– C'est vous qui l'apportez ?

– Ouais, y manquaient de monde au point qu'y z'ont pas pu mettre les billets en liasses et vous demandent si vous pouvez le faire avec vos machines magiques...

Le convoyeur faisait allusion à la trieuse comptable capable de regrouper les billets de même valeur et de les compter en même temps.

La comptable apparut et serra la main de Michaël qu'elle voyait toutes les semaines.

– Salut, Michaël, ils ont un poil dans la main chez les cow-boys ? rit-elle.

Michaël ricana.

– Faut croire, ou alors y z'ont trop de pèze...

Il déposa les trois sacs contre le mur, parla encore un peu avec la comptable et le directeur puis sortit. Il rejoignit le conducteur du fourgon et monta à ses côtés.

– Ça va ?

– Ça va, à part que Timermann a une drôle de tête. À mon avis y couve quelque chose.

– Y a plein de grippes et de saloperies en ce moment, approuva l'autre, faut faire gaffe. J'ai pas l'intention de passer mes congés de la semaine prochaine un thermomètre dans la bouche !

– Ou ailleurs !

Ils rirent et démarrèrent.

– On va faire tout de suite les comptes, proposa la comptable en considérant les sacs renflés, une fois qu'ils furent seuls.

– D'accord. Vous mettez en liasses, répondit Timermann en vérifiant les bordereaux. Soixante-quatre mille dans le sac du Jockey d'Or, 78 000 dans celui de l'hippodrome municipal, et... 75 000 pour les arènes...

– D'accord. Deux cent dix-sept mille dollars, compta-t-elle. Je m'y mets. En liasses de 20 000.

– Vous avez besoin de moi ?

Elle hésita en le regardant. Il avait une sale gueule, le directeur. Ses cernes descendaient jusqu'au milieu de la figure et il transpirait comme s'il était en plein soleil. Elle ne l'avait jamais vu comme ça.

– Si vous avez du travail, allez-y, dit-elle, parce qu'à vous voir ça m'étonnerait que vous reveniez cet après-midi.

– Pourquoi ?

– Vous avez la tête de quelqu'un qui couve une grippe. Il y a une vraie épidémie en ce moment.

Il hésita. Mais se dit que si les employés remarquaient quelque chose, ce n'était pas bon.

– Non, ça va, j'ai simplement pas dormi cette nuit.

– Ah bon ?

– Stanley n'était pas bien, vous savez ce que c'est ?

– Si je sais, avec trois marmots ! Bon, ben allez-y, monsieur le directeur, je finis ça.

Il s'enferma dans son bureau et sortit après ses employés qui comme d'habitude allèrent déjeuner dans leur bouiboui.

Deux cent dix-sept mille dollars, l'importance de la somme le rendait malade. Il avait fallu que le concours de rodéo tombe juste la veille. Ces salauds avaient bien calculé leur coup. Pourtant, ils semblaient ignorer ce qu'ils allaient toucher.

Il prit sa voiture, s'efforçant de rester en dessous de la limite de vitesse autorisée. Pas le moment de se faire arrêter par un motard de la route planqué comme ils savaient si bien le faire.

Il arriva chez lui où il ne remarqua rien d'anormal. Où était leur voiture ? Ils avaient dû la cacher soigneusement.

La maison était silencieuse si l'on exceptait le bruit de fond de la télé. Il entra dans le salon et vit son fils assis par terre en train de regarder un dessin animé. Le petit tourna la tête vers lui.

– Maman est dans la cuisine, elle prépare à manger avec l'autre dame, zézaya-t-il.

Il l'embrassa et s'y rendit. Effectivement, sa femme coupait une salade en compagnie de celle qui s'appelait Amélia. Elle releva la tête vers lui et il remarqua ses yeux rougis.

– Où sont les autres ? demanda-t-il. Tu vas bien ?

Elle s'était préparée, et la voir habillée et maquillée le rassura.

– Dans la salle à manger, répondit-elle. Oui, ça va.

Ils se regardèrent avec tendresse. Fallait-il de pareils événements, pensa-t-elle, pour retrouver l'homme qu'elle avait aimé et épousé et qui s'était éloigné, sans doute comme elle ? La vie quotidienne et sa terrible routine faisait-elle des couples des êtres transparents qui se côtoyaient sans se voir ?

– J'ai faim, marmonna la fille.

– Ce sera bientôt prêt, répondit Meryl.

Bradley entra dans la salle à manger. Les voyous affalés, le regardèrent avec indifférence. Fox lisait un journal.

– Ça s'est passé sans problème ? Ils sont venus ? demanda Fox sans cesser de lire.

– Ils sont venus.

– Combien il y a ? redemanda-t-il, sans relever les yeux de son journal.

– Vous avez de la chance, répondit Timermann au

106

bout d'un moment. Il y avait la recette des deux hippodromes et des arènes.

Fox se tourna vers lui, l'interrogeant du menton.

– Combien ?

– Deux… deux cent dix-sept mille, répondit Timermann qui se reprocha aussitôt d'avoir parlé du rodéo.

– C'est bien, dit Fox en se remettant à lire tandis que les autres gloussaient de joie.

– Putain, on est riches ! hurla Hubbard en tapant sur les épaules de ses complices.

Fox replia son journal.

– C'est prêt ? cria-t-il vers la cuisine.

Meryl apparut.

– Vous pouvez venir.

Elle prit la main de son mari et la serra contre sa poitrine en le regardant tendrement. Ils allèrent vers la cuisine où leur fils, déjà assis, les attendait.

– Ça sent bon, dit Fox en entrant. Vous êtes un cordon-bleu, madame Timermann.

Les autres s'esclaffèrent et s'installèrent. Fox regarda Timermann.

– Allez, le plus dur est fait, lui dit-il. Il reste plus qu'à rapporter le pognon. Bobby vous aidera.

Ils commencèrent à manger mais ni Timermann ni sa femme ne purent avaler quoi que ce soit.

– C'était quoi vos projets aujourd'hui ? demanda Fox à Meryl.

– Mes projets ?

– Qu'est-ce que vous deviez faire ? Piscine ? Golf, Bridge ? Une femme comme vous ne reste pas toute la journée à la maison.

– Je devais aller à la bibliothèque aider la documentaliste, répondit-elle à contrecœur.

– Alors vous lui téléphonez que vous ne viendrez pas aujourd'hui, parce que celui-là, dit-il désignant son fils du pouce, a de la fièvre.

Elle regarda son mari.

107

– Pas la peine de demander sa permission. Juste j'ai pas envie de la voir débarquer ici

– Elle ne le fera pas. Je vais téléphoner.

– C'est ça, ma jolie, va téléphoner. D'ici, ajouta-t-il en montrant le poste fixé au mur.

Elle se leva et appela une certaine Doris. L'autre dut sentir quelque chose car elle insista.

– ... Parce que Stanley est fiévreux... oui, sûrement, la clim..., expliqua-t-elle. Non, moi ça va... je vous laisse... oui... merci... au revoir... au revoir.

– Bavarde, hein ? ricana Fox. Bon, allez, toi au boulot, il est l'heure, dit-il au mari. Et vous deux, dans la chambre là-haut. Y a la télé ?

Meryl acquiesça.

– Carmen, tu les accompagnes et tu t'endors pas.

Timermann cette fois prit sa femme dans ses bras.

– Sois courageuse, chérie, c'est bientôt fini. Il souleva son fils contre lui. Tu vas regarder des dessins animés au lieu d'aller à l'école, et ce soir je ramènerai des pizzas, d'accord ?

– Bon, les adieux c'est fini, en route, intervint Fox, sèchement.

Tant que ces connards flipperaient, ils obéiraient. La peur restait la meilleure des conseillères.

– Tu te pointes à quatre heures, répéta Fox à Bobby quand ils furent seuls. Tu te gares à proximité, tu verras, y a de la place. Tu rentres quand il te fait signe et tu lui dis de mettre les valises dans *ta* voiture, OK ?

Bobby secoua affirmativement la tête.

– Ensuite tu le suis et tu sais ce que tu as à faire...

– Ouais.

– Nous on sera prêts. Carmen ira chercher la camionnette et on t'attendra où on a dit. C'est clair ?

– C'est clair.

Timermann reçut dans l'après-midi deux clients avec qui il avait rendez-vous pour des histoires de placement. Il ne comprit absolument pas ce qu'ils lui dirent. Il voyait leurs lèvres bouger mais n'entendait rien, les yeux rivés sur sa montre.

La comptable, qui ne revenait pas l'après-midi, avait laissé les bordereaux sur son bureau avec un petit mot. Les liasses étaient empilées dans le coffre.

Il finit par éconduire ses clients en s'excusant de sûrement couver une grippe.

– Ça m'étonne pas, dit l'un d'eux, vous avez une tête de déterré, excusez-moi, mais vaudrait mieux rentrer chez vous prendre un grog, vous allez la passer à tout le monde.

Il le reconduisit et regarda de nouveau l'heure. Il restait cinquante minutes avant la fermeture. Il refusa de répondre aux coups de téléphone que lui passait sa secrétaire, prétextant que plongé dans les comptes il ne pouvait pas être dérangé.

– Dites que je rappellerai demain.

À quatre heure trente, les employés commencèrent à se préparer. D'habitude ça l'énervait qu'ils essayent de gagner un quart d'heure sur leur temps. Ils devaient s'arrêter de travailler à quatre heures quarante-cinq, pas à trente.

À quarante-cinq, ils étaient partis. À cinquante-cinq, il alla dans la chambre forte remplir les valises. À cinq heures dix, il alla chercher sa voiture et fit signe à Bobby d'entrer. Il fut étonné de le voir le suivre en voiture et se coller devant lui.

– Qu'est-ce que vous faites ? demanda-t-il.

– Va chercher les valises et mets-les dans ma voiture, répondit sobrement Bobby. Grouille, je vais pas sécher là.

Timermann obéit, l'estomac serré. Il n'aimait pas ce changement de programme.

– Votre chef a dit que je devais les prendre dans la mienne, objecta-t-il.

– Il a changé d'avis, répondit Bobby en le fixant méchamment.

Timermann se demanda si ce Bobby ne cherchait pas à rouler l'autre salopard. Ça ne le gênait pas, au contraire, il craignait simplement qu'il se venge sur eux. Il hésita à le prévenir, mais n'osa pas, et fit comme Bobby le lui avait ordonné.

– Je roule devant, lui dit le voyou, n'allez pas trop vite.

Timermann ferma soigneusement la porte de la banque et grimpa dans sa voiture tandis que Bobby prenait la sienne.

Que les valises soient dans la voiture du voyou le rassura. Dès qu'ils verraient l'argent, ils n'auraient plus de raison de s'attarder.

Ils démarrèrent l'un derrière l'autre. Timermann tremblait de plus en plus à présent que l'issue se rapprochait.

Il ne comprenait décidément pas leur attitude contradictoire. Ils se baladaient à visage découvert, parlaient sans se cacher, mais affirmaient qu'ils les libéreraient le soir même.

En ce qui le concernait il avait rempli sa part du contrat. Pour se réconforter il pensa que ce misérable Fox en ferait autant, ne voyant ni avantage ni motif à ce qu'ils se montrent brutaux. Dès qu'ils auraient déguerpi il appellerait la police. Pourquoi ces crétins ne s'étaient-ils pas masqués ?

Bobby roulait sans prendre de risque. Ils sortirent de l'autoroute et furent bientôt en vue du quartier des Timermann.

Au moment d'atteindre la maison, Bobby accéléra brusquement et tourna à gauche à fond la caisse. Timermann, ahuri, stoppa devant chez lui. Il remonta son allée en courant et se précipita à l'intérieur, craignant le pire.

– Meryl, Stanley !

Pas de réponse. Il cavala au premier et trouva l'étage vide. Il redescendit, ouvrit toutes les portes à la volée mais dut se rendre à l'évidence : ils avaient emmené Meryl et Stanley. Il s'écroula en sanglots sur le canapé.

À ce moment-là, il remarqua la lettre posée sur la table.

J E ME RÉVEILLE à huit heures. Mary est déjà partie. Cette fille a des semelles de vent. J'imagine aussitôt ses adorables petits pieds chaussés de mocassins de peau ornés de perles. Fantasme.

Je me prépare, quand mon portable grelotte : Nina.

– Allô, querida, chante sa voix, je te réveille ?

Je reste muette. Pourtant ce coup de fil n'est pas un coup de Jarnac. Quand je suis en reportage, nous nous appelons tous les jours, et souvent deux fois dans la journée.

– Non... je partais de l'hôtel...

– Comment vas-tu ? Tu avances ? Tu as rencontré des informateurs ?

– Heu... noon... je n'ai rencontré personne, enfin personne d'intéressant...

– Tu dois crever là-bas, j'ai vu à la télé que c'était l'été le plus chaud depuis trente ans ! N'en fais pas trop. Tu supportes mal la chaleur, je le sais.

– Oui, oui, il fait chaud...

– Qu'est-ce que tu as ? Tu as l'air bizarre... ça va ?

– Oui, mais j'ai un rendez-vous dans dix minutes, je te rappelle, chérie.

– Bon, rappelle-moi, je t'embrasse. Tu me manques.

Ma grand-mère disait que sur la tête du voleur le chapeau brûle, et c'est ce qu'il est en train de faire.

J'ai décidé de retourner voir le correspondant de Jordan, le détective muet. Son quartier n'est pas le plus luxueux de la ville, mais même les luxueux ici sont tartes. Partout on se croirait dans un western. Les bars ressemblent à des saloons ; les salons de coiffure ont des fauteuils avec des appuie-tête chromés ; les calandres des voitures s'ornent d'énormes cornes de vache ; femmes et hommes sont coiffés de stetsons et ils marchent tous en santiags en roulant des épaules.

Arrivée devant la porte du bureau de Palmer, je frappe et entre. Sa veste pend sur son dossier de chaise et une tasse de café à moitié pleine est posée à côté de son ordinateur. Il ne doit pas être loin.

Je m'assois pour l'attendre en pensant que je suis probablement en train de perdre mon temps.

Pour me distraire dans ce lieu plein de charme, je regarde distraitement son bureau en bois blanc, sa chaise de même qualité, le classeur contre le mur. Je le fixe, si j'osais...

J'ose, et ouvre le premier tiroir rempli de dossiers, à ma surprise, bien rangés. Je feuillette, ne trouve rien, le ferme, ouvre celui du dessous, découvre d'autres dossiers suspendus et, bingo, celui de Cindy Cooliers.

Je le sors et constate sans surprise qu'il est bien plus conséquent que la feuille minable que Palmer m'a remise. C'est un compte rendu de ses démarches pour retrouver la jeune femme Son journal professionnel. Je m'installe dans son fauteuil et commence à le lire.

Après avoir localisé la bande au Frontera, j'ai fait ma petite enquête surtout quand j'ai appris que ce couillon de Jordan s'était fait assommer par un des types. Je suis allé le voir à l'hôpital et il m'a dit vouloir laisser tomber parce que ces gars lui semblaient trop dangereux.

Il m'a quand même réglé 500 dollars pour ma peine. J'ai compris que la famille de la greluche pesait de l'oseille et que ça vaudrait le coup que je m'en occupe.

Deux soirs plus tard je suis retourné au Frontera mais comme je connais l'endroit et le genre de clientèle, je n'ai pas fait comme Jordan qui s'y est amené la gueule enfarinée. Je suis resté en planque dans ma voiture.

Vers trois heures du matin le petit chevelu est sorti avec son équipe. Quatre filles, quatre mecs. Des mauvais, ça se voyait à un kilomètre. Ils chahutaient et braillaient et le petit teigneux leur a dit de la boucler. Ça n'a pas fait un pli, ils l'ont tous fermée aussitôt.

Vraiment je finis par me demander d'où ils sortent. La fille, Cindy, était avec eux et c'était pas la plus discrète. Elle était largement aussi chargée que ses potes.

Ils ont tous embarqué dans un van blanc et ont démarré en direction du nord-est. On est sortis par la 95 et au bout de quelques kilomètres ils ont piqué vers Coolidge, mais je suis resté sur la route pour les observer de loin. La nuit était assez claire mais pas suffisamment pour rouler sans lumières.

En pleine nuit dans le désert, une voiture suiveuse ça se remarque, d'autant que cette route est peu fréquentée le jour et totalement déserte la nuit. Et je me demandais s'ils ne m'avaient pas repéré.

On a dépassé le rocher du Chien puis traversé l'immense champ d'organ pipes à l'est de la 95 et on a continué en direction de Quartzsite, mais j'étais de plus en plus inquiet.

On a roulé encore un quart d'heure et ils ont ralenti sans raison. En me rapprochant j'ai vu qu'ils m'observaient à travers la vitre arrière et j'ai fait demi-tour fissa avant qu'ils relèvent ma plaque minéralogique. En regardant dans le rétro j'ai vu qu'ils ne redémarraient pas tout de suite et j'ai écrasé le champignon en me foutant des flics et souhaitant même en rencontrer un.

Ces gens sont des tocards pur jus. C'est pas Jordan qui me dira le contraire. Mais il y a du pèze à la clé et ramener la môme Cooliers devrait en rapporter.

Lundi, une bonne femme s'est amenée disant être envoyée par Jordan, toujours au sujet de la greluche. Je lui ai donné que dalle et j'ai joué les loquedus. M'a fait miroiter

5 000 dollars de prime comme si j'étais le roi des jobards. Si elle peut les récupérer, moi, bien plus. À mon avis les parents de la môme Cooliers sont prêts à débourser bonbon pour la retrouver.

Voilà, je m'en doutais. Ce glandu est suffisamment fin pour avoir senti la bonne affaire. Je remets le dossier en place. Il m'a vraiment prise pour la reine des pommes.

Bon, mais je ne suis pas plus avancée, d'autant que le brillant détective a disparu de la circulation et qu'il va falloir que je le trouve.

Je remets tout en place et redescends. Il ne doit pas être loin puisqu'il a laissé la moitié de son café. Je m'installe dans un pub en face de son immeuble. Si je ne le quitte pas des yeux, je ne peux pas le louper.

Eh bien, si. Deux heures plus tard j'y suis toujours, et ai avalé un litre et demi de jus de fruits. Je forme pour la dixième fois son numéro de téléphone pour le cas où il serait revenu subrepticement. Rien.

J'hésite à déjeuner dans ce bar qui semble choisir sa clientèle exclusivement parmi les garçons vachers, appelés cow-boys dans un autre temps. Jamais autant vu de bottes crottées, de jeans sales et de joues mal rasées. Ce qui n'empêche pas ces virils jeunes gens de me balancer à chaque fois un clin d'œil coquin. Mais je suis aux premières loges pour Palmer, et je commande un steak, n'osant pas me lancer dans une salade dans cet environnement testostéroné.

Une heure plus tard, il n'est toujours pas revenu. Je suis désemparée. Il est à peu près ma seule piste. Je monte dans ma voiture et prends le chemin du poste de police le plus proche. Peut-être qu'ils savent quelque chose sur mon affaire.

Une place se libère devant le commissariat. Je m'y gare et vais droit au planton.

– Bonjour, pourrais-je parler à un responsable ?

Le préposé me regarde en réfléchissant. Enfin, ce n'est pas sûr. Peut-être me regarde-t-il seulement.

– C'est pour ?

– Heu… une disparition.

– Dans le comté ?

Non, Dugland, au Kilimandjaro.

– Oui..

Il soupire, hésite, décroche son téléphone.

– Sergent, j'ai là quelqu'un qui vient au sujet d'une disparition … Comment ? Un mineur ? me demande-t-il.

– Pas tout à fait…

– Pas tout à fait, répète-t-il. Bon, d'accord. Il me désigne une porte vitrée dans le couloir à droite. La porte 21, lieutenant Murphy.

– Merci.

Murphy est en train de téléphoner quand je pousse la porte. Il me regarde et me fait signe de m'asseoir. Je le remercie d'un signe de tête. Il parle encore un peu avant de raccrocher.

– Qu'est-ce que je peux faire pour vous ?

– Je m'appelle Sandra Khan et je suis journaliste.

Quand on annonce à un flic qu'on est journaliste, c'est comme si on lui annonçait qu'on a le sida après avoir couché avec.

– Ouais…

Il est assez sympa même s'il veut se donner des airs d'inspecteur Harry. Il ne semble pas très grand et est assez râblé avec les manches de sa chemise remontées sur des avant-bras velus.

– Je viens de San Francisco (là, c'est la vérole en plus), et j'ai été chargée par une famille, M. et Mme Cooliers, de retrouver leur fille dont ils n'ont plus de nouvelles depuis deux ans. Un détective l'a repérée dans votre ville, mais l'a perdue après s'être fait assommer par les gens qui étaient avec elle.

Murphy est un amateur de chewing-gum, il a raison. Des études récentes ont montré qu'en mâcher irrigue le cerveau.

– Elle a quel âge ?

La question qui tue.

– Vingt ans.

Il s'arrête de mâchouiller, sourit, s'étire. Chouette, doit-il se dire, on n'en a rien à foutre.

– Majeure, chère madame, elle fait ce qu'elle veut.

– Certes, lieutenant. Mais ses parents sont persuadés qu'elle a été entraînée malgré elle par une bande qui ne serait pas... comment dire...

À ce moment, un flic fait irruption dans le bureau. Il me jette un coup d'œil indifférent et annonce :

– Murphy, on a un 10-14, tu rappliques ?

Je sais ce qu'est un 10-14 : un meurtre.

– Excusez-moi, dit Murphy, malgré le plaisir que j'en ai, je dois vous laisser. Dites à vos amis qu'ils attendent que leur fille atteigne l'âge de raison. Ou ne soit plus amoureuse. C'est toujours pour ça que les filles tournent mal.

Encore un optimiste.

Ils sortent et je les suis. Animation dans le poste. Les inspecteurs courent vers leurs voitures. Je reste pour en apprendre davantage, et ce que j'entends d'un flic qui téléphone m'envoie une décharge d'adrénaline : le corps qui a été découvert est celui de Théodore Palmer.

Je fonce vers mon 4 × 4 et rattrape les voitures des flics. On sort de la ville et on entre immédiatement dans le désert. Ruban rectiligne d'asphalte peu fréquenté, mais l'avantage quand vous suivez un véhicule de la police, c'est qu'ils ne vérifient jamais ceux qui roulent derrière eux.

Un quart d'heure plus tard, on arrive sur le lieu du crime. Les deux voitures qui me précèdent passent les contrôles et je fais comme si j'en étais.

Les premiers flics s'en fichent et je continue. Mais au ruban jaune de la scène de meurtre, blocage.

– Je suis reporter criminelle au *Chronicle* de San Francisco, monsieur l'officier.

– On n'est pas à San Francisco, me renvoie-t-il. Continuez ou faites demi-tour.

Et à ce moment Murphy, qui se tenait avec ses collègues devant ce qui paraît être un cadavre, se retourne, me reconnaît, et vient vers moi avec une expression furibonde.

– Qu'est-ce que vous faites là ? postillonne-t-il.

– J'ai entendu au poste que le mort était Théodore Palmer, lieutenant, et Palmer était précisément le détective qui s'occupait de retrouver la fille Cooliers.

– Et alors ?

Il semble vraiment furieux.

– Et alors ? Le premier détective envoyé par la famille Cooliers avait été assommé par un des membres de cette bande, et c'est Palmer qui avait repris l'enquête. Ça vous semble être une coïncidence ?

– Je n'en sais foutre rien. Moi, j'enquête sur un meurtre, c'est tout.

Le rang des flics derrière lui s'égaille, et j'aperçois un corps singulièrement court couché sur le sable. Palmer était d'une taille normale. Aiguisant mon regard, je m'aperçois qu'il lui manque la moitié des jambes. Elles ont été coupées à hauteur du genou. Les moignons sont nets et le sang noirci forme une plaque dure sur le sable.

Je lève les yeux sur Murphy.

– Vous en avez beaucoup des comme ça ?

– Ça n'a rien à voir avec votre histoire, crache-t-il, partez d'ici sinon je vous fous en cellule !

– Peut-être que les gens de cette bande n'ont pas aimé qu'il s'occupe d'eux.

– Palmer était connu à Yuma. C'était un loser et un

gars qui buvait trop. Il fourrait son nez là où ça puait, il l'aura fourré dans un mauvais endroit !

Il se rapproche au point que nos nez risquent de se croiser.

– Soyez pas chiante, madame la journaliste, et je ne veux pas un mot dans votre canard ! Votre fugueuse a l'âge de fuguer, et le nom de sa famille m'est revenu pendant que je roulais : des richards avec des bras longs comme ça, dit-il, tendant le sien. Mais ici on n'est pas en Californie, on est des culs-terreux et on règle seulement nos affaires de culs-terreux.

– J'entends bien, lieutenant, mais si par hasard vos affaires de culs-terreux s'entremêlaient avec la mienne ?

– Je vous ai dit de foutre le camp, c'est clair ? Les journalistes, on n'aime pas beaucoup, surtout s'ils jouent trop aux fouineurs… J'en suis désolé, je vous trouve pas mal du tout, mais hélas je suis marié… alors barrez-vous, s'il vous plaît.

Je remonte dans ma voiture la queue entre les jambes. Ce Murphy malgré son attitude n'est pas antipathique. Je ne désespère pas de le convaincre.

Les scientifiques continuent de relever les indices et prennent plusieurs photos des chaussures du malheureux Palmer, retrouvées à distance avec les pieds à l'intérieur. Puis arrivent les infirmiers qui emballent ce qui reste du détective.

Je me dissimule autant que je peux mais je m'aperçois que Murphy m'observe. Je n'ai plus rien à faire ici.

SAM N'AURAIT PAS PU LOUPER le King of Night, car le King of Night était un clone de ces bistrots où les flics aiment se retrouver. Généralement tenus par d'anciens policiers qui ont mis en commun leurs économies, ce sont les refuges de ces hommes vieillissants et le plus souvent solitaires. Il en va ainsi des flics, des mineurs de fond, des marins qui ont passé plus de temps ensemble qu'avec leur famille, ont risqué la mort et dû compter pour la vaincre sur la solidarité de leurs copains. La décoration en est plutôt virile, même si à présent la moitié des policiers sont des policières. Aux murs, les photos des disparus(es), des décoré(es), des champion(ne)s, les fanions des équipes sportives et de ce qui fait le charme des lieux où règne la testostérone.

Il aperçut Venturi qui lui faisait signe du bar et se réjouit que ce soit lui plutôt que Scott.

– Salut, sourit l'Italien, bien installé ? Vous buvez quoi ?

– Très bien. C'est quoi ? demanda Sam en désignant son verre.

– J & B.

– Non, alors un Jack Daniel's, commanda-t-il au barman.

Ils trinquèrent en s'adossant au comptoir.

– Bruyante, hein, la flicaille, dit Venturi désignant une partie de billard où se pressaient quatre joueurs.

Sam acquiesça.

– Vous avez dîné ?

– Non. Vous voulez qu'on y aille ?

– Oui, d'accord.

Sam régla les consommations sans tenir compte des protestations de Venturi. Malgré la nuit, la chaleur se cramponnait aux trottoirs, mais l'air plus sec la rendait supportable.

– Fait toujours aussi chaud ?

– Non, parfois plus, sourit Venturi. Vous voulez manger quoi ?

– À vous de voir.

– Bon, on va chez mon oncle, ça vous dit ?

– Pourquoi pas ?

– On a ici une little Little Italy, rien à voir avec celle de New York ou Boston, mais j'aime bien m'y retrouver.

– Je vous suis.

La trattoria de l'oncle faisait des efforts pour suggérer la baie de Naples. Des fresques colorées sur les murs, des bouteilles paillées sur les tables en guise de lampes, des guitares accrochées, des filets de pêche, mais c'était l'inimitable odeur de tomates, d'ail et d'épices qui apportait l'authenticité. Venturi présenta Sam à son oncle et à sa nièce qui l'aidait.

Ils s'installèrent et l'oncle leur apporta une bouteille de lacrima christi qui le long du repas copieux et délicieux fut suivie de plusieurs autres de chianti classico.

Sam n'aurait jamais cru pouvoir manger autant avec cette chaleur. Mais aussi bien les calamari insalata, que la pasta alle vongole ou les escalopes aux brocolis, tout passa avec aisance. Et ils attendirent d'arriver à la moitié des agapes pour parler métier, ce qui était un exploit.

– Qu'est-ce que vous savez sur Mercantier ? demanda Sam, l'estomac lourd et la tête trop légère.

– Ce qu'a rapporté l'indic. Qu'il se pointe souvent pour faire la fête dans ce rade de South Street, La Licorne. Il aime bien régaler ses amis, jouer les seigneurs. Il leur offre des soirées où il invite des gens de la mairie, des politiciens, des industriels, des notables, qui ignorent ou feignent d'ignorer ses activités et lui pardonnent d'être mal élevé.

– Pourquoi mal élevé ?

– À Haïti, comme vous le savez sans doute, il a démarré comme truand de bas étage. Le porte-flingue d'un caïd de l'île. On dit qu'il l'aurait descendu pour prendre sa place, ce qui expliquerait son ascension rapide. Il est très brutal aussi bien avec les hommes qu'avec les femmes, mais sait se montrer habile et généreux dans son domaine.

– Son domaine ?

– Il est discret, une qualité appréciée dans un État aussi puritain que l'Arizona.

– Discret sur quoi ?

Venturi eut un large sourire.

– Vous savez, on feint de croire que New York ou LA, San Francisco ou d'autres villes sont des lieux de turpitude, que le sexe, la drogue et d'autres vices y règnent en maîtres. Les Sodome et Gomorrhe modernes comme disent les télévangélistes, mais dans nos contrées où une fois le travail fini on s'ennuie tellement, que faire pour se distraire ?

– Et c'est Mercantier qui se charge des distractions clandestines ?

– Entre autres. On dit qu'il organise des soirées chaudes très courues. On y boit, on y fume des choses illicites, on y baise, et lors d'une de ces soirées organisées chez un important fermier on a même retrouvé dans sa piscine le corps d'un gars qui n'avait rien à y faire.

– Et vos services ne s'en mêlent pas ?

– La police a conclu à un accident par hydrocution.

– Avec cette chaleur ?

– Vous savez..., répondit Venturi en commandant son troisième café ristretto à son oncle, ici tout le monde se connaît. Le gouverneur dîne avec notre chef d'antenne, le sénateur va à la chasse avec le maire ou le chef de la police... les avocats sont amis avec les patrons des journaux locaux... tout se passe en famille.

– Vous essayez de me dire que ces gens ne sont pas pressés de se priver de leur source d'approvisionnement de plaisirs variés ? Mais le trafic d'enfants ?

Venturi haussa les épaules avec une grimace ironique et fixa Sam.

– Ici aussi il y a des gens en mal d'enfants...

– Ce qui explique que vous ne l'ayez pas encore arrêté ?

– Il nous faut des preuves solides. On s'y emploie.

– Où habite-t-il ?

– Quand il est là il dispose d'une planque dans le désert d'où il peut sans doute voir les ennuis arriver de loin.

– On peut vivre dans le désert ?

– On peut vivre partout si on a assez d'argent pour transformer l'enfer en paradis.

– Je n'en reviens pas ! dit Sam en secouant la tête.

– Après votre action commando à Boston, vous avez retrouvé quoi ? Les hommes que vous avez arrêtés sont restés muets. Même quand le procureur leur a proposé un marché. Vrai ou faux ?

– L'un d'eux a tué un policier. Il risque la peine capitale.

– Il n'ira peut-être pas jusqu'au procès...

Sam le fixa en plissant les paupières.

– Ça ne vous a pas étonné de ne pas trouver Mercantier alors que les renseignements que vous aviez indiquaient qu'il était arrivé l'avant-veille dans la ville ? reprit Venturi en faisant signe à son oncle d'apporter une bouteille d'eau frizzante. Je meurs de soif, pas vous ?

– Qu'est-ce que vous voulez dire exactement ? demanda Sam. Il serait protégé ?

– On le dit, sourit Venturi en se versant un plein verre d'eau pétillante.

– C'est ce qui expliquerait...

– ... Qu'il était parti à la pêche quand vous avez débarqué.

– Un de ses hommes a tué un de mes inspecteurs ! martela Sam.

– Et là, tout a basculé ! Du coup, vos chefs se sont rappelé, peut-être, qu'il pouvait être ici et vous ont envoyé le chercher. Pourquoi vous précisément ?

– Je viens de vous le dire : un de mes hommes a été descendu pendant l'attaque.

– Pas par lui, puisqu'il n'était pas sur les lieux. Mais vous, vous en avez descendu un autre, et on peut dire que vous les avez mis dans l'embarras.

Sam se servit à son tour un grand verre d'eau qu'il but lentement.

C'était la fameuse question qu'il se posait depuis le début. Pourquoi les stratèges n'avaient-ils pas davantage vérifié leurs renseignements ? C'était la cellule crimes graves dirigée par le commandant Brühler, ami notoire du chef de la police du Massachusetts, qui avait introduit un de ses hommes dans la bande et qui aurait donné le renseignement.

– Vous voulez dire qu'il aurait été prévenu de l'attaque ?

– Je n'irais pas jusque-là..., soupira Venturi en examinant les fresques que pourtant il devait connaître par cœur.

– Et jusqu'où iriez-vous ?

– Pas plus loin en tout cas. Un dessert ?

– Non, merci, vous m'avez coupé l'appétit.

Venturi eut un grand rire.

– Ça ne s'est pas vu jusqu'à présent !

– Et si on allait à La Licorne ? proposa Sam.

– Maintenant ?

– Pourquoi pas ?

– D'accord.

Venturi fit signe pour avoir l'addition mais son oncle l'envoya promener.

– Quand t'es tout seul, tu payes. Quand tu invites un étranger, il devient mon invité.

Sam eut beau protester, le tonton n'en démordit pas.

– Laissez tomber, c'est toujours comme ça, soupira Venturi en sortant avec Sam. En Sicile on invite les gens à dîner mais on n'hésite pas à s'en débarrasser s'ils gênent. Venez, prenons ma voiture.

– Risquer de se faire tuer deux fois dans la même journée, plaisanta Venturi en conduisant, vous allez entrer dans le *Guinness des records.*

Sam se rembrunit. L'agent fédéral lui posa la main sur le bras.

– Pas de lézard, Sam, vous permettez que je vous appelle par votre prénom ? On sait ce qui est arrivé et on est bien contents que ça se soit passé de cette façon. D'ailleurs, on ne vous a pas trop emmerdé, je crois...

– J'ai quand même eu une des plus belles peurs de ma vie.

– J'veux bien vous croire, collègue.

Venturi se gara à distance de La Licorne et sortit en allumant une cigarette.

– Voyez, moi aussi je prends des risques, sourit-il. Venez c'est par là.

La boîte de nuit avec sa façade en glaces colorée de lumières mobiles rouge et or, son auvent et le tapis du même ton qui menait à l'entrée tranchait sur les médiocres immeubles voisins. Deux balèzes au front bas en costume de portiers galonnés dans les couleurs maison gardaient l'entrée en surveillant les environs.

– C'est la garde royale ? ironisa Sam pendant que Venturi allumait une autre cigarette.

– C'est la boîte la plus chic et chère de la ville, l'eau minérale y coûte le prix du champagne. N'y viennent que les richards et les voyous. Comme partout.

Venturi montra sa carte et ils entrèrent sous le regard méfiant des deux gorilles.

Les patrons avaient voulu faire de leur boîte la petite sœur du Moulin-Rouge de Paris. Montmartre façon Arizona.

– Les patrons sont français ? demanda Sam en désignant les murs couverts de tableaux à la Toulouse-Lautrec et de photos d'artistes du cinéma français.

– Non, irlandais. Mais ici Paris a plus la cote que Dublin.

Ils s'installèrent au bar et commandèrent des bières. Ils se tournèrent en buvant vers la salle encore à moitié vide. Venturi désigna discrètement à Sam un homme en smoking qui de loin les observait.

– Le gérant, murmura-t-il. Philip Ripley. Trafiquant et joueur. Casier vierge. Une tête. Se tient tranquille, c'est pour ça que les tôliers lui ont confié la boîte qu'il fait d'ailleurs bien marcher. C'est rare qu'on soit appelé pour un problème. Les mauvais du coin se rencontrent ici, mais règlent ailleurs leurs affaires.

– Et Mercantier ?

– On attend. Peut-être qu'il se pointera.

– Et qu'est-ce qu'on fera ?

– On avisera. On l'aura vu cracher par terre, peloter une fille, on trouvera. L'essentiel c'est qu'on soit comme une épine dans son trou du cul. C'est ma tactique. Pendant ce temps-là les collègues fouillent les dossiers. Une autre bière ?

– Je croyais que la ville n'avait pas les moyens, rétorqua Sam en souriant. Avant, je vais aller voir ce gars, dit-il en descendant de son tabouret.

Il se dirigea vers le gérant qui le regarda arriver.

– Bonsoir, dit Sam.

– Bonsoir, monsieur. Que puis-je faire pour vous ?

Sam eut un sourire sarcastique.

– Par exemple me dire si vous savez quand viendra M. Mercantier.

L'homme ne réagit pas. Il ressemblait à un danseur mondain qui n'aurait pas vu défiler les années.

– Je suis désolé, mais je ne connais pas ce monsieur.

– Je suis sûr du contraire, rétorqua Sam en élargissant son sourire. Un Haïtien, grand et costaud, qui fait du trafic d'enfants et de femmes...

Le danseur de tango ne réagit pas davantage.

– Je ne vois pas de qui il s'agit, monsieur, je ne demande pas aux clients l'objet de leurs activités.

– Bon, mais si un jour vous le rencontriez et demandiez à ce monsieur ce qu'il fait dans la vie, et qu'il vous réponde qu'il vend des enfants aux Américains qui ne peuvent pas en avoir, ou des femmes à des hommes qui ne savent pas les séduire, pourriez-vous avoir la gentillesse de prévenir soit l'agent Venturi que vous voyez au bar et que vous connaissez, soit moi-même, lieutenant Sam Goodman, au Bureau fédéral ?

Le type soupira bruyamment et esquissa un sourire en va-et-vient.

– Je vois que monsieur l'officier est un comique, nous, on aime bien ça, les comiques. Les Phéniciens sont des gens qui aiment rire, il y aura toujours un verre pour vous ici, lieutenant.

Sam serra les poings, hésitant à lui en balancer un dans la tête.

– Vous avez fait connaissance avec M. Ripley, lieutenant, à ce que je vois ? dit Venturi en s'approchant.

127

Vous avez pu remarquer que c'est un homme courtois qui ne se départ jamais de son calme… même si vous lui dites que son bouiboui est un vulgaire clandé et un repaire de voyous… Alors je crois que maintenant on peut partir, termina l'agent dans un sourire serré.

– Vos bières sont pour moi, dit Ripley d'une voix douce.

Sam faillit encore protester mais une fois de plus Venturi posa la main sur son bras.

– Nous acceptons bien volontiers votre offre de nous offrir cette bibine dont je ne me servirais même pas pour nettoyer mes chiottes… À plus tard, Ripley, et bonjour à nos amis communs quand vous les verrez…

Venturi tourna les talons en tirant Sam par le bras.

– J'ai bien aimé votre numéro, lieutenant. Mais faites gaffe, l'animal le plus courant ici est le crotale. Vous en rencontrerez de nombreuses espèces. Mais quand il siffle c'est trop tard.

– Je m'en souviendrai, répondit Sam.

Q UAND IL EUT REPRIS ses esprits, Brad Timermann
passa par deux phases. D'abord, un effondre-
ment total dû à l'inquiétude éprouvée pour les siens
et la sensation d'avoir été berné. Ces gens lui étaient
apparus comme des fous sanguinaires. Les menaces,
les brutalités dont ils avaient usé indiquaient des
esprits criminels. Pourtant il les avait crus.

Puis, une rage incontrôlable. Il cassa tout ce qui lui
tombait sous la main. Pauvre jobard qui avait avalé
jusqu'au dernier moment les promesses de ce psychopathe. Qui n'avait rien tenté pour défendre sa famille,
gobant tout ce qu'on lui disait.

Il chercha de l'alcool, ne trouva que du rhum dont
sa femme se servait pour la cuisine, s'installa sur le
canapé et avala de larges gorgées au goulot, sentant
venir l'ivresse en même temps que les nausées, lui qui
ne buvait jamais.

Il relut vingt fois la lettre abandonnée dans l'espoir
insensé d'avoir négligé un mot, une phrase dans
lesquels trouver de l'espoir. Par sa sécheresse et sa
concision elle lui parut plus menaçante que tout ce
que ce Fox avait pu dire jusque-là.

Comme vous le constatez nous avons emmené avec nous
votre femme et votre fils afin de nous assurer de votre

129

discrétion. Ils seront bien traités dans la mesure où vous n'irez pas à la police et saurez convaincre vos relations et l'école de votre fils qu'ils sont partis quelque temps en vacances.

Le style était celui d'un homme d'une certaine éducation qui ne correspondait pas à l'image du criminel violent et sans scrupules qu'il était.

Il n'y avait vraiment rien d'autre à tirer de ce message sans ambiguïté. Ou il continuait à leur obéir ou ils tueraient les siens.

La tête lui tournait, il n'avait jamais supporté l'alcool, il mourait de soif mais n'avait pas le courage de se lever chercher de l'eau. La nuit à présent l'entourait et il se demanda dans un sanglot où dormiraient Meryl et Stanley. Cette pensée le ravagea et il vit sa vie continuer dans un cauchemar.

Il était pour le moins dans une impasse. Ces salauds n'exigeraient pas de rançon, ils l'avaient déjà. Meryl et Stanley servaient de chantage. S'il prévenait la police, que dirait-il ? Qu'il connaissait leurs noms qui étaient sûrement faux ? Qu'il pouvait les décrire ?

Cette pensée le fit se lever d'un bond et il se précipita sur le téléphone. Mais il s'arrêta net au moment de composer le numéro d'appel.

C'était exactement ce qu'il ne devait pas faire. Il se sentit d'un coup si impuissant qu'il hurla de rage à s'étrangler.

F OX NE SUPPORTAIT PLUS la joie bruyante de ces idiots. Ils ne pensaient qu'au lucre et au tour qu'ils avaient joué à cet imbécile de banquier. Les garçons lançaient des plaisanteries vulgaires sur la femme et même sur son fils. Amélia la furieuse et Carmen la gauchiste s'étaient jointes à eux.

Ils allaient la violer, l'humilier, la déshonorer, elle, l'épouse d'un voyou en col blanc, un suppôt des banques qui avaient précipité dans la rue des millions de malheureux, comme l'assénait Carmen. Ou d'un super con qui avait gobé tout leur baratin, comme ricanaient Hubbard et ses copains. Et aussi, renchérissait Roxane, apprendre au moutard ce qu'était la vraie vie, celle qui attendait ceux qui n'avaient pas la chance de grandir dans un milieu protégé.

Hubbard avait acheté contre la volonté de Fox des packs de bière et du gin dans une station-service. Et depuis qu'ils étaient rentrés et avaient contemplé leur fortune, comptant et recomptant les liasses, ils avaient éclusé une bonne partie des bouteilles.

Timor et Jasper, qui les avaient attendus, n'étaient pas les derniers, ils se rattrapaient de ce qu'ils considéraient comme une mise à l'écart. Seule Cindy restait en retrait. C'était elle qui se tenait le mieux, même soûle ou chargée, pensa Fox, qui l'avait toujours trouvée à son goût. On sentait qu'elle avait été habituée à une certaine éducation, et il avait eu parfois envie de l'interroger sur son passé. Mais il n'avait jamais été plus loin, en réalité il s'en fichait.

Il s'éloigna de leurs cris et de leurs rires de poivrots. Le sable était si pur, le ciel si immense, la lune si proche, pleine et blanche qu'il aurait pu la toucher du doigt. Il aurait voulu les initier, ces êtres si bas dans l'évolution. Atteindraient-ils jamais les sommets de la connaissance telle qu'il l'avait entrevue ?

Ces misérables croyaient peut-être à un quelconque Dieu, se moquaient de ce qu'ils ne comprendraient jamais, se réjouissaient de leur ignorance, enfermés dans leur monde minuscule de croyances stupides assénées depuis l'enfance.

Il s'assit sur le sable, vit en rêve un feu s'élever, entendit les prières et les psalmodies que chantaient les sorciers, crut voir couler le sang des sacrifiés, luire les lames qui déchiraient leurs chairs, entendre battre les tambours qui accompagnaient leurs cris.

Il revint brusquement à la réalité. Les cris qu'il entendait étaient ceux de leurs prisonniers que la troupe avait traînés dehors. La femme, telle une furie, défendait son petit contre leurs mains et leurs bouches.

Son garçon, arraché de ses bras, se tordait pour leur échapper, tendait les siens vers sa mère en hurlant, excitant davantage leurs rires et fouettant leur désir.

Les filles n'étaient pas les moins barbares. Leurs mains avides s'emparaient d'eux, les fouillant de caresses odieuses.

Les flammes des longues bougies formaient un cercle sacrificiel dans lequel ils entraînèrent leurs proies. La nuit était si claire ; leurs ombres s'étiraient si loin sur le sol qu'elles n'étaient plus humaines.

Fox pensa que si leur salut dépendait de leurs otages, il était temps d'intervenir, mais il ressentit à cet instant dans l'orgie qui se préparait l'appel du sorcier rituel, Esobus, le Maître des Enfers, le créateur du Livre des Ténèbres, le Père de toute vie sur terre.

Déjà, un garçon, encouragé par les autres, s'était juché sur la femme et au milieu des encouragements la boutait de toutes ses forces. Le fils, écartelé sur le sable, subissait les caresses des filles.

Fox se tourna du côté de l'horizon et leva les bras vers Celui qui le guidait. Ses lèvres murmurèrent des litanies d'enfer, des prières de mort, des phrases de gratitude envers le Maître qui l'avait initié.

Derrière lui, la bacchanale se poursuivait. Chacun tour à tour s'emparait de la femme. Les filles mordaient sa bouche, ses seins, se vautraient sous les hurlements obscènes des garçons, la fouillaient de leurs doigts durs, pendant que le petit garçon gisait inconscient sur le sable.

Fox sentit dans son ventre la morsure du désir et les rejoignit.

B RAD TIMERMANN ne dormit plus, mangea à peine et vécut la pire semaine de son existence. Feindre la normalité quand votre femme et votre fils vivent l'horreur, une horreur que vous ne voulez pas imaginer, et se sentir en même temps incapable d'y remédier alors que vous donneriez tout ce que vous possédez pour revoir les vôtres fait d'un homme une épave.

Si ses nuits étaient épouvantables par la brûlure de ses angoisses et de son chagrin, que dire de ses journées où il se trouvait sous l'œil de ses employés qui supputaient mille hypothèses sur son allure déjetée et sa mine hâve.

Sa femme l'avait-elle quitté en emmenant leur fils ? Allez savoir, murmuraient les mauvaises langues toujours ravies du malheur d'autrui, quitte à consoler pour en savoir davantage.

Il inventa pour l'école une maladie qui obligeait sa mère à emmener leur fils subir des examens dans un autre comté. Et il lui fallut imaginer un montage financier pour ne pas verser à la ville l'argent qui s'était envolé, et qui à ce moment était le moindre de ses soucis.

Il connaissait parfaitement, pour les avoir étudiées afin de les éviter, les malversations qui trompaient les contrôleurs comptables. Les virements virtuels, la manœuvre, dite « de la pyramide », qui consistait à créditer les comptes actifs avec l'argent des comptes « dormants » sur lesquels une certaine somme restait en permanence, à condition de colmater les brèches au fur et à mesure.

Son agence n'était pas une banque d'affaires mais de guichet, et l'essentiel de sa clientèle était faite de retraités, de petits commerçants aux dépôts réguliers d'une semaine sur l'autre.

Il restait tard le soir, fournissant des explications hasardeuses à ses employés qui feignirent de croire qu'il retardait l'heure de rentrer dans une maison vide. Le daubant qu'il sursaute à chaque coup de fil et exprime par un mouvement de colère sa déception. Ce qui était bien la preuve qu'« elle » était partie.

Puis, le vendredi, après une nouvelle nuit passée à se torturer, il admit que les siens ne reviendraient pas. L'idée ne fit pas son chemin, elle fulgura, le dressant brusquement sur son lit.

Ils avaient éclaté sa vie, il tuerait la leur.

Il se prépara ce matin-là avec soin, décidé à se battre même s'il se savait déjà vaincu. À huit heures, il prit sa voiture et fit les quelques kilomètres qui séparaient son quartier de High Plains du commissariat central de la ville, et demanda à être reçu par le commissaire principal.

Le planton le dirigea vers le lieutenant Murphy.

Sur son invitation, Brad Timermann s'assit sur la chaise en face de lui.

L'allure négligée du flic et son regard désabusé contrastaient avec le maintien strict et la mine grave du banquier.

– Que puis-je pour vous, monsieur ?

– Je m'appelle Brad Timermann et suis le directeur

de la banque Mortimer sur Bellevue. Ma femme et mon fils ont été enlevés lundi par une bande de criminels.

Murphy se redressa sur sa chaise et, tête légèrement penchée, examina son vis-à-vis en se demandant s'il était bien normal. Son émotion était du même tonneau que s'il avait dit : « Ma femme et mon fils sont partis en vacances. »

– Enlevés par une bande de criminels, hein ?

Murphy entrouvrit le tiroir où il gardait son arme. Le type avait l'air paisible, mais on ne savait jamais. Le soleil, le vent, le désert en avaient déglingué plus d'un.

– Et nous sommes... vendredi, continua Murphy en regardant son agenda. Ça ne vous semble pas tard pour nous prévenir... si c'est vrai, monsieur ?

Le banquier se pencha en avant.

– Je vais vous raconter, lieutenant.

Et il raconta. Leur terreur, sa coupable passivité, son désespoir lorsque de retour chez lui il n'avait pas retrouvé les siens. Il lui donna la lettre qu'on lui avait laissée.

Murphy la lut attentivement. Elle n'indiquait rien.

– Pourquoi vous êtes-vous décidé à venir aujourd'hui ?

Timermann indiqua la lettre du menton.

– Ils menaçaient de tuer ma femme et mon fils si je vous prévenais.

– Et qu'est-ce qui a changé ?

– Je suis certain qu'ils l'ont fait.

Murphy se recula sur sa chaise et considéra Timermann. Sans dire un mot, il décrocha son téléphone.

– Westly, je vais avoir besoin de toi. Demande un mandat de perquise et fonce à la banque Mortimer, sur Bellevue. Prends Barnum avec toi. Je vous attends dans mon bureau dans dix minutes. Je vous expliquerai le topo.

– Vous ne trouverez rien, lieutenant. J'ai monté une diversion pour dissimuler le vol. Et il est trop tôt pour que la perception s'en soit aperçue, intervint Timermann.

Murphy ressentait comme un malaise. Ce type pouvait être un grand cinglé qui avait lui-même fait disparaître sa famille, piqué l'argent qu'il avait planqué pour plus tard, et raconter cette histoire à dormir debout.

– Quel âge a votre fils ?

– Dix ans. Il sortit une photo. Là nous sommes à Tombstone où on l'a emmené l'été dernier pour lui montrer la ville des pionniers.

– Ouais... et vous dites que c'est une bande ? Combien étaient-ils ?

– Je vous l'ai dit. Trois hommes et deux femmes. Voici leurs noms.

– Ils vous ont donné leurs noms ? sursauta Murphy en prenant la feuille que lui tendait Timermann.

– Oui. Ils ne se gênaient pas.

– Et ils n'étaient pas masqués ?

– Non. Je peux vous faire les portraits-robots de ces gens. Des drogués, des brutes, lieutenant. Je ne pouvais rien contre eux. Je pensais qu'en leur obéissant ils nous libéreraient, comme ce Fox nous l'avait promis. Ils m'ont trompé.

– Fox, c'était leur chef ?

Timermann acquiesça.

– Si on vous soumettait des photos anthropométriques, vous les reconnaîtriez ?

Si les truands n'avaient pas pris la peine de dissimuler leur identité et leurs traits, c'est qu'ils devaient être déjà loin, et Timermann avait sûrement raison : ils s'étaient débarrassés des otages. Mais pourquoi l'avaient-ils laissé en vie ?

– Bien sûr, affirma Timermann.

Murphy tapota la photo. Famille classique. Jolie

137

femme souriante, gamin heureux, père suant de fierté. Ça ne voulait rien dire. Les mecs pétaient les plombs pour rien et massacraient femme et enfants. Vérifier l'état des finances. Assurance vie, à qui appartenait le pognon ?

– Donc, pour résumer, votre famille a été enlevée lundi, on est vendredi, on ne peut pas vérifier si les fonds déposés vous ont été effectivement volés, vous êtes sûr que votre femme et votre fils sont morts, et vous reconnaîtriez vos agresseurs sur photos, ou pourriez nous en faire des portraits-robots ?

– C'est ça. C'était une sorte de famille.

– Comment ça, une sorte de famille ?

– Ils m'ont fait penser à celle de Charles Manson. Ils obéissaient à ce Fox comme des zombies. Ou comme si c'était leur père.

Murphy soupira.

– Le problème, monsieur Timermann, c'est qu'une bande ou une famille, comme vous dites, ça se fait remarquer. On n'est pas dans une très grande ville, autour c'est le désert et...

Il s'arrêta. Une pensée venait de lui traverser l'esprit. Qui lui avait parlé d'une bande de voyous récemment ? La journaliste de Frisco qui enquêtait sur une fille disparue ?

Il ouvrit une chemise où des fax étaient empilés. Mais à part les meurtres habituels, familiaux ou liés à l'alcool, il ne vit rien de particulier. Il ouvrit un autre dossier qui contenait des fax envoyés par la police nationale du comté, et tomba sur le massacre quatre mois plus tôt, au lieu-dit Wellton, de la famille d'un avocat connu de Phoenix.

Il s'en souvenait parfaitement. Ils s'en étaient tous occupés. Des meurtres horribles mais sans le moindre indice à part qu'il était clair que les meurtriers devaient être plusieurs.

Des crimes qui relevaient de la folie meurtrière,

138

sans rapport avec des braqueurs de banque et la séquestration d'une famille.

L'affaire de Wellton avait fait un bruit considérable. Mais juste à cette époque une polémique sur la condamnation à mort d'un détenu enfermé depuis dix-huit ans en attendant d'être exécuté, sans que l'ADN (inconnu à l'époque de son arrestation) retrouvé depuis sur l'arme du crime ait été confirmé comme étant le sien, avait remplacé les autres affaires. Les principales villes d'Arizona avaient connu des manifestations importantes et de nombreuses délégations d'abolitionnistes étaient arrivées des autres États. Le procureur, qui avait refusé la révision du procès, avait été obligé de démissionner.

Murphy releva la tête vers Timermann.

– Je vais envoyer chez vous des policiers pour qu'ils relèvent des indices, monsieur Timermann. Sachant que vous avez dû malgré vous les brouiller depuis tout ce temps… Il le fixa en grimaçant comme on le fait avec un enfant dissipé. Et nous allons vous soumettre des photos d'hommes et de femmes ayant déjà commis des délits. Si par hasard vous ne les reconnaissiez pas, je vous demanderais de bien vouloir travailler avec notre dessinateur pour élaborer des portraits-robots.

– Je suis à votre disposition, lieutenant. Voulez-vous mes clés ?

– S'il vous plaît.

Timermann les sortit aussitôt de sa poche comme s'il les tenait prêtes.

– Merci. Je vais envoyer également une équipe vérifier vos comptes à la banque. Voulez-vous me donner les codes d'accès de votre ordinateur et de ceux de vos employés ?

Timmerman se fouilla et déplia une feuille millimétrée qu'il lui tendit.

– Suivez-moi, je vous prie.

Ils descendirent au sous-sol où se trouvaient les

archives anthropométriques. Tout en marchant, Murphy réfléchissait à l'histoire. Il existait des lacunes dans le récit de ce Timermann. Et en premier lieu la raison pour laquelle il avait attendu la semaine pour déclarer l'enlèvement. La police aurait pu agir discrètement sur une piste fraîche. Maintenant, quelles étaient les chances de retrouver les otages vivants ou morts ? Si c'était lui l'assassin, il avait eu largement le temps de s'en débarrasser.

– Asseyez-vous là, l'officier Reiley va vous montrer des photos.

– D'accord. Et si je n'en reconnais pas, je ferai leurs portraits.

– C'est entendu.

Il se montrait coopératif, pour noyer les soupçons ? S'il indiquait des truands ou morts ou en prison, son sort était scellé.

Murphy remonta dans son bureau au moment où arrivaient les deux spécialistes en informatique.

– Écoutez bien, les mecs, insista Murphy en fixant ses inspecteurs. Je sais pas trop quoi penser, alors je vous explique le topo. D'après ce que m'a déclaré un certain Timermann qui est en ce moment aux archives à retapisser les photos de nos premiers communiants, et qui est le directeur de cette banque Mortimer où vous allez, une somme de 217 000 dollars provenant des recettes hebdomadaires des deux champs de courses et des arènes de la ville a été comptabilisée à la banque lundi matin, avant d'être virée comme toutes les semaines le jeudi sur le compte du trésorier du comté qui la redistribue aux ayants droit après ponction des taxes... Murphy reprit son souffle avant de poursuivre. Mais ce même lundi, des truands se sont introduits d'après lui dans sa maison, ont séquestré sa femme et son fils et l'ont obligé à aller à sa banque réceptionner les recettes des courses hippiques du week-end avant de les leur remettre. Un classique du genre. Mais quand il est rentré chez lui il n'a pas retrouvé sa famille.

— Et il nous prévient seulement maintenant? s'étonna Westly. Pour quelle raison?

— Parce que maintenant, il est sûr qu'ils les ont tués.

Les flics se regardèrent. Le mec avait un putain de sang-froid.

— Ce que je voudrais, reprit le lieutenant, c'est que vous entriez dans les ordinateurs de la banque, dont voici les codes, que vous cherchiez si une somme de 217 000 dollars est effectivement rentrée ce lundi et n'a pas été ressortie vers le Trésor de la ville.

— Et on n'a rien sur ces types? demanda Barnum.

— Si, leurs noms et leurs tronches.

— Quoi, ils ont donné leurs noms et n'étaient pas masqués? Ça m'étonne pas qu'ils aient emmené les otages. Mais pourquoi lui ils l'ont laissé en vie? s'exclama Westly.

Murphy haussa les épaules.

— C'est ça qu'est bizarre.

— Il a attendu quatre jours, et a perdu l'espoir? Ça tient pas!

— Bon, allez-y, soupira Murphy qui se sentait perdre pied avant même de commencer. Le mandat suit. Tâchez de trouver où est passé ce pognon. Dégottez-moi aussi les comptes personnels des Timermann, le montant de leurs dettes s'ils en ont, les assurances vie avec bien sûr les bénéficiaires. À qui appartient l'argent de la famille s'il existe, enfin, voyez ce qu'on cherche. Le titre de propriété de leur maison... leurs familles, leurs relations, bref, le toutim. Rapportez ici les ordinateurs personnels de la famille.

— On peut pas tout faire, protesta Westly.

— J'envoie Paysley et Norman vous aider.

— Vous ne croyez pas à son histoire? demanda Barnum.

Murphy haussa les épaules en grimaçant.

– Ce serait pas la première fois qu'un mec inventerait ce style de bobard pour tirer le pognon de sa femme ou bénéficier d'une assurance vie. Pendant que j'y pense, vérifiez aussi s'il n'y aurait pas une autre femme dans le coup.

– Ce serait le genre ? s'enquit Westly.

– Y a pas de genre, tu sais bien, Robert. Ce type est froid comme un hareng et me raconte une histoire abominable. Il dit avoir fait une magouille pour ne pas envoyer le pognon à la ville. Alors, je me dis, il a peut-être zigouillé sa famille et planqué l'oseille... Vous savez ce qui me gêne, c'est que quand cette famille a été massacrée, les Rothman, toute la presse a parlé d'une bande qui écumerait le coin... et c'est ce qu'il me sort aussi. Je me souviens, à Toledo, j'étais juste un bleu, on a eu une vague de meurtres à la hachette. Un malin a zigouillé sa mère en la faisant passer pour une victime du tueur à la hachette. Manque de pot, le vrai tueur venait juste d'être chopé dans une ville voisine quand il a liquidé sa maman. Depuis, j'aime pas les coïncidences boiteuses. Timermann m'a dit que ces mecs lui avaient fait penser à Charles Manson et aux cinglés qui l'accompagnaient. Vous vous rappelez, ce branque avait tué Sharon Tate, la femme du metteur en scène Polanski, et ses amis, et après ils avaient encore massacré un couple bourré de thune à Los Angeles. Le meurtre des Rothman y ressemblait bien.

– Mais ça fait une paye cette histoire, objecta Barnum.

– Hé, mon pote, des Charles Manson ou équivalent, on n'en manque pas... mais je veux être sûr de ne pas me laisser mener en bateau.

– Et où on en est avec le meurtre de Palmer ? demanda Westly en se levant. Ça fait beaucoup de crimes dans le coin en peu de temps...

– Ben justement, mon pote. Le Palmer était sur la

piste d'une bande pas vraiment nette, qui aurait enlevé une nana après qui cavale sa famille, et peut-être qu'on aurait voulu s'en débarrasser.

– Putain, lieutenant, dans quoi on s'embarque, là ? s'exclama Westly.

– J'en sais foutre rien ! On a deux kidnappings, un cadavre, une famille anéantie quatre mois plus tôt, aucun lien évident entre tout ça, à part que tous parlent d'une bande fantôme. Alors, ou c'est l'affaire de notre putain de vie, ou on se fait balader. Mais faut savoir.

Quand ses hommes furent partis, Murphy resta un moment à réfléchir, les pieds sur son bureau, les yeux fixés sur la fenêtre donnant sur la rue qui n'était pas différente des autres matins. Le meurtre de Palmer pouvait être lié à sa recherche de la gamine de San Francisco, ou pas. Peut-être simplement un client mécontent ou n'importe quoi d'autre. Palmer n'était pas un saint et fricotait avec de drôles de gusses.

La journaliste ? La journaliste était à la recherche de cette fameuse gamine acoquinée avec une bande de paumés selon ce que disait sa famille, famille qui, entre parenthèses, n'était pas de la petite bière. Les Cooliers étaient des gens de la haute qui étaient dans les petits papiers, d'après ce qu'on lisait dans les canards, de gens d'encore plus de la haute. Donc prudence.

Surtout que l'enquête sur le massacre de la famille Rothmann était toujours au point mort et que ça commençait à friser les nerfs de la hiérarchie au point que le gouverneur de l'État y avait largement fait allusion dans le discours officiel de l'Independance Day, le 4 juillet.

Murphy enleva ses pieds de sur son bureau, remonta les épaules, réfléchit un moment, et composa le numéro du Cicero, l'hôtel où était descendue cette emmerdeuse mais séduisante rouquine de journaliste.

J'AI PASSÉ la semaine dans tous les coins merdeux de cette charmante agglomération à interroger les barmans les plus loquedus, à partager cigarettes et bières chaudes avec des routards crados, à évoquer les glorieuses histoires d'anciens combattants des chauffeurs de car et des routiers qui traversent le désert et ricaner à leurs blagues éculées.

J'ai consulté avec mes amis journalistes les faits divers qui évoqueraient une bande de pas-gentils, mais à part le massacre de la famille de l'avocat pour laquelle on soupçonnerait un ramassis de gelés de la touffe qui seraient dans les petits papiers de Satan et pour lesquels on n'avait toujours aucune piste, nada.

Si j'excepte la mort de Palmer. Mais en fouillant dans sa biographie, j'ai compris qu'elle pouvait avoir de multiples causes. Le Sherlock du coin trimballait tellement de casseroles que c'est à se demander comment il trouvait la force de marcher.

J'ai fini de boucler mon sac après avoir concomitamment prévenu Nina de mon retour et donné congé à l'hôtel. Je ne peux pas dire que cet ensemble de faits soient réjouissants. Sauf de retrouver ma Nina langoureuse.

Quant à Mary, que j'ai revue une seule fois par crainte que le rapprochement judéo-indien ne prenne trop de proportions, elle restera mon joli souvenir secret.

J'attrape mon sac, ouvre la porte, jette un dernier coup d'œil circulaire, et le téléphone sonne. Peut-être Mary ?

– Khan ?

C'est pas elle.

– Oui...

– Lieutenant Murphy... J'aimerais que vous passiez me voir au bureau, c'est possible ?

– Ben, pas tout à fait, je pars ce matin. Je vais prendre le car jusqu'à Phoenix et ensuite, l'aéroplane...

– Pourquoi vous ne décollez pas d'ici ?

– Parce que les horaires ne me conviennent pas. Que se passe-t-il, lieutenant, vous ouvrez une agence de voyages ?

Silence irrité, ou manque d'esprit de repartie ?

– Je voudrais vous parler de quelque chose qui aurait peut-être un rapport avec votre affaire...

– Ça prendra combien de temps ?

– Probablement pas beaucoup.

C'est pas encourageant. Mais je suis une têtue, je n'ai jamais voulu prendre le moindre risque de louper un indice par scepticisme ou paresse. Et puis je le sens bien, ce flic. Lui aussi a l'air d'être teigneux. La preuve.

– Bon, je serai là dans vingt minutes...

Il raccroche. Ni bons baisers, ni à bientôt, ni merci de passer et de retarder votre départ.

Je laisse mon sac à la réception. Dehors, quarante degrés à l'ombre affichés sur le thermomètre de l'hôtel. Taux d'hygrométrie : zéro. Je vacille. Un taxi passe qui m'emmène au commissariat.

Je vais droit au planton que je connais, doublant des Mexicains volubiles et des touristes dévalisés.

– Bonjour, j'ai rendez-vous avec le lieutenant Murphy...

Il m'examine en silence, mais je sais à présent qu'il ne réfléchit pas, il fait juste remonter l'info. Il tend le bras vers le couloir. Je le remercie et m'éloigne.

J'aperçois Murphy en grande conversation avec un homme qui a une allure d'huissier ou de directeur d'école. Il se tient droit comme un I et paraît sérieux comme un pape.

Murphy prend congé du quidam et me fait signe d'entrer dans son bureau. J'obtempère. Il arrive quelques instants plus tard, me serre la main, s'assoit à son tour, soupire, me regarde en plissant les lèvres.

– Comment ça va ?

Je dodeline.

– Comme quelqu'un qui a quitté son foyer douillet au bord de l'océan pour venir se dessécher sans résultat dans un coin que, sans vouloir vous vexer, je ne conseillerais pas à mes amis. Et puis, j'adore revenir de mission avec un échec retentissant dans ma musette...

Il pose ses bras croisés sur son bureau.

– Vous avez remarqué le type avec qui je parlais ?

– Le Black cravaté et chaussé de chaussures cirées ?

Il acquiesce.

– Eh bien, sa famille qu'il croit morte à cette heure a été kidnappée par une bande qui pourrait bien ressembler à la vôtre, enfin, celle que vous cherchez. Je vous raconte.

Et quand il a terminé, il me regarde avec l'air de celui qui a trouvé un trésor, ce qui me donne le temps de digérer tout ce qu'il m'a dit.

– Les mêmes qui seraient avec la fille Cooliers ?

– Peut-être.

Je m'adosse à ma chaise et le regarde, pensive.

– Des indices ?

– Plein. Leurs noms, leurs gueules. Il vient de nous fabriquer leurs portraits-robots. Sauf un, leur chef, dont on possédait déjà le minois parce qu'il s'est fait ramasser pour une minable escroquerie dans un autre État. Mais ça corrobore son histoire.

J'arrondis les yeux. Leurs portraits, leurs noms, comment c'est possible ?

– Ils se sont présentés aussi poliment que des VRP venus vendre des aspirateurs, enfin à peu près, et ils ont passé la journée avec la femme et l'enfant, répond Murphy comme s'il avait lu dans mes pensées.

– Alors, c'est tout bon !

Murphy secoue la tête en grimaçant. Ce qui en langage corporel international signifie : « C'est pas si évident. »

– Si ce sont les « vôtres », excusez la personnalisation, ce seraient peut-être aussi les responsables du massacre d'une famille, de la mort de Palmer, et peut-être d'autres forfaits encore. Alors ça me semble beaucoup, et de toute façon ils ont disparu.

– Ils n'ont pas été engloutis par les sables ! Les noms, les portraits, que vous faut-il de plus ?

Il s'adosse à sa chaise et croise les mains derrière la nuque.

– Vous êtes allée faire un tour dans le désert ?

– Vous rigolez !

– Dommage, parce que vous auriez compris que si entre la frontière mexicaine et nous on trouve le plus grand nombre de criminels au mètre carré, c'est précisément à cause de ce désert où une armée peut se planquer jusqu'à la fin des temps sans qu'on la remarque. Vous connaissez Ciudad Juárez[1] ? Je sais que vous y avez enquêté, eh bien pas mal des tordus qui vont y tuer des femmes crèchent dans le Sonora.

– Pardonnez-moi, mais depuis la conquête de l'Ouest, on n'a pas inventé les hélicoptères ?

_____

1. *J'ai regardé le Diable en face.* Même éditeur.

147

Il soupire, s'étire, exhibant de jolies auréoles sous les aisselles. Et je me fais la réflexion que c'est un problème masculin et que pourtant toutes les pubs de déodorant sont pour les femmes.

– Bon, prenez une voiture, avec un guide, surtout pas seule, et promenez-vous simplement jusqu'à... disons, Tonto, ou prenez la route de Phoenix, ou celle qui va de Los Angeles à Flagstaff, et sortez à mi-chemin. Ou encore...

– Bon, ça va, j'ai compris. Je vais le faire. S'ils sont planqués dans le désert, je les trouverai.

– N'oubliez pas de vous munir de fusées de détresse, ou mieux, d'une balise, et laissez une adresse pour qu'on renvoie vos ossements...

Je le fixe de l'air narquois de celle qui en a vu d'autres. Alors il se penche vers moi sur son bureau avec un sourire carnassier.

– Vous voulez que je vous fasse un topo ?

Et avant que j'aie pu répondre, il commence sur un ton lyrique :

– Le désert de Sonora est le plus grand, le plus sec, le plus torride le jour, le plus glacial la nuit. Rempli de serpents parmi les moins sympas de leur espèce. De scorpions grands comme des bouteilles ou mignards comme des petits doigts, noirs ou translucides comme du verre, mais tous mauvais comme des teignes. D'araignées grosses comme des assiettes ou petites comme des cafards, mais toutes velues pour se protéger de la chaleur, avec plus de pattes et de mandibules qu'elles n'en ont besoin pour vous cavaler dessus. De scolopendres venimeuses et répugnantes de trente centimètres détalant sur une armée de pattes et qui feraient défaillir un bataillon d'islamistes radicaux. De bandes de chiens errants qui ne pensent qu'à vous bouffer, de coyotes, de dingos, de vautours qui attendent leur tour. De cactus gigantesques qui vous barrent la route, vous déchirent la couenne et

148

sous lesquels se planque tout ce petit monde. De monts pelés et arides semés de cactus en forme de tuyaux d'orgue qui leur donnent l'aspect d'une peau malade. De plantes desséchées qui renaissent à la première goutte d'eau qu'elles espéraient depuis un quart de siècle. Sonora, c'est des écarts de température de cinquante degrés entre le jour et la nuit, des rochers aux pointes aiguisées comme des lames de rasoir. Et si vous en voulez encore, gente dame, je peux vous raconter l'histoire de ces gens devenus fous de soif qui s'arrachent la peau pour boire leur propre sang...

Je le regarde sans rien dire un moment, puis je lui décroche un petit sourire du genre : « Vous n'en faites pas un peu trop, les natifs de l'Arizona ? » Je dois avoir le sourire expressif, car il grimace :

– Et je ne vous ai pas tout dit.

Je soupire, jette un coup d'œil sur le décor, mais un bureau de flic n'a rien de passionnant.

– Pour vous, ils sont planqués dans votre fameux désert ?

Il hausse les épaules.

– Peut-être, sinon on les retrouverait. Ou ils ont quitté l'État et sont dans le Colorado...

– Pourquoi le Colorado ?

– Comme ça...

Je regarde ma montre. Bon, j'ai raté le car pour Phoenix et par conséquent l'avion que je devais prendre. Je relève la tête, il est en train de me fixer.

– Quoi ? demandé-je, légèrement hargneuse.

– Moi, je serais vous... Vous savez quoi... ? Je me suis renseigné sur vous, vos enquêtes, vos reportages... vous en avez dans le ventre... Je serais vous... je resterais encore un peu. J'aperçois... comment vous dire, un genre d'embellie... C'est vrai que leurs noms peuvent être bidon, mais pas leurs tronches, ou alors Timermann nous a raconté des craques... ce que j'ai cru au début, mais moins maintenant. Il me semble sincère.

– Vous me donneriez un coup de main ?

– Pourquoi pas ? répond-il en haussant les épaules. Pas à la journaliste, mais à celle qui recherche la fille.

Je me mords l'intérieur des joues. Inutile. Je sais déjà que je vais rester.

– Je téléphone à sa famille et, s'ils sont d'accord, je continue.

– OK.

– Je peux approcher Timermann ?

Il se mord l'intérieur des joues. Je ne sais pas trop à quoi ça sert mais ça donne un genre.

– Avec moi, lâche-t-il.

– Avec vous, d'accord.

Je me lève, le salue et me dirige vers la porte.

– Vous êtes libre après ? me demande-t-il au moment de la franchir.

– Oui.

– On se retrouve ici dans une heure. On ira chez Timermann.

S AM, assis dans la voiture de Venturi, défit les premiers boutons de sa chemise, remonta ses manches, sortit les pieds de ses mocassins, souffla d'exaspération et remonta au maxi la climatisation.

Venturi lui jeta un coup d'œil narquois.

– Vous devenez un vrai Phénicien.

En planque à l'ombre d'un grand feuillu, ils surveillaient l'entrée de La Licorne où, d'après un renseignement toujours anonyme, Mercantier devait passer. Il était deux heures et ils étaient là depuis midi, entourés de gobelets et de bouteilles de plastique écrasés.

– On s'est encore fait balader, grogna l'agent fédéral.

– Je le crains, répondit Sam.

Soudain il sursauta et ouvrit sa portière. Une femme venait de dépasser leur voiture, un enfant à la main.

– Sandra ? cria Sam.

La jeune femme se retourna.

– Oh, excusez-moi, sourit-il, confus, je vous avais prise pour une autre.

– C'est la façon bostonienne de draguer ? ricana Venturi, alors que Sam se rasseyait.

– Non, cette femme ressemblait beaucoup à ma

151

meilleure amie que je n'ai pas revue depuis presque un an.

– Si vous ne voyez pas votre meilleure amie pendant un an, qu'en est-il des autres ? D'autant qu'elle ne doit pas être mal si j'en juge par celle-là.

– Elle est même très bien.

– Une ancienne ?

– Non, rit Sam. Pas une ancienne, je vous ai dit que c'était ma meilleure amie.

– Comment un homme peut-il être le meilleur ami d'une jolie femme sans devenir à un moment ou un autre son petit ami ?

Sam lui lança un regard de côté.

– Vous ne croyez pas à l'amitié entre un homme et une femme ?

– Non, à moins que l'un ou l'autre soit gay.

Sam retint un sourire.

– D'ailleurs, j'aurais dû me douter que ce n'était pas elle, elle n'a jamais dû tenir un enfant par la main, ajouta-t-il.

– En plus une célibataire !

– Venturi, ce serait bien pour vous que vous abandonniez votre côté primaire. Cette amie est une journaliste qui vit à San Francisco. On se connaît depuis plus de quinze ans, on a travaillé ensemble, on a failli mourir ensemble, et chacun de nous sur un simple appel de l'autre irait au bout du monde. Ça n'a rien à voir avec le sexe.

Venturi soupira d'un air boudeur sans répondre. Est-ce que ce dandy de Goodman n'était pas gay en fin de compte ?

– Holà, sursauta de nouveau Sam, voilà notre invité.

Mercantier venait de descendre d'une limousine qui s'était arrêtée devant La Licorne, aussitôt rejoint par le chauffeur et un gorille.

– Bien gardé, l'enfoiré, murmura Venturi. Allez, on y va.

Sam se rechaussa rapidement, renonça à prendre sa veste et se dirigea avec Venturi vers le gangster qui tourna la tête vers eux tandis que les presse-papiers qui l'entouraient portaient la main dans l'entrebâillement de leur veste. Venturi sortit sa plaque.

– On se calme, dit-il en avançant la main vers les molosses. Jean-François Mercantier ?

L'autre ne broncha pas.

– On voudrait vous poser quelques questions...

Mercantier fit signe à ses hommes de rengainer.

– Sur quoi ?

– On vous le dira au bureau.

– Pourquoi les féds m'emmerdent ? demanda le Haïtien sans agressivité.

– Vous ne savez pas encore s'ils vont vous emmerder, rétorqua sèchement Sam, à qui la vue du gangster rappelait l'assassinat de Peterson.

Le Haïtien tourna lentement la tête vers lui, et Sam reçut le double faisceau glacé de deux yeux quasi décolorés, insolites dans cette face sombre.

– Vous entendez, dit-il à ses hommes, les féds y nous emmerdent jamais, qu'y disent !

Quelques personnes s'attroupèrent, et Venturi sentit qu'il fallait accélérer le mouvement.

– Bon, vous vous amenez ou faut qu'on vous porte ?

Mercantier eut une moue désabusée et regarda sa montre.

– J'ai un rendez-vous, je viendrai plus tard.

– On lui renvoie une limousine avec chauffeur dès qu'il aura fini ses magouilles ? grinça Sam qui maîtrisait mal sa colère.

– J'crois pas, grogna le Sicilien en détachant ses menottes de sa ceinture. Vous venez menotté ou les mains libres, vous choisissez.

– Ça va, putain, quel putain de bled ! s'exclama le gangster. J'peux prévenir que je reviens ou pas ?

– Pas. Tu viens maintenant, cracha Venturi, et tu te

bouges, et du coup je te passe les bracelets parce que tu m'énerves !

Mercantier n'eut pas le temps de protester qu'il se retrouva menotté.

– Bande d'enflés ! cracha-t-il.

Ils lui avaient laissé les menottes malgré ses protestations, et avaient fait la sourde oreille à ses demandes répétées de voir son avocat.

Assis sur une inconfortable chaise métallique derrière une très ordinaire table métallique dans un local d'interrogatoire très moche et sans fenêtre, il faisait face à Venturi, Sam et un magnétophone.

– Vous vous appelez ? commença Venturi, le regard atone et les mains croisées sur la table.

– Ça va vous coûter cher, les gars, grogna le Haïtien.

– On vous a posé une question. Plus vite vous nous répondrez, plus vite on vous emmènera à votre nouvelle résidence, cracha Sam.

– Qui sera ? grogna le gangster en lui envoyant un regard ironique.

– Le pénitencier fédéral du comté, dans la plus pourrave des cellules en compagnie des détenus les plus chtarbés à qui on confiera votre goût pour les enfants.

Mercantier renifla un grand coup, lâcha un pet sonore et tapa de ses mains menottées sur la table.

– Va te faire foutre ! Voilà c'que j'fais de tes menaces ! J'ai demandé mon avocat !

– T'es là en tant que témoin, t'as pas besoin d'avocat, renvoya Venturi toujours impassible. Et tu sais quoi, sois poli avec nous. Réponds aux questions.

– Jean-François Mercantier, cracha-t-il en ricanant. Voilà mon nom, mais vous le saviez.

– Vous êtes né où ?

– Port-au-Prince, Haïti.

– Vous avez quel âge ?

Mercantier serra les poings.

– Trente-huit.

– Votre activité depuis que vous êtes arrivé chez nous ?

– Je suis en règle, grogna Mercantier. J'ai un visa reconductible.

– Sûrement, c'est pas ce que je vous demande, répondit Venturi, impavide.

– Je fais du commerce.

– Quel genre ?

– J'importe des produits de mon pays, comme des fleurs, des fruits, des choses comme ça.

– Vous avez une licence ?

– Évidemment !

– On peut la voir ?

– Pourquoi vous m'emmerdez ! cria-t-il. J'me trimballe pas avec tous mes papiers, demandez à mon comptable !

– D'accord. Nom et adresse ?

Il les leur cracha.

– Merci, dit Venturi en les notant.

Mercantier lui lança un regard assassin.

– J'ai beaucoup de relations très haut placées, lâcha-t-il, vous seriez surpris de voir ce que je peux vous faire...

– Vous savez ce qu'on dit ? « Plus le singe monte haut, plus il montre son derrière », sourit Sam.

Mercantier lui lança un coup d'œil d'incompréhension.

– Laisse tomber, grinça Sam.

Venturi ouvrit le dossier qu'il avait devant lui.

– Voyons... oh, mais qu'est-ce que je vois là ? Un mandat d'amener délivré par le parquet de Boston... Il se tourna vers Sam. Ça vient de chez vous ? Ah ? Et ce mandat indique que Jean-François Mercantier est poursuivi pour... attendez, je lis pas bien... pour por-

155

nographie infantile ? Il se tourna de nouveau vers Sam et cette fois son étonnement n'était pas feint.

– Entre autres, répondit Sam. Ainsi que séquestration et entrée illégale de mineurs dans notre pays pour trafic d'adoption.

– Je veux mon avocat, bande de tarés ! explosa soudain le Haïtien. Votre mandat, vous pouvez vous le foutre au cul ! Z'ont rien trouvé les gars de Boston ! Je veux mon avocat ! Je suis blanc de blanc !

Les deux policiers le regardèrent comme un gosse en colère.

– Il est grossier, dit Venturi, mais il a raison, je crois qu'il a besoin d'un très bon avocat.

Il se leva et alla vers le téléphone interne fixé au mur.

– Scott, appelle l'avocat de M. Mercantier... c'est quoi son nom ?

– Feizin. Il est ici. Enfin à son bureau, 223, San Carlos. Je dirai rien tant qu'il sera pas là, cria Mercantier.

– T'as entendu, Scott ? Il dira rien tant qu'il sera pas là. Oui, tu vas peut-être avoir du mal à le joindre... quand il fait chaud comme ça, les lignes grillent...

Il raccrocha et revint vers la table.

– Voilà, il est prévenu. On va l'attendre ensemble.

– Vous n'avez pas le droit de me retenir sans motif, grinça le Haïtien en cognant ses menottes sur la table, et enlevez-moi ça !

– Te bile pas, on en a des motifs. Quant aux bracelets, c'est assez ton genre. Bon, vous venez, lieutenant, il commence à faire chaud ici.

Ils sortirent sous ses vociférations. Venturi alla vers l'agent en faction à l'extérieur.

– Arrête la clim dans la salle d'interro.

– Ouh là, il va crever !

– Ça évitera des frais aux contribuables.

156

Dans le couloir une porte-fenêtre donnait sur un petit balcon où Venturi proposa à Sam d'aller fumer une cigarette.

– Merci, dit le lieutenant en acceptant une Lucky que lui offrit son collègue. Ça fait dix ans que j'ai arrêté, mais celle-ci a un goût de réussite.

Venturi hocha la tête en tirant sur la sienne. Ils étaient au troisième étage de l'immeuble et, bien qu'à l'ombre, il faisait une chaleur à crever.

– Je ne sais pas comment vous faites pour vivre dans ce pays. Il y a de quoi y laisser sa peau. Il ne doit pas avoir froid sans climatisation, ajouta Sam en contemplant le toit vernissé de tuiles rouges et vertes du musée d'Art moderne. Bonne idée.

Venturi ne répondit pas et Sam lui lança un regard étonné.

– Quelque chose ne va pas ?

– On n'est pas au bout de nos peines, soupira l'agent fédéral. Votre mandat d'amener reposait sur la possibilité que Mercantier ait en sa possession des photos des enfants proposés, mais aussi des clichés pédophiles. Vous en avez trouvé ?

– Pas dans les bâtiments que nous avons investis, ni au siège de sa société. Nous avons remonté un de ses réseaux d'adoption. Un employé de l'administration des adoptions de l'État travaillait pour lui. Il lui fournissait les documents nécessaires pour l'adoption d'enfants étrangers arrivés clandestinement. Des Haïtiens, des Colombiens, même des Asiatiques. Nous lui avons proposé l'immunité avec la protection qu'on accorde aux témoins s'il témoignait au tribunal et nous donnait les photos dont il nous avait parlé. Il a accepté, et nous avons obtenu un mandat du juge pour investir les bâtiments industriels où l'on savait que Mercantier rassemblait les enfants. Vous savez comment ça s'est terminé. Le siège de sa société par un hasard malheureux a brûlé dans la nuit, ordinateurs compris, et a failli foutre le feu à une maison de retraite mitoyenne.

– Et le témoin ?

Sam soupira et balança son mégot par-dessus le balcon.

– Ça pourrait vous coûter 20 dollars d'amende, dit Venturi. Alors le témoin ?

– Son petit frère a été tué par un chauffard qui a pris la fuite.

– Et il n'a plus voulu témoigner ?

Sam acquiesça.

Les deux hommes regardèrent sans la voir la cité étalée à leurs pieds. Le Bureau fédéral était situé sur une des uniques petites collines de la ville et la vue s'étendait jusqu'au désert qui, de là, ressemblait à une immense plage.

– Vous savez, reprit Venturi au bout d'un moment, ce que ça coûte l'adoption d'un enfant non adoptable légalement ? Entre 50 000 et 75 000 dollars selon les demandes. Certains commandent leur môme comme ils le feraient dans une boutique. Un garçon, c'est plus cher, de peau claire, beau, etc., c'est pas à la portée de tout le monde... Par exemple, nous avons un homme politique important dans cet État dont la femme à la suite d'une infection ne pouvait pas avoir d'enfant. L'épouse est colombienne, précisa-t-il en sortant une nouvelle cigarette et en en proposant une à Sam, qui refusa.

– C'est facile pour un politique d'adopter légalement, remarqua Sam.

– La femme en question venait d'une famille pauvre de Bogota. Sa mère, d'après ce que l'on a su, a mis au monde à quarante-quatre ans un nouvel héritier dont elle ne voulait pas. Elle a proposé à sa fille riche et stérile de le prendre.

– Et ?

– Mais il fallait faire ça dans la discrétion, justement parce que c'était un homme politique important. Alors quelqu'un qui ne pouvait rien lui refuser lui a ramené le môme avec les documents nécessaires à une adoption légale. C'était d'autant mieux que du coup le fils ressemblait vraiment à sa mère adoptive, puisqu'elle était sa sœur.

– Et depuis, l'homme politique en question est l'obligé de ce type ? C'est ce que vous voulez dire ?

– Moi ? Je ne veux rien dire.

Un agent passa la tête par l'ouverture de la fenêtre.

– L'avocat de l'autre est arrivé, annonça-t-il.

– Tu l'as mis où ?

– Avec son client, et il pousse déjà des hurlements à cause de la chaleur.

– Combien il fait ?

– Au thermomètre, quarante-six, quarante-sept, et comme ils s'agitent beaucoup ça risque de continuer de monter. J'ai dit au gars qui les gardait de sortir prendre l'air. Ils ne vont pas être aimables, sourit l'agent.

– Je vais faire remettre la clim, grimaça Venturi, ne serait-ce que pour nous.

Ils retournèrent à la salle d'interrogatoire où ils furent accueillis par des cris de colère.

– Je vais porter plainte auprès de l'administration ! vociféra l'avocat, qui avait déjà dégrafé son col de chemise et ôté sa veste. Je vais porter plainte pour voies de fait contre un témoin !

– Bonjour, maître Feizin, répondit aimablement Venturi. Je vous présente mon collègue Sam Goodman, lieutenant à la Criminelle de Boston, dit-il en lui tendant la main que l'autre hésita à saisir, l'examinant comme si c'était une araignée venimeuse. Vous parlez de quoi ?

L'avocat montra du doigt Mercantier assis et qui suait à grosses gouttes.

– Mon client souffre d'insuffisance cardiaque et vous l'enfermez dans une salle sans air où il fait cinquante degrés !

– Cinquante degrés ? Notre climatisation très performante maintient le bâtiment à vingt-deux..., rétorqua Venturi d'un ton surpris. Vous avez touché le thermostat ? demanda-t-il innocemment à l'agent qui les gardait.

– Non, monsieur.

– Alors, vous voyez bien, sourit Venturi à l'intention de l'avocat. Bien. Il s'assit avec Sam, mit en marche le magnéto et regarda sa montre. À quinze heures trente l'agent fédéral Richard Venturi et le lieutenant Sam Goodman de la Criminelle de Boston sont entrés dans la salle d'interrogatoire n° 1 pour y interroger Jean-François Mercantier accompagné de son avocat, maître Feizin.

– Interrogé pour quelle raison ? feignit de s'étonner Feizin.

– Votre client est ici parce qu'un mandat d'amener émanant des services du procureur de Boston, Massachusetts, nous est parvenu nous demandant de l'intercepter en vue de l'interroger.

– Sur quoi ? Ce mandat d'amener est nul et non avenu pour avoir été délivré pour le seul territoire du Massachusetts. Il a été émis sur la foi d'un témoin qui entre-temps s'est rétracté en accusant les forces de police de l'avoir brutalisé. Celles-ci ont investi des biens immobiliers appartenant à mon client, où il entreposait les marchandises importées d'Haïti qu'il revend ici à des restaurateurs et des grossistes, et pour lesquelles il possède une licence d'importateur. L'avocat s'arrêta et regarda les deux policiers d'un air outré avant de poursuivre. Au cours de cette attaque non justifiée et d'une violence inouïe menée par des commandos armés d'armes automatiques, deux des employés de mon client ont été tués, deux autres très

160

sérieusement blessés, et trois emmenés sans procédure en détention dans un pénitencier d'État. Mon client a porté plainte pour violences aggravées ayant entraîné la mort d'innocents. Il releva la tête vers le climatiseur qui s'était remis à ronronner. On dirait que la panne a été réparée, agent spécial, ironisa-t-il lourdement.

– Maître Feizin, soupira Venturi, sans vouloir vous désobliger, vous venez de procéder à une plaidoirie préliminaire, ce qui n'est pas ici l'objet. En revanche, nous aimerions savoir où habite actuellement votre client.

– Mon client n'a rien à cacher. Il habite une propriété prêtée par un de ses amis près de Black Canyon City. Il suffisait de le lui demander.

– Merci, sourit Venturi en copiant l'adresse dans le dossier. À qui appartient cette propriété ?

– À Pedro Dominguez, un importateur de vêtements ethniques mexicains, répondit l'avocat. M. Dominguez jouit de la double nationalité, américaine et mexicaine.

– Parfait, nota Venturi. Il releva la tête vers l'avocat. Puisque vous semblez bien renseigné, maître, pouvez-vous me dire à présent où votre client garde les enfants qu'il introduit clandestinement chez nous avant de les proposer à l'adoption illégale ?

L'atmosphère changea brusquement. Mercantier se dressa de sa chaise.

– Qu'est-ce qu'y débloque ç'lui-là ? suffoqua-t-il.

Feizin lui posa une main apaisante sur l'épaule et le força à se rasseoir.

– Ne tombez pas dans ce piège éculé. L'agent spécial Venturi plaisante, nous le savons. À présent, articula-t-il, si vous n'avez plus rien à dire à mon client, nous allons partir. Cette arrestation arbitraire effectuée en pleine rue devant témoins n'en restera pas là.

– Un de mes inspecteurs a été abattu par un des innocents employés de Mercantier, lâcha soudain Sam.

L'avocat l'examina comme s'il venait juste d'apparaître dans son champ de vision.

– Je suis au courant de cet incident dramatique, lieutenant. L'employé en question a agi en état de légitime défense en tirant sur ce policier qui le menaçait. Nous en ferons évidemment la preuve afin de sortir cet employé modèle de l'endroit ignoble où vos services l'ont enfermé. Un de mes correspondants à Boston est en train de s'en occuper, bien que nous déplorions évidemment la perte de cet inspecteur, victime d'ordres lancés par des irresponsables auxquels il n'a fait qu'obéir.

Venturi vit les doigts de Goodman devenir blancs à force de serrer le bord de la table. Ce fut à son tour de poser la main sur l'épaule de son collègue.

– Ce n'est que partie remise, lieutenant. Mercantier sait maintenant que sa vie va devenir un enfer. C'est pas marrant de ne pas pouvoir arrêter sa voiture sans tomber sous le coup d'un enlèvement ou d'une contravention, de ne pas dépasser la limite de vitesse autorisée sans être aussitôt emmené au poste, de ne pas jeter un papier par terre sans être interpellé... enfin, la belle vie, quoi, avant que nous trouvions mieux...

– Je vais porter plainte pour ce que vous venez de dire, agent Venturi. Vous avez insulté et menacé mon client, ces hommes en sont témoins.

Venturi se tourna vers Sam.

– Vous avez entendu quelque chose, lieutenant ?

Sam, toujours crispé de rage, respira un grand coup.

– J'ai juste entendu que vous conseilliez à cette ordure de Mercantier de ne pas traverser en dehors des clous pour sa sauvegarde. Voilà ce que j'ai entendu, agent spécial.

– Ah, et vous ? demanda Venturi à l'agent appuyé contre la porte.

– Moi ? Je n'ai entendu que les bons conseils que vous donniez à cette espèce de salopard que chaque flic rêverait de foutre en tôle avant de balancer la clé.

– Vous voyez, maître, nous ne voulons que du bien à votre client.

Feizin blêmit et fixa alternativement les deux policiers.

– J'exige que vous enleviez les menottes à M. Mercantier, dit-il d'une voix sourde en remettant sa veste.

– Bien sûr. Voulez-vous procéder, agent Jones ?

– Que pense faire Tibbs pour coincer Mercantier ? s'enquit Sam une fois qu'ils furent partis.

Venturi ne lui répondit que par un long regard éloquent.

SAM SORTIT FURIEUX du Bureau fédéral. Il avait compris avec cet interrogatoire que la police locale et les Fédéraux n'avaient pas davantage de preuves qu'eux, mais qu'en outre Mercantier occupait ici une position telle qu'elle le mettait à l'abri des ennuis.

Washington était loin. La police d'Arizona était payée par l'État fédéral, les shérifs et les procureurs nommés par les maires, eux-mêmes élus par le peuple ainsi que les gouverneurs et les sénateurs.

Seul le FBI possédait le pouvoir d'intervenir, à condition qu'un responsable ne soit pas lui-même corrompu. Mais quid de Tibbs ?

Il appela Franklin et lui expliqua la situation en mettant l'accent sur la possibilité d'une corruption des élites.

– Et alors, riposta le capitaine, vous comptez tout de même pas rester les bras croisés !

– Vous êtes du Sud, vous savez ce que ça veut dire, répliqua Sam agacé, subodorant qu'on allait encore lui mettre sur le dos l'échec de l'arrestation de Mercantier.

– Vous êtes mandaté par la police de Boston pour ramener cet empaffé ! cria Franklin. Vous avez un putain de mandat !

– Dont ils se foutent, m'a confié son avocat. Un seigneur du barreau habitué à défendre les mafieux du coin d'après ce que j'ai compris. Alors votre mandat...

– Et que comptez-vous faire ? demanda Franklin d'une voix suave.

– Rentrer. Qu'est-ce que je peux faire d'autre ? Il faut étendre le mandat d'arrêt aux autres États, et pas seulement au Massachusetts. Qui c'est le mongol qui l'a rédigé ?

– C'est marqué dessus ! hurla Franklin au point que Sam dut éloigner le téléphone de l'oreille. Vous ne pouvez pas revenir maintenant, votre affaire passe en commission disciplinaire. Baylot s'est trouvé un putain d'avocat qui s'est mis à rechercher des témoins de moralité pour le gars que vous avez descendu...

– Quoi ?

– Ouais. Alors, restez à vous bronzer jusqu'à ce que ça se calme...

– Me bronzer ? Vous savez la température qu'il fait au soleil en Arizona ? ricana-t-il.

– Moins chaud que pour vous à Boston.

– Franklin, dites-moi la vérité... c'est quoi cette histoire de recherche de témoins de moralité ? Pour un dealer qui a essayé de me descendre ? Bon Dieu, et les Coréens ?

– Les Coréens, y sont comme tous ces gens-là, riposta Franklin qui, à l'instar de ses coreligionnaires afro-américains, détestait les Asiatiques qui s'étaient mieux débrouillés qu'eux. Ils disent ne pas se souvenir comment ça s'est passé, qu'ils étaient nez contre le mur et ne voyaient rien.

– Se foutent de moi ! explosa Sam. Ils étaient aux premières loges et ont vu toute la scène !

– Ouais... ben ils ont peut-être été menacés par les copains de ce Ronson, ou Baylot qui est moins con

165

qu'il en a l'air. Je sais pas où il s'est dégotté ce nouveau baveux. Il a viré l'ancien et celui-ci est apparu.

– Cherchez pas, en tôle ils apprennent vite. Mais je ne veux pas rester dans ce pays pourri ! Je veux rentrer pour me défendre. Je suis sûr de faire revenir la mémoire à Lee Myung.

– En le menaçant ? Goodman, faites ce que je vous dis. Laissez les Affaires internes terminer leur boulot. Même présentés au grand jury, les témoins de moralité d'un voyou comme Ranson ne pèseront rien. Baylot cherche à gagner du temps pour faire un marché avec nous.

– Mais ici je ne sers à rien ! martela Sam.

– Vous baissez les bras ?

– Et vous le pantalon ! Vous savez parfaitement ce qui s'est passé dans cette épicerie...

Le silence à l'autre bout dura au-delà du temps habituel.

– J'ai pas entendu ce que vous m'avez dit. Mais écoutez ce que je vous dis, moi : restez là-bas, finit par répliquer le capitaine en raccrochant.

Sam demeura figé. Il eut l'impression d'une nasse qui se refermait sur lui. Il ne pouvait rien faire ici, et il ne pouvait pas rentrer chez lui sous peine peut-être d'être arrêté.

Ce n'était pas nouveau, le système judiciaire était plein de trous dans lesquels s'engouffraient les voyous. Un bon avocat, une opinion publique manipulée, des intérêts électoraux, et le tour était joué.

Son téléphone sonna et il décrocha.

– Oui ?

– Sam ?

– Bonjour, mam !

– Où es-tu ?

– Toujours en Arizona, soupira-t-il.

– Alors, reviens !

– Pourquoi ?

– Tu as lu les journaux ? Ils disent que tu as tué un homme sans défense qui faisait ses courses...

– Quoi, qu'est-ce que tu racontes ?

– Des témoins ont dit t'avoir vu sortir ton arme et le braquer pendant qu'il parlait aux commerçants... Mme Mayer, que tu connais, m'a dit de ne pas m'en faire, qu'elle connaît le meilleur avocat de Boston... un Yid. Pourquoi un Yid, tu vas me dire ? Parce que ce sont les meilleurs. La communauté noire, menée par un de ses guides, je sais plus son nom, en fait des tonnes !

– Laisse les Noirs tranquilles, ils ne sont pas dans le coup.

– Je ne sais pas qui est dans le coup. Tout ce que je sais, c'est que tu n'as pas tiré sur un ange mais sur un bandit !

Le mot « bandit » le fit sourire. Pour sa mère, il recouvrait tout ce qui n'était pas bon pour les juifs. Les fascistes, les communistes, les Arabes, certains leaders noirs, le Klu Klux Klan, les milices nationalistes. Mme Goodman était dotée d'une mémoire redoutable en plus d'une crainte jamais apaisée du retour des années noires.

– L'administration policière s'en occupe, je ne risque rien. Tu sais ce que sont les journalistes !

– Je sais, n'empêche, ces bandits qui disent des mensonges orientent les mentalités !

– Ne t'inquiète pas, il n'y a pas de problème...

– Alors, s'il n'y a pas de problème, rentre, déjà ! Ça fait combien de temps que tu traînes dans ce pays de péquenots !

– Je suis sur une enquête, tu es au courant ?

– Enquête, ch'm'enquête ! En attendant, ici ils disent des mensonges sur toi !

– Je vais rentrer bientôt, détends-toi. Tu vas bien ?

– Comment j'irais bien ?

– Je boucle cette affaire et je reviens.

– Pourquoi tu n'irais pas voir ta copine Sandra, elle n'est pas loin.

– Parce que je ne suis pas en vacances, tu peux le comprendre ?

Il l'entendit respirer fort.

– Tu vas bien, mam ?

– Je vais bien. Comme peut aller une maman qui sait que son fils a de gros ennuis !

– Excuse-moi, on vient me chercher, on se rappelle plus tard. Ne te casse pas la tête.

Il raccrocha avec la sensation d'avoir dit un gros mensonge. Parce que tout n'allait pas bien et que tous les deux le savaient.

J E PASSE UN COUP DE FIL au Cicero pour leur demander de me conserver ma chambre, et le réceptionniste m'informe qu'une jeune femme m'attend au
bar.

– Une jeune femme ? À quoi ressemble-t-elle ?

– Une trentaine d'années, peau mate, cheveux sombres noués en une natte.

– Bien observé. Ne dites pas que j'ai appelé...
merci.

Je n'ai rien contre Mary, je dirais même au
contraire. Je ne veux simplement pas m'embarquer
dans une histoire sans issue. Elle a vingt-neuf ans,
j'en ai quarante-cinq, je vis depuis seize ans avec une
femme que j'aime, même si lorsque nous conversons
au téléphone je lui recommande maintenant d'être
prudente en voiture au lieu de lui demander ce
qu'elle porte comme lingerie. La passion des débuts
a fait place à un sentiment de plénitude amoureuse
que l'on nomme tendresse ou habitude. Et c'est précisément à cette période-là qu'il faut se méfier de
tout le monde. Même Ulysse a eu du mal à s'en
sortir.

Quand j'ai connu Nina, je venais de perdre mon
amie que j'aimais infiniment, violée et tuée par un
psychopathe récidiviste soupçonné d'avoir violé et tué

169

un an plus tôt une petite fille, et qui s'en était sorti grâce au faux témoignage de sa femme terrorisée. Mais la police savait qu'il était coupable. Je l'ai retrouvé et je l'ai tué. Et c'est à cette occasion que j'ai connu Sam Goodman et qu'il est devenu mon meilleur ami.

Il menait l'enquête sur une série de meurtres perpétrés contre des hommes à Boston, et comme il est super futé il a compris que j'étais la meurtrière de ce Lancaster qui faisait partie des victimes. Il ne m'a pas arrêtée[1].

Puis Nina est arrivée et a recollé mes morceaux avec une patience et un amour infinis. On a déménagé pour San Francisco parce que Nina est professeur de droit pénal à Berkeley et qu'elle fait partie à présent de la Société internationale des juristes chargés de juger les criminels de guerre. On habite une jolie maison sur la plage à la pointe de la baie de Sausalito, et dans l'ensemble la vie est belle.

Quand je vivais à Boston, je travaillais comme reporter criminelle au *Boston Chronicle*. À San Francisco j'ai retrouvé mon rédacteur en chef, Albert Soued, que j'avais surnommé Woody pour me moquer de son manque d'humour, et qui m'a accueillie au *San Francisco Chronicle*.

Comme j'ai un peu de temps, je décide d'aller manger un morceau avant de rejoindre Murphy. Je ne sais pas quoi attendre de ce Timermann, mais ça vaut le coup d'essayer.

J'essaye d'appeler Nina pour l'informer que je reste encore un peu au pays des Bisounours, mais je tombe sur sa messagerie.

Je règle mes tapas et rejoins le commissariat. Où je retrouve mon planton préféré, mais avant qu'il m'ait

---

1. *Un été pourri.* Éditions Viviane Hamy.

reconnue et tendu le bras pour m'indiquer le bureau de Murphy, je le prie de le prévenir que je l'attends dans le hall.

Je vois bien que ça le perturbe, mais un gentil sourire le rassure. Je m'assois en regardant défiler la misère autour de moi.

Murphy apparaît.

– Timermann nous attend. On prend ma voiture.

À ce moment un flic s'approche de lui.

– On revient de la banque. C'est comme il l'a dit. Et l'équipe scientifique vient de quitter la maison...

– Ils ont trouvé quelque chose ?

– C'est parti au labo. Mais d'après eux faut pas compter sur les empreintes, il y en a trop. Ils ont eu des cheveux, ils vont confronter. Ils se sont servis de la vaisselle mais tout a été passé en machine.

– Merci, Barnum.

On sort et tout en courant à côté de lui, je lui demande :

– Votre inspecteur, il s'appelle vraiment Barnum ?

– Ouais, pourquoi ?

– Parce que Barnum a été le roi du cirque à New York au XIXe siècle. Il a monté un music-hall et un cirque itinérant avec une ménagerie incroyable et il a aussi ouvert le musée des Freaks...

Murphy me regarde sans réagir.

– Vous ne connaissiez pas ?

– Non, dit-il en se mettant au volant.

La vie de Barnum m'a toujours épatée, mais je laisse tomber. Trop chaud dans l'habitacle de sa Ford. On sort de la ville en prenant un bout d'autoroute et presque aussitôt une bretelle de sortie.

– C'est résidentiel ici...

– Plutôt, répond-il en s'arrêtant devant une maison précédée d'un vaste jardin.

C'est le type même de la demeure bourgeoise : grandes baies, portes solides, garage pour au moins deux voitures, aisance sans tape-à-l'œil. On grimpe les trois marches qui mènent à la porte et Murphy frappe. Des pas, et la porte s'ouvre sur M. Timermann.

Il s'efface pour nous laisser entrer et me regarde avec curiosité.

– J'ai amené avec moi Sandra Khan qui a été chargée par une famille de San Francisco de retrouver leur fille enlevée selon eux par des individus qui pourraient ressembler aux « vôtres », monsieur Timermann.

Il est blafard, si ça veut dire quelque chose pour un Noir, et derrière ses lunettes à monture d'acier ses yeux sont sans vie.

– Venez dans le salon, nous invite-t-il.

Il s'assoit pesamment dans un fauteuil et nous indique le canapé. Il est en veste et chaussures comme s'il était en visite. Il se tient droit et l'on sent que c'est de naissance. On a dû lui intimer de ne pas se courber, de regarder les gens droit dans les yeux, de ne jamais se laisser aller.

– Monsieur Timermann, commence Murphy, j'ai raconté à Mme Khan ce qui vous est arrivé. Juste une question : parmi les femmes qui étaient là, est-ce que l'une d'elles se prénommait Cindy ? Ou ont-elles parlé d'une Cindy ?

Il réfléchit. Une barbe de quelques jours ombre ses joues. On sent que ce n'est pas son habitude.

– Je ne crois pas, lâche-t-il enfin. Je vous ai donné leurs noms.

– Oui, mais ils auraient pu évoquer une Cindy... Parlaient-ils d'autres gens qui auraient pu appartenir à leur bande ?

Il appuie le dos contre le dossier avec un soupir de fatigue. Il nous regarde en cherchant visiblement à se souvenir.

– Elle s'appelle Cindy ? me demande-t-il.

– Oui. Ses parents sont très inquiets, ils n'ont aucune nouvelle.

– Je n'ai pas fait attention, lâche-t-il après un long silence. L'un d'eux, celui qui s'appelait Hubbard, a parlé de deux de ses amis restés à la cabane.

– À la cabane ? relève Murphy. C'est ce qu'il a dit ?

– Oui... je crois... j'ai pas bien fait attention sur le coup. Ils disaient en riant, pardonnez-moi ce sont ses mots, qu'ils devaient gravement s'emmerder tous les trois dans ce désert... de merde.

Murphy se tourne vers moi.

– Ils crécheraient bien dans le désert...

– Qu'ont-ils dit d'autre ? je demande à mon tour.

Il me fixe, puis :

– Ses parents doivent bien souffrir aussi, les malheureux. Ne pas savoir ce qu'est devenue...

Il s'arrête, un bref sanglot le secoue. Il se détourne vers la baie.

– Tout ce que vous pourrez vous rappeler nous aidera à les retrouver, dit Murphy. Comment sont-ils partis ? Qu'avaient-ils comme voiture ?

– Je ne sais pas. Ils ont dû cacher leur véhicule en arrivant le matin. Celui qui a pris les valises avec l'argent conduisait une petite berline rouge...

– Quelle marque ?

– Je n'ai pas fait attention. Je croyais qu'il repartirait avec ses complices... en laissant...

Il se tait, continue de regarder vers la baie. Son chagrin est tel que je peux en sentir le poids.

– Bon, fait Murphy en se levant, l'équipe technique a relevé ce qu'elle a pu comme indices, mais ils ont pris des précautions et on n'aura pas grand-chose.

– Je croyais que dès que l'on était quelque part on laissait des traces, dit M. Timermann sans conviction.

– Ça arrive..., répond Murphy, surtout dans les films... Ils ont lavé leur vaisselle, nettoyé derrière eux. Ce qui m'échappe puisqu'ils n'ont rien fait pour se cacher. Je ne comprends pas.

173

Il marche dans le salon, soulève un objet, regarde une photo, et je vois que c'est celle de la famille.

– Votre femme n'a rien laissé derrière elle ? je demande.

– Comme quoi ?

– Je ne sais pas, un indice qui vous serait personnel... un signe...

Il hausse les épaules. Il donne l'impression d'avoir déjà capitulé.

– Non. Qu'aviez-vous comme piste pour votre disparue ? me demande-t-il au bout d'un instant.

Je regarde Murphy. Difficile de lui dire que la piste boiteuse a été assassinée, probablement par la même bande.

– Je n'ai pas de piste, à part que ceux qui ont enlevé cette jeune femme formaient au dire de celui qui les a vus une sorte de famille...

– ... Comme celle de Charles Manson. Ils voulaient que je leur obéisse. Ils avaient compris que s'ils touchaient à ma femme ou à mon fils, je refuserais de leur donner l'argent. Une fois qu'ils ont été sûrs de moi, ils les ont enlevés...

– Pour garantir votre silence, dis-je pour ne pas le décourager. Si c'était des assassins, ils vous auraient tués tous les trois. Là, ils les ont emmenés sachant que ça vous empêcherait de prévenir la police.

– Ils les ont tués.

Je sursaute. C'est davantage sa façon de le dire que ce qu'il a dit. Il a prononcé ces mots comme une évidence.

– Nous n'en sommes pas certains, dit Murphy en me lançant un coup d'œil. On ne nous a signalé aucun... corps...

– S'ils les ont emmenés dans le désert, nous ne retrouverons jamais leurs corps, lieutenant, crache Timermann, la bouche tordue de haine. Et vous savez quoi ? Comment je ferai mon deuil si je ne peux même pas les enterrer !...

– Il faut garder l'espoir, monsieur, dis-je faiblement. Les parents de la jeune Cindy continuent de la chercher deux ans après qu'elle a disparu...

Il me regarde, et... ricane. Et ce ricanement me fait froid dans le dos.

– Ce sont des imbéciles, souffle-t-il. Moi je vais retrouver les miens parce que je vais les chercher tout de suite, je ne vais pas attendre deux ans ! Il se lève, marche d'un pas rapide en se tordant les mains. Stanley, mon fils, avait dix ans... comment peut-on tuer un enfant de dix ans ?... Il voulait être ingénieur. Sa mère et moi on mettait de l'argent de côté pour lui payer son école... il était un bon basketteur et on se disait que peut-être il aurait une bourse... Je ne comptais pas sur l'affirmative action, on n'en a pas besoin... Mon fils était doué, gentil, il nous adorait et nous l'adorions... Ma femme avait cessé de travailler pour l'élever... elle avait fait des études de documentaliste et elle aimait ça... mais un garçon, faut s'en occuper pour qu'il ne devienne pas un Fox, ou un Hubbard ou je ne sais quoi ! Et ces filles ? Avec des piercings partout et des cheveux... et mauvaises, encore pires que les garçons... Et ma femme qui leur a fait à manger... oh, mon Dieu...

Il s'écroule en sanglotant sur le canapé, le corps secoué, le visage dans ses mains.

– Monsieur Timermann..., dit Murphy.

Il ôte les mains de son visage qui apparaît baigné de larmes.

– Laissez-moi, vous ne les retrouverez pas, moi je les retrouverai. Je suis peut-être un petit directeur de banque, mais je les retrouverai, dussé-je y passer ma vie...

– Nous allons mettre toutes les forces de police de la région sur cette affaire, monsieur...

– Ah, vous me croyez maintenant ?

– Comment ça ?

– J'ai bien compris ce que vous pensiez quand je suis venu vous voir. Vous avez pensé que je les avais tués et volé l'argent… je ne peux pas vous en vouloir, ça arrive ce genre de chose… Qu'est-ce qui vous a fait changer d'avis ?

Murphy le regarde sans comprendre.

– Elle ? Mme Khan, reprend-il, qui est aussi à la poursuite de ces criminels… parce qu'elle est blanche et que la fille qui a disparu l'est aussi ?…

– Qu'est-ce que vous racontez, monsieur Timermann, le chagrin vous égare, répond Murphy d'un ton irrité.

Ils se toisent, Timermann assis, les yeux levés sur Murphy, mais c'est lui qui domine le lieutenant.

Fox FERMA le cadenas de la boîte scellée sous son siège où il avait l'habitude de cacher les quelques valeurs auxquelles il tenait. Cette fois il ne s'agissait pas de babioles, mais de 217 000 dollars.

Il sortit du van, et heurta Hubbard qu'il n'avait pas entendu approcher.

– Tu mets de l'argent de côté pour tes vieux jours ?

– Qu'est-ce que tu racontes ?

– Tu planques le pognon dans ta camionnette... pour mieux te tirer avec ?

– Tu es fou, grinça Fox. Je n'ai simplement pas envie que vous vous fassiez remarquer en faisant la foire un peu partout, ce qui serait le meilleur moyen de nous faire repérer. Et faut bien le ranger en attendant de le partager.

– Qui peut nous repérer ? Le négro la fermera tant qu'il croira sa bonne femme et son chiard vivants. T'as dit qu'on allait se tirer vite fait chez des potes à toi. Quels potes, j'aimerais savoir...

– Vous ne les connaissez pas. Mais ils sont suffisamment loin d'ici et de Yuma pour qu'on nous oublie. Quand on y sera je distribuerai les parts et vous en ferez ce que vous voudrez.

– Pourquoi attendre ? objecta Hubbard avec un sourire qui lui tordit la bouche.

– Je viens de te le dire. Les flics vont être sur les dents pendant un moment. Autant à cause du braquage que du kidnapping. Le type va aller les trouver dès qu'il aura compris qu'il ne reverra pas sa femme et son fils.

– C'est le genre à pas perdre espoir facilement, ricana Hubbard. On a le temps de partager. J'ai rien contre rester avec toi, t'as de bonnes idées. Ce que je dis, c'est que mes potes et moi on veut l'oseille à chaque fois. Avec les autres tarés tu fais comme tu veux. Ah, autre chose... si on se casse, Cindy vient avec moi.

Fox le toisa. Il savait qu'il avait fait une erreur en les faisant entrer dans la Famille. Ils n'étaient pas de la même trempe que les autres. Les autres l'aimaient et lui faisaient confiance. Ceux-là n'aimaient personne à part eux. Hubbard voulait partir avec Cindy ? Pas question. Cindy était à lui. C'est lui qui en avait fait ce qu'elle était devenue.

– Je pensais partir demain, dit Fox, comprenant qu'il fallait gagner du temps.

– Où tu veux partir ?

– À l'est. Des amis ont créé un point de rencontre pour ceux qui sont en cavale ou veulent justement se faire oublier... C'est pas tout prêt, ça s'appelle Météor Cratère, et à part les chats sauvages, les scorpions et les crotales, personne peut y vivre, sauf mes potes qui ont bien arrangé leur coin...

Hubbard pouffa.

– Drôlement fun ce que tu racontes... mais moi, mon pote, mes dollars, j'les veux pour les dépenser, pas pour bouffer des rats !

– Il faut d'abord se faire oublier, insista Fox. T'as décidé de laisser vivre le nègre pour qu'il dérouille en pensant à sa famille... j'ai accepté parce que l'idée était intéressante. Mais elle comporte des risques. Il a nos noms, nos gueules, et tout ce qu'on a pu dire. Tu crois qu'il va garder tout ça pour lui ? Fais-moi confiance, quand on sera là-bas on se séparera et on se connaîtra plus. Mais pour l'instant, faut jouer profil bas. On aura déjà du mal à se faufiler entre les barrages des poulets.

Hubbard pouffa plus fort.

– T'es trop, Fox ! Profil bas... on dirait un putain d'espion ! Fais comme tu veux, mais mes potes et moi on veut notre pognon *maintenant*, même si on t'accompagne dans ton coin de rêve.

– Tu comprends pas ce que je te dis ? cracha Fox d'un ton haineux. Vous étiez trois paumés avec les poches trouées quand je vous ai rencontrés... maintenant vous possédez des milliers de dollars grâce à moi... et vous allez m'obéir ! C'est moi qui décide. Moi et ma Famille on passe avant. Si vous voulez vous tirer ce sera sans un sou ! J'veux pas qu'on prenne des risques à cause de vous !

Les deux hommes se fixaient avec haine. Devant la cabane, les autres les écoutaient d'un air tendu. Bobby se plaça derrière Jasper qui lui semblait le plus teigneux. Fox gardait sa carabine dans le van, à l'abri. Si Hubbard la ramenait trop, ce ne serait pas difficile à Fox, rapide comme un serpent, de s'en emparer et de se débarrasser de ce tordu.

D'ailleurs Bobby était plutôt pour. Il trouvait que ces gars en prenaient trop à leur aise. Ils étaient toujours à critiquer, mais s'ils bouffaient, c'était grâce au Père.

La Famille était bien mieux avant qu'ils débarquent. Maintenant Cindy suivait Hubbard comme s'il l'avait maraboutée. Fox ne la laisserait pas partir. Cindy était des leurs. Elle était une des plus anciennes avec lui, Bobby. Ils avaient couché ensemble, puis s'étaient séparés sans même en parler. Bobby avait couché aussi avec les autres parce que ça soude la famille, avait dit Fox. L'échange des fluides crée la

179

famille. Ils étaient comme des frères et sœurs. Ils étaient ses enfants.

Hubbard regarda Jasper. Il savait pouvoir compter sur lui. Mais ils étaient coincés dans ce putain de désert. Ils avaient bien la berline pour se tirer, mais fallait aussi avoir l'argent.

– OK, céda-t-il à contrecœur, on fait comme t'as dit. Mais une fois arrivés dans ton bled pourri, tu nous casques et moi et mes potes on se tire.

Fox évacua sa rage avant de répondre. S'il voulait mener le jeu, fallait que ce morveux s'aperçoive de rien.

– C'est d'accord, on part demain, dit-il d'une voix sourde.

Venturi avait invité Goodman à dîner chez lui. Celui-ci arriva vers huit heures et demie, une bouteille de sancerre à la main.

– Pfft, c'est pas donné ce vin, sourit l'agent fédéral en examinant la bouteille. Du vin français.

– J'espère qu'en contrepartie vous allez me faire de bonnes pâtes.

Venturi recula la tête comme pour l'examiner.

– Mes potes vous trouvent chic. C'est vrai que vos fringues semblent pas sorties du fripier du coin. C'est de la belle came, dit-il en frottant le revers du veston en alpaga de Sam. Quoiqu'un peu chaud pour ici.

– Je suis snob, grimaça Sam en lui tapant sur l'épaule, faut toujours que j'en jette.

Venturi acquiesça en souriant. Il était content de travailler avec un homme qui venait de l'Est, ça le changeait des cow-boys du coin.

– Qu'est-ce que vous êtes venu faire ici ? lui demanda Sam une fois assis en dégustant un scotch Caol Ila de vingt-cinq ans d'âge. Et celui-là, d'où vient-il ? sourit-il en élevant son verre devant les yeux. C'est pas une boisson de plouc…

– Il vient de l'île d'Islay, via New York, répondit Venturi en le resservant. Directement par bateau de contrebande…

– Contrebande, hein ?

– Ma famille est installée là-bas depuis un siècle. Ils ont quasiment créé Little Italy. Tous dans la limonade.

– Juste la limonade ? insista Sam en continuant d'examiner le liquide ambré de son verre.

– Et ce qui va avec... Pourquoi je suis là ? reprit-il. Il fixa Sam comme s'il pesait le pour et le contre. Disons que j'avais des... cousins et des neveux et puis aussi des oncles, et mon père... comment dire, quand on se rencontrait on évitait de parler boulot...

– Parce que ?

– Parce que... moins j'en savais sur eux, mieux ils se portaient, si vous voyez ce que je veux dire...

– Je vois, acquiesça Goodman. Mais ça ne me dit pas ce que vous faites dans ce trou.

Venturi vida son verre, le remplit de nouveau et y ajouta des glaçons. Puis il se leva et prit des chips dans le placard.

– Vous en voulez ?

– Non, merci, je fais attention à mon tour de taille...

– Ouais... pourquoi je suis là, se décida soudain Venturi, parce qu'un jour j'apprends que la DEA a eu vent de l'arrivée d'un bateau mexicain bourré d'héroïne venue d'Afghanistan, et qu'ils vont faire une sacrée rafle dans le milieu. Une semaine plus tôt, un cousin germain avec qui j'ai passé enfance et adolescence, dragué les mêmes filles, cogné les mêmes mecs, me fait comprendre qu'ils attendent un arrivage important. Venturi se tut et regarda Sam qui lui renvoya son regard sans piper. Qu'est-ce que vous auriez fait à ma place ?

– Je me serais fait muter chez les Indiens.

Venturi secoua la tête.

– Je sais plus quel écrivain européen a dit qu'il haïssait sa famille.

– André Gide, un Français. Il avait d'autres raisons.

– Moi, je l'aime, ma famille, c'est pour ça que je suis là.

– Et alors, que s'est-il passé ?

Venturi les resservit.

– On va être soûls, remarqua Sam.

– Tant mieux. C'est la meilleure façon que je connaisse d'oublier que j'ai le cul coincé dans ce foutu désert ! dit-il en vidant son verre d'un trait. Il regarda son invité un long moment. Je les ai prévenus, laissa-t-il tomber.

Un silence complice s'installa entre les deux hommes. Sam se dit que les histoires familiales non seulement enrichissaient les psychiatres et les laboratoires qui fabriquaient les antidépresseurs, mais bouleversaient les destinées. Il pensa à sa mère qui peut-être par sa seule existence avait court-circuité sa vie sentimentale.

Comme beaucoup de mères, elle s'était longtemps posée en unique femme de sa vie. Il ne pouvait, bien sûr, lui imputer la mort de la seule femme qu'il ait vraiment aimée, tuée par le mari schizophrène de sa meilleure amie, mais tout ce qui s'était passé avant ce drame y avait conduit[1].

Julia était une artiste, une de ces femmes que les mères craignent pour leur fils. Elle l'avait bien sûr acceptée – le moyen de faire autrement ? – mais Sam savait qu'il avait davantage pris de temps à rassurer sa mère et aplanir les obstacles entre les deux femmes qu'il n'en avait donné à Julia. Pourtant, il l'avait aimée comme aucune femme avant elle. Il avait cru dans cette relation comme jamais auparavant, et il ne se revoyait pas le lui dire, lui faire comprendre que sans elle sa vie serait vide. Des années après, ces

1. *Mauvais Frère.* Même éditeur.

occasions manquées lui pesaient toujours sur le cœur.

— Et vous ? demanda Venturi. On peut savoir ce qu'est votre vie ?

Sam soupira et vida son verre.

— Un autre ? proposa son hôte.

— Non, merci. Une cigarette plutôt.

Venturi se leva et revint avec un paquet.

— Merci, dit Sam en se servant.

— Alors ?

— Enfant gâté de la bourgeoisie, mère envahissante, père parti trop tôt, élevé par un très gentil beau-père esclave de ma mère. Bonnes études, choisis la police au désespoir de celle-ci, n'arrive pas à tomber amoureux... jusqu'au jour où je la rencontre enfin, celle avec qui je voulais partager ma vie...

Il se tut, tira sur sa cigarette, emplissant ses poumons jusqu'au fond, les yeux perdus.

Venturi prit une cigarette à son tour. Il pensa que la fêlure de cet homme était trop importante pour l'interroger davantage. Le silence s'installa une nouvelle fois. Ils terminèrent leurs cigarettes.

— Je vous ai fait un osso bucco, comme ma mère... vous aimez ? dit Venturi en se levant. Aidez-moi à mettre la table.

— OK.

— Alors qu'est-ce qu'on fait avec Mercantier ? demanda Venturi une fois qu'ils furent installés et qu'il les eut servis.

— C'est quoi cette histoire de crime sataniste dont m'a parlé Tibbs ? renvoya Sam.

— Holà, une sacrée histoire ! Une famille en morceaux, au vrai sens du terme, cinq personnes, des mois d'enquête de toutes les polices de l'État, des centaines de pistes plus farfelues les unes que les autres.

— Expliquez, l'encouragea Sam en se régalant visiblement avec le plat de Venturi. Vous feriez un parfait époux, ajouta-t-il.

– N'espérez rien, j'ai déjà quelqu'un dans ma vie.

Bon. Une baraque luxueuse pour une famille friquée et en vue, avocat pénal, un tordu comme nous les flics on les aime pas... toujours à chercher de quoi faire tomber un bon dossier, copain avec toutes les huiles, voyez le décor ?

Sam acquiesça.

– Un matin, il vient pas à son cabinet, on prévient les municipaux qui se ramènent et trouvent la famille, les deux parents et leurs trois enfants découpés en morceaux dans leurs lits, les trois chevaux de la famille éventrés dans l'écurie. Pas le moindre indice. Ils ont tout brûlé au chalumeau mais ont laissé des putains de messages... Encore un peu ?

– Oui, merci, vos pommes de terre sont fondantes. On dirait celles de ma mère...

– Ce sont celles de *ma* mère, elle m'a tout appris, rare pour un gars de chez nous. Bon, je continue, dit Venturi en sauçant son assiette. Des messages de oufs inscrits sur les murs, sur les miroirs, le sol, avec le sang, et croyez-moi, y en avait assez pour réécrire la Bible, mais c'était plutôt de l'autre côté qu'ils se situaient. Depuis, on patauge, on se fait secouer par tout le monde et on a l'air de branques. On fait venir des profilers, des médiums, enfin toute la clique, des criminologues, plus de cent flics sur l'affaire, quatre mois à bosser comme des malades jour et nuit ! Que dalle ! À devenir fous. Juste la certitude qu'ils étaient plusieurs *et pas du coin.*

– Parce que ?

– Parce qu'ils n'ont pris que le liquide alors qu'il y avait plein d'objets de valeur négociables.

– Pas des criminels ordinaires, des psychopathes..., remarqua Sam, songeur.

– Probable. Mais c'est pas un mot qu'on aime prononcer dans la police. Ça fout la trouille aux bourgeois. Et quand les bourgeois ont peur, ils nous emmerdent parce qu'ils en voient partout et qu'il faut tout vérifier. Enfin, vous connaissez.

– J'ai entendu parler de cette affaire...

– Bien sûr... la presse nationale en a fait des tonnes, comme quoi dans ce coin de retardés mentaux c'était normal de trouver des assassins de ce genre. Z'ont même fait le rapprochement avec les meurtres de Juárez au Mexique, vous savez, ces centaines de filles tuées et dont on n'a jamais jusqu'à aujourd'hui identifié les assassins...

– Je sais. L'amie que j'ai cru reconnaître ce matin, c'est elle qui a fait l'enquête...

– Ah ouais... et alors ?

– Alors elle est revenue déchirée et bredouille. C'est vrai que, d'après ce que vous me décrivez, ça pourrait bien être les mêmes qui massacrent et mutilent ces pauvres filles...

– On en a évoqué la possibilité, mais on a laissé tomber... On peut se fouiller pour avoir une collaboration avec les flics de l'autre côté. Tous pourris jusqu'à l'os. Le gouverneur, la police, tous ! Y touchent de tous les bords !

– Il s'en passe des raides dans votre coin..., remarqua Sam. Avec quoi vous faites votre osso bucco ?

– Avec du jarret de veau, de la farine, de l'ail, du vin blanc, des carottes, des tomates, des oignons, mais je garde ma recette, vous n'en saurez pas plus.

– Dommage, il n'y a rien de tel pour séduire une femme que de réussir un plat de ce genre.

– Pourquoi croyez-vous que ma mère m'ait appris à cuisiner ? Elle ne devait pas avoir confiance dans mon physique...

Il resta suffisamment tard chez Venturi pour que la bouteille de scotch hors d'âge soit liquidée, suivie par le sancerre et une bouteille d'un vin de Californie en accompagnement du plat et du dessert. Il repartit les jambes flageolantes.

Cette soirée lui avait fait oublier un moment ses échecs, ses soucis, et même ce pays perdu dans les sables où la grande distraction des fermiers était de chasser le crotale pour le dépouiller, et où les criminels découpaient leurs victimes avant de les voler.

Mais dans le taxi qui le ramenait, Sam crut en traversant la ville à une heure du matin qu'il était revenu dans un vieux film de science-fiction sur la planète Mars, avec ce foutu désert rouge et ces rues mortes.

FOX SE REDRESSA brutalement dans son sac de couchage et tenta de reprendre son calme. Il venait de subir une nouvelle crise d'angoisse qui lui avait tordu les entrailles.

Il s'assit le cœur battant sur le bord de son lit de camp. Ses yeux s'accoutumèrent à l'obscurité et il repéra les silhouettes de ses voisines : Amélia, Carmen et Roxane. Bobby et les deux autres garçons dormaient dans la pièce d'à côté, et Hubbard et Cindy dans l'appentis.

Il frissonna de froid et se couvrit de son duvet, mais son cœur continuait de battre la chamade. Ces crises, il les connaissait depuis tout petit. Elles arrivaient n'importe quand, lui coupaient le souffle, lui donnant l'impression qu'il allait mourir. C'était le noir qui l'entourait qui les nourrissait. Il avait toujours détesté l'obscurité. Il n'en avait jamais parlé à sa mère, sachant d'avance qu'elle s'en moquerait.

Il se leva, tremblant, et ouvrit la porte de la cabane où un filet de lune éclairait vaguement la nuit sombre. Enveloppé dans son duvet, il sortit sur le sable, étonné de le sentir si froid, comparé aux heures du jour où l'on ne pouvait pas y poser un pied nu.

Les deux voitures étaient garées plus loin, des bouteilles vides traînaient sur le sol. Il se dit qu'avec tous ces indices, les mégots, les traces de pneus, les empreintes de pas, la police pourrait reconstituer leur identité. Soudain il sursauta. Et les cadavres ?

Il tourna la tête dans la direction où la troupe les avait sommairement enterrés, à une centaine de mètres au sud de leur campement. Cette nuit-là, tous avaient bu et s'étaient shootés à ne plus reconnaître le jour de la nuit. Fox avait émergé le premier et regardé, l'esprit encore comateux, les corps avachis de ses compagnons de défonce.

Les longues bougies achevaient de se consumer et le fil laiteux du jour se posait déjà sur l'horizon. Il s'était alors souvenu qu'au terme de leur nuit de folie, Amélia la furieuse et Bobby le schizo s'étaient proposé de tuer la mère et son fils.

– Y z'ont raison, on prend trop de risques de les laisser, avait balbutié Hubbard qui achevait sa deuxième bouteille de gin avant de se saisir d'une pipe de crack.

Tous avaient approuvé.

– On va faire ça comme une vraie cérémonie, avait-il bégayé, tenant à peine sur ses jambes.

Amélia et Bobby avaient ri, leur cerveau entamé par l'alcool et la drogue. On leur avait passé des poignards et ils avaient achevé leurs victimes. Puis, sur l'ordre de Hubbard, les filles s'étaient munies chacune d'un flambeau et les garçons avaient porté les corps pour les enterrer. Fox ne les avait pas accompagnés. Cette idée était celle de Hubbard, pas la sienne.

Lui aurait gardé les otages, c'était une porte de sortie en cas de pépin. C'est là qu'il avait compris qu'il devrait un jour séparer son destin du leur. Ces mômes se croyaient encore au temps de Billy ze Kid, ils ignoraient, ou faisaient semblant, que si les flics voulaient s'en donner la peine, ils étaient capables de compter les poils de nez d'un voyou grâce à leurs satellites.

Il fallait déguerpir après avoir tout nettoyé derrière

eux. Si les ossements animaux étaient habituels dans le désert, ceux des humains risquaient de provoquer une enquête, même s'il n'était pas si rare d'en retrouver. Et une fois arrivés à destination, les trois demeurés foutraient le camp, sans fric. Ils n'espéraient tout de même pas repartir les poches pleines alors que c'était lui qui avait tout préparé.

Soudain il se raidit et sentit ses poils se hérisser. Quelque chose de long était en train de ramper sur ses pieds. En même temps que la reptation, des poils vibratiles le caressaient.

Il était tellement terrorisé qu'il n'osait pas baisser la tête pour regarder quel animal répugnant passait sur lui. Sa phobie des serpents rejoignait celle de tous les insectes. Ses séjours dans le désert n'avaient rien arrangé. Tout son corps se révulsait à ces contacts. Il retint sa respiration au-delà du possible, et son cœur repartit dans une tachycardie effrénée qui retentit dans sa gorge et ses oreilles, lui troublant la vue. Il s'entendit gémir de terreur et ne s'aperçut pas immédiatement que l'ignoble contact avait cessé.

Il osa remuer légèrement les orteils, abaissa lentement la tête vers le sol, aperçut en frissonnant de dégoût une scolopendre géante de près de trente centimètres se propulser en se dandinant sur le sable, ses dizaines de pattes laissant des empreintes en forme de points derrière elle, sa tête armée de deux crocs venimeux se balançant au rythme de sa reptation.

Il mit du temps à retrouver son calme. Le froid vif bleuissait ses traits. Il détesta soudain être là. Il détesta tout et tous ceux qui l'entouraient. Il n'avait besoin de personne. Ces connards étaient des boulets, des inutiles. Ils le suivaient comme des chiens fidèles, tendant la tête pour recevoir caresses ou coups suivant son humeur, et il les méprisa.

Il leva la tête vers le ciel sombre où brillaient les millions d'yeux de la nuit, clignotant, étincelant, l'appelant par-delà le cosmos, l'invitant à rejoindre les maîtres des cieux.

Son maître Esobus, qui lui avait tout appris. Qui faisait jaillir les flammes d'un pot de terre vide et les crapauds venimeux des flammes. Transformait les anges en démons et régnait sur toutes choses.

Il tomba à genoux et se prosterna. Il oublia tout ce qui rampait et marchait dans le sable, se réfugiait sous les pierres chaudes ou les rares endroits humides qu'ils creusaient de leurs pattes griffues. Les créatures du Diable, les vrais maîtres de la Terre.

Demain il partirait, mais serait obligé d'emmener cette bande de pouilleux qui, il le savait, n'hésiterait pas à le vendre contre une pipe de crack ou un cachet de LSD.

B RAD T IMERMANN regarda la journaliste se diriger vers le comptoir de réception de l'hôtel. On lui tendit sa clé et un message, et il s'avança vers elle.

Elle avait la séduction d'une femme de quarante ans qui a conservé la souplesse et la vigueur d'un corps dans lequel elle est à l'aise. Un visage ovale aux yeux clairs étirés vers les tempes et encadré de cheveux auburn coupés en mèches courtes, une bouche aux lèvres pleines et un nez curieusement busqué lui donnaient une personnalité particulière. Il pensa à sa femme Meryl, si différente et pourtant aussi séduisante.

Elle l'aperçut, s'arrêta une seconde et le rejoignit.

– Monsieur Timermann... ?

– Bonjour, madame. Est-ce qu'on peut se parler ?

– Bien sûr, voulez-vous que nous nous asseyions au bar ?

Ils s'installèrent à une table contre le mur. À cette heure de la matinée où les petits déjeuners étaient terminés et les clients du déjeuner pas encore arrivés, ils étaient les seuls consommateurs. Une vague musique mexicaine donnait un fond sonore, et le barman attendit un moment avant de venir prendre leur commande.

– Que puis-je pour vous ? demanda Sandra.

Timermann soupira avant de répondre et regarda dans le vague.

– Je voudrais retrouver les corps des miens, lâcha-t-il dans un souffle.

– Je comprends, encore faudrait-il savoir où les chercher. Et pourquoi êtes-vous si sûr qu'ils sont... qu'ils sont...

– Morts ? J'en suis sûr. Ma femme se serait débrouillée pour me prévenir. Tous autour de moi le pensent. Ses parents sont venus et repartis après que je leur ai appris ce qui s'était passé. Vous savez, nous sommes nés ici, l'Arizona, le Nevada, le Nouveau-Mexique sont les berceaux de notre peuple. Ma femme était à moitié africaine et à moitié sioux, et j'ai vécu moi-même dans une réserve après avoir quitté la maison familiale trop pauvre pour m'offrir les études que je voulais. J'ai travaillé dans les casinos indiens en même temps que je suivais des cours de comptabilité et gestion à l'université. Nous sentons ce pays à travers notre chair, il nous appartient comme nous lui appartenons. Je sais que ces gens sont une secte, il y en a plein ici. Le désert et le ciel si particuliers sont propices à ce genre de croyances. Mais ces gens qui ont enlevé les miens sont différents. Le Mal est leur maître autant que ce petit homme qui les guide. Je sais que ma femme et mon fils n'auront pas pu résister.

– Alors, que proposez-vous ? demanda Sandra, ébranlée par la conviction de son interlocuteur.

– Je veux les rechercher, les retrouver...

– Et... une fois que vous les aurez retrouvés ?

Timermann la fixa sans répondre, et Sandra se retrouva projetée plus d'une décennie en arrière quand elle s'était mise elle aussi à la recherche du meurtrier de son amie.

– Et le lieutenant Murphy ? interrogea-t-elle.

Timermann se contenta de hausser les épaules.

– Pourquoi vous adresser à moi ?

– Je suis allé à la bibliothèque consulter les journaux des dix dernières années. Je voulais savoir si ces gens avaient sévi ailleurs. Je suis tombé sur vos articles dans le *San Francisco Chronicle* et votre expédition à Ciudad Juárez où vous avez recherché les assassins de ces pauvres jeunes filles. Je suis remonté plus loin et comme je savais que vous veniez de l'Est, j'ai recherché les années précédentes, et je vous ai retrouvée dans le *Boston Chronicle*, suivant une affaire de meurtres multiples à Boston. Même avec le temps je vous ai immédiatement reconnue sur la photo en première page du journal.

– Eh bien, sourit-elle vaguement, vous en savez plus sur moi que j'en sais sur vous.

– Parce qu'il n'y a pas grand-chose à savoir. Je suis entré dans la Corpo Industry comme comptable, j'ai travaillé dur pour grimper les échelons, j'ai rencontré ma femme et ensuite on m'a confié la direction d'une agence ; voyez, ça tient en quelques mots...

Elle but une gorgée de son jus d'agave, grimaça à son goût à la fois amer et sirupeux.

– C'est grand le désert, monsieur Timermann...

– Appelez-moi Brad.

– Ce n'est pas ça qui le raccourcira, sourit-elle, et Brad la trouva drôle. Comment comptez-vous vous y prendre ?

– Je vous ai dit avoir vécu dans une réserve indienne. Sept ans. Chez les Indiens Mescaleros qui appartiennent à la tribu apache. Je suis devenu un des leurs. Les Mescaleros sont des chasseurs et des cueilleurs mais aussi des pilleurs. Ils m'ont appris beaucoup de choses sur l'art de relever une piste.

La jeune femme haussa les sourcils d'un air dubitatif.

– On rejoue *La Charge héroïque* ? sourit-elle.

– J'imagine que pour une femme des villes comme vous, ce que je vous dis peut paraître... exotique, mais vous devez me faire confiance...

– Et je vous redemande : que faites-vous de l'enquête du lieutenant Murphy ? Vous savez, sans vouloir vous vexer, je parierais que vous êtes encore en tête de liste de ses suspects...

– Je m'en doute.

Elle soupira en plissant les lèvres. Timermann comprit qu'elle pesait le pour et le contre. Elle aussi recherchait quelqu'un, même si sa quête était moins importante que la sienne.

Ce qu'il ne lui avait pas dit, c'est qu'après l'avoir retrouvée dans les journaux, il avait consulté l'argus de la presse, et appris qu'elle avait obtenu le prix Pulitzer des reporters pour une enquête dans le désert Mojave à la poursuite d'un psychopathe qui terrorisait sa famille et sa ville[1]. Elle était décrite par ses confrères comme une battante qui ne lâchait jamais. Certains lui avaient donné le surnom de Pitbull, sans préciser si c'était ou non amical. Mais le journalisme était comme les autres professions, un marigot où surnageaient les crocodiles les plus féroces.

– On ne peut pas partir sans le prévenir, reprit-elle. Il m'a mise en garde contre les dangers du désert. Et, de vous à moi, si j'ai la ferme intention de retrouver cette fille, j'ai la même ferme intention de ne pas y laisser ma peau.

– Moi non plus, Sandra. Vous permettez que je vous appelle ainsi ?

Elle acquiesça avec un sourire.

– Si on doit se battre contre les scorpions, la chaleur, les mouches et les serpents, autant être à l'aise, répondit-elle.

– Alors, c'est d'accord ?

– Écoutez... je vous demande... un petit moment. J'ai quelques coups de fil à donner et, si je me décide,

---

1. *Le Festin de l'araignée.* Éditions Viviane Hamy.

je ne vais pas y aller en sandalettes, dans votre fameux désert. On se retrouve ici vers cinq heures, vous aurez ma réponse pour votre expédition, docteur Livingstone.

– Avec ou sans vous, j'irai, dit Timermann, je préfé-rerais que ce soit avec vous. Partir seul dans le Sonora est très risqué. Certains s'y sont aventurés et ne sont pas revenus pour le raconter. Mais réfléchissez bien. Vous avez sûrement une famille, un compagnon, peut-être des enfants... ce ne sera pas une prome-nade de santé...

– OK. Brad. À cinq heures ici.

Je remonte dans ma chambre et m'allonge sur le lit pour réfléchir. La clim donne à plein et il fait très bon. Se rappeler qu'il n'y en a pas dans le désert de Sonora.

Ce Timermann me semble assez dingue pour partir récupérer les corps des siens au risque d'y laisser sa vie. Pourquoi les vivants ont-ils besoin de savoir où sont leurs morts ? Je ne me l'expliquerai sans doute jamais. La place de nos morts est dans nos têtes et nos cœurs, c'est là leurs tombes.

Ceux qui ont perdu les leurs dans les grands cime-tières des guerres ont-ils eu davantage de mal à faire leur deuil ? Est-il donc si important de savoir que les ossements de votre femme, de votre fils, de votre mère ou de votre frère sont à tel endroit sous une dalle de pierre ou de marbre gravé, au milieu de la multitude des autres morts, comme s'ils étaient enfin chez eux, revenus parmi les leurs ?

Quand Joan est morte, ses parents, qui habitaient New York, sont venus la chercher pour la ramener chez eux. Je les ai accompagnés au service religieux de la synagogue, à contrecœur car je savais que ça ne lui aurait pas plu. Mais quand ils sont repartis avec elle, je ne les ai pas suivis. « Vous ne voulez pas savoir où elle sera enterrée ? » s'est étonnée sa mère. Je lui ai dit que ce n'était pas la peine parce qu'elle resterait avec moi à jamais, que je sois à Boston ou n'importe où. Je ne suis pas sûre qu'elle m'ait comprise.

Je veux bien sûr ramener leur fille aux Cooliers, mais je dois aussi leur demander s'ils sont d'accord pour cette expédition hasardeuse. Dois-je abandon-ner ou pas, sachant qu'elle est toujours vivante mais semble peu disposée à les retrouver ?

M. Cooliers répond immédiatement, et malgré sa courtoisie me laisse à peine le temps de formuler ma question qu'il acquiesce déjà.

– Les frais engagés sont sans importance, souligne-t-il, nous voulons retrouver notre fille. Nous vous faisons confiance, faites au mieux.

Je lui fais remarquer que ce ne sont pas les frais engagés qui me retiennent, ce n'est pas dans le désert que je vais jouer mes honoraires au baccara, mais que ça débouchera sûrement sur un échec.

– Tentez tout. Ma femme est en pleine dépression à cause de ça.

Après, j'appelle Nina et lui annonce mes projets. Je n'épilogue pas. Chacun sait comment ça se passe quand on a promis à l'amour de sa vie de revenir très vite et que chaque semaine on le prévient que ce n'est pas pour tout de suite.

Puis je téléphone à Murphy. Je connais assez les flics pour savoir que s'il y a une chose qu'ils détestent, c'est bien que l'on prenne des initiatives sur une affaire dont ils ont la responsabilité.

Murphy n'est pas autrement que les autres et se met à hurler que ce n'est pas une journaleuse de ses deux (jambes ?) qui va la lui mettre dans le dos (quoi donc ?) ! Ni un veuf dont il n'est pas certain qu'il ne soit pas en même temps le responsable de sa situation qui va poursuivre l'enquête !

Sa syntaxe est déficiente quand il est en colère, mais je me garde de le lui faire remarquer. Au contraire, je soutiens qu'il a tout à fait raison, que Timermann est têtu comme une chèvre andalouse (?), et que si je l'accompagne c'est pour le ramener.

– J'ai pas envie de cavaler après deux autres cadavres ! braille-t-il.

Ce qui me semble le comble de la mauvaise foi. Comment courir après des cadavres dont la fonction essentielle est de ne pas bouger ?

Je perds mon temps à le calmer et raccroche avant que le combiné du téléphone prenne feu.

Bon, mais où Timermann va-t-il chercher ses cadavres à lui et ma fugueuse à moi ? Puis je repense au journal de ce pauvre Palmer que j'ai embarqué et où il donnait des indications. Je fouille dans mon sac, le trouve et l'ouvre sur le lit.

Voilà.

Nord-est par la 95, puis quarante kilomètres, rocher du Chien sur la droite de la route et champ immense d'organ pipes sur monts pelés, jusqu'à Quartzsite. Et si on commençait par là ? Il a de la chance de m'avoir, Timermann, ça lui évitera de quadriller le désert pendant trente siècles.

Je replie le tout et sors m'équiper pour affronter le froid glacial, le chaud caniculaire, le vent épouvantable, et tout ce qui se vit (difficilement) dans le désert.

S AM ENTRA directement à La Licorne en sortant du restaurant. Sa conversation la veille avec Franklin l'avait secoué.

À Boston, compte tenu des relations entre les services, le préfet ne pouvait ignorer les protections de Mercantier. Et quand un criminel de cette taille était ainsi protégé, nul doute que ça venait de haut. Il n'y avait pas qu'en Arizona que l'on appréciait ses qualités.

Se remémorant l'attitude des responsables après l'échec de l'expédition, il se rendit compte qu'aussi bien le chef de la police, Mortimer, que le préfet Gladson n'avaient pas paru surpris. Seule la mort de Peterson les avait quelque peu ébranlés, mais moins sûrement que celle de Rodson descendu par un Blanc. Les émeutes noires de LA étaient encore dans toutes les mémoires.

En début de nuit, le bar était plein. Les serveuses, habillées en pom-pom girls cavalaient entre les tables et les gens continuaient d'arriver. Sam admit que Venturi avait raison : c'était du beau monde.

Il alla au bar, et quelques instants après un type vint s'installer à ses côtés. Sam se retourna et reconnut le gérant qui le fixait d'un œil morne.

– Un Black Jack ? lui proposa-t-il.

– Vous ne perdez pas de temps, sourit Sam.

– Je vous ai vu arriver.

– Et moi je vous vois venir, si vous voyez ce que je veux dire...

– Lieutenant, j'ignore ce que vous a dit l'agent Venturi, dont entre parenthèses je connais la famille installée à Boston et Cincinnati...

– Ah ? Il ne m'a parlé que de celle de Boston, coupa Sam.

– Venturi, comme pas mal de ses collègues, a beaucoup d'imagination... mais ici on travaille tranquillement avec les gens bien du comté. Ils n'aiment pas être dérangés.

– J'ai bien l'intention de leur fiche la paix. Ce n'est pas pour eux que je suis ici, j'espère juste rencontrer Jean-François Mercantier...

– On ne s'est pas bien compris...

– Mais si... vous deviez me prévenir...

– Si ce monsieur venait chez moi... or, je ne l'ai pas vu...

– Exact, Venturi et moi on l'a arrêté avant qu'il n'entre dans votre rade...

Le danseur de tango le regarda un moment en silence. Puis lui posa la main sur le bras et se pencha vers lui.

– Je sais ce que gagnent les hommes comme vous qui sont courageux et consciencieux, c'est une honte... n'importe quel book de bas étage gagne en une journée ce que vous gagnez en un mois... Je voudrais vous faire plaisir... je peux vous dédommager de 1 000 par semaine, vous n'aurez rien à faire d'autre que de venir boire un Black Jack de temps en temps, quand vous aurez soif...

– Hé, c'est que j'ai souvent soif..., répliqua Sam, et vous savez quoi, 1 000, c'est ce que me donne ma mère comme argent de poche...

Le gérant avait le teint hâlé, d'origine ou de soleil,

Sam n'en savait rien et s'en foutait, d'autant que ce teint avait pâli.

Ripley, sans retirer sa main du bras de Sam, fit un signe par-dessus son épaule, et une demi-seconde plus tard, Sam sentit un objet dur contre ses côtes, ce qui impliquait que le possesseur dudit objet s'était tenu prêt. Ripley se pencha de nouveau sur son oreille.

– C'est à vous de choisir, inspecteur...

– Lieutenant. À présent, on dit lieutenant. Inspecteur, c'est quand vous étiez quinquagénaire... ça fait vingt ans qu'on ne dit plus inspecteur...

Ripley émit une sorte de reniflement, puis Sam se sentit poussé dans le dos.

– Avancez vers l'escalier, souffla Ripley, et ne faites pas de connerie. Il y a un silencieux au bout du Beretta.

L'un derrière l'autre ils grimpèrent l'escalier aux marches en plexiglas, se faufilèrent entre les tables sans que personne ne s'aperçoive de quoi que ce soit, et prirent un couloir aux murs tendus de velours rouge. Ripley ouvrit une porte en cuir et ils entrèrent.

À peine Sam eut-il posé le pied à l'intérieur qu'une violente bourrade le projeta en avant, et il trébucha sur une chaise qu'il entraîna dans sa chute. Il voulut se relever mais celui qui l'avait poussé lui posa son pied sur la gorge. Ripley vint dans son champ de vision.

– C'est bête d'en arriver là..., je n'aime pas la violence. Mais vous semblez ne pas comprendre... on recommence à zéro ?

Sam, qui s'évertuait à soulever le pied qui lui écrasait la gorge, secoua la tête. Le pied s'écarta légèrement.

– Vous voulez me parler ? demanda Ripley en se penchant vers lui.

Sam avait le haut du buste immobilisé, mais pas les bras. Il projeta le bras droit en avant et son poing vint cogner le menton du gérant qui partit en arrière en soufflant comme un ballon qui se dégonfle.

Le pied appuya plus fort et une gifle lui ébranla la tête.

– Salope ! entendit-il.

Et la dégelée commença. Le gars qui le maintenait semblait posséder autant de bras et de jambes qu'un calamar géant. Les coups pleuvaient de partout. Sam tenta de se protéger en roulant sur le sol pour en esquiver quelques-uns, mais son adversaire savait ne pas gaspiller son énergie et ne frappait jamais dans le vide.

Il tenta de se redresser en s'aidant des meubles, il essaya de se réfugier sous le bureau, mais le type, qui faisait bien deux fois son poids, le rattrapa par une jambe, le tira sur le tapis et son cinquante fillette vint le frapper une dernière fois derrière l'oreille avant qu'il ne tourne de l'œil.

JE SUIS MIEUX ÉQUIPÉE que Lawrence d'Arabie et le capitaine Cook réunis. Mon coffre est rempli de couvertures de survie, de packs de bouteilles, de moustiquaires, de produits anti-tout-ce-qui-pique, de chaussettes fourrées, de lingettes d'hygiène, d'écran total, d'un duvet suffisant pour affronter l'Arctique puisqu'il paraît que les nuits sont polaires, de chaussures de marche à tige haute contre les morsures de serpent, d'un poignard long de trente centimètres pour la chasse aux ours (?), de seringues de sérum antivenimeux – bref, les Cooliers sauront comment j'ai employé leur argent.

J'ai rendez-vous avec Timermann à mon hôtel, où cette fois j'espère donner définitivement congé de ma chambre. Parce que si on rentre bredouilles, j'ai bien l'intention de laisser tomber. J'écrirai dans ce cas un mot à Mary pour l'aider à trouver du travail dans un journal de San Francisco.

– On prend ma voiture, dis-je d'emblée à Timermann qui descend de la sienne.

Il ne semble pas content mais je m'en fiche. Pas le temps de lui expliquer que je n'aime pas être conduite.

– Vous avez quoi ?

– Un 4×4.

Ça semble le rassurer et il entreprend de transporter ses affaires dans la Rover. À peu près le tiers des miennes, du coup je me sens un peu... « citadine ».

– Dans cette boîte, j'ai mis des rations K de type GI en Irak, elles sont meilleures que celles qu'on leur a données pour la guerre du Golfe, et dans cet étui, ajoute-t-il en désignant un long tube en cuir, j'ai une 308 Winchester à répétition avec lunette de visée.

Je dois avoir l'air super cucul, car il esquisse un vague sourire.

– La Winchester, elle me vient de mon oncle Tonto qui m'a initié quand j'étais chez les Mescaleros et s'est toujours occupé de moi. Je ne m'en suis jamais séparé, mais voyez-vous, quand ces salopards ont envahi ma maison et nous ont menacés, je n'ai même pas eu l'idée d'aller la chercher, tellement j'avais peur. Ça aussi je veux leur faire payer.

– Vous avez une autorisation ?

Il a ce gentil sourire que l'on destine aux mômes débiles, et me pose la main sur l'épaule en un geste fraternel.

– On est en Arizona, Sandra, et en Arizona, on conseille aux adultes valides de posséder trois armes. Une comme celle-ci pour s'opposer au gouvernement, une carabine pour aller à la chasse, et un 38 pour se défendre contre les voyous. Je n'ai que la première, et elle n'a jamais été destinée à combattre le gouvernement.

– Mais... mais on ne part pas en guerre. Nos objectifs sont de retrouver... les vôtres (je ne peux pas dire les « cadavres des vôtres ») et moi une jeune fugueuse. La fille des Cooliers, si elle ne veut pas revenir chez ses parents, elle restera où elle est.

– Et les corps de ma femme et de mon fils, ils les auront abandonnés derrière eux, c'est ça que vous pensez, n'est-ce pas ?

– Il y a quand même des villages dans ce désert, dis-je pour éluder. On ne change pas de planète !

– Oui, il y a des villages et même de grandes fermes où l'on élève des chevaux ou des bovins. Et aussi des cultivateurs de blé et de maïs, mais pas où l'on va. Jusqu'à Quartzsite, vous n'en trouverez pas un. On va traverser les monts de l'Aigle, ce n'est que du sable et des cailloux. Je sais où s'arrêter pour se ravitailler, mais je n'ai pas envie de perdre trop de temps. On fera au maximum avec ce que l'on a, si vous êtes d'accord.

Il a repris du poil de la bête. L'action est toujours revigorante. Il sait que s'il trouve ce qu'il cherche, ce sera probablement des cadavres desséchés, et pourtant il semble plein d'énergie.

– Bon, on y va, dis-je en grimpant derrière le volant.

J'ai reporté sur cette carte les indications d'un détective que je connais et qui a pu les suivre un moment...

– Celui qui s'est fait tuer et dont on a coupé les jambes ?

Je ne réponds pas. Je ne veux pas gâcher l'ambiance. Je laisse une ville qui ne me plaît pas pour un endroit qui me plaît encore moins, et de surcroît me fiche la trouille. La carte est posée sur la tablette devant moi, et toute la région n'est que sable, rochers, graviers, gypse, collines pelées, cours d'eau à sec, et le thermomètre de la voiture indique déjà quarante-neuf degrés.

S AM SENTIT sa tête sur le point d'exploser et son estomac remonter à hauteur de la gorge. Chaque centimètre de son corps semblait être passé sous un Fenwick. Le salopard ne l'avait pas tué, mais ne l'avait pas fait exprès.

Il entendit des voix et desserra les paupières. Ripley et un autre discutaient assis au bureau.

– Il ne doit pas rester ici, dit le gérant.

– Dans ce bureau ?

– Dans cette ville.

– Ah bon, et tu veux en faire quoi ? C'est un flic.

– De la côte Est. Autrement dit, très loin.

Il entendit un ricanement.

– On traverse plus le pays en diligence... et le téléphone a été inventé, tu te souviens ?

– Ce que je veux dire, c'est que ce tordu a été envoyé pour récupérer Mercantier qu'il a loupé à Boston. Alors ils l'envoient ici et se fait descendre. Point à la ligne. Funérailles officielles le jour où ils retrouvent son corps. Point à la ligne.

– Tu l'as déjà dit. Et où veux-tu que ça se passe ? Et Mercantier sera d'accord ?

– Mercantier, on s'en tape, c'est pas lui le patron. Où ça se passe... tu sais, j'sais pas si t'as remarqué, mais y a de la place autour.

– Et les poulets d'ici vont pas broncher ? On zigouille un des leurs et ils vont attendre assis sur leur cul ?

– Il a été envoyé pour bosser avec le FBI, pas la police. Et le FBI, c'est Tibbs qui l'a en pogne.

Sam, qui écoutait en essayant de ne pas penser à ses douleurs, sentit un frisson de peur. Il n'était pas en état de résister à un nouveau-né. Alors à un tueur... Est-ce que Venturi s'inquiéterait de ne pas le voir ? Sam lui avait dit en le quittant qu'il chercherait des preuves de son côté et qu'ils se retrouveraient plus tard. Venturi penserait certainement à La Licorne, mais personne ne l'y aurait vu, un classique. Et d'ici qu'on s'étonne de sa disparition, les vautours auraient festoyé sur sa dépouille.

Il sentit qu'on se rapprochait et ferma les yeux.

– Putain, ton mec, il l'a pas loupé, dit l'inconnu en se penchant vers Sam.

– C'est une brute. Con comme une valise sans poignée mais efficace.

– Il pourrait venir ici finir le travail.

– Justement pas. Tu vas l'emmener à la ferme, l'autre s'en occupera et l'abandonnera dans le désert. Ce sera pas le premier cadavre qu'on y trouvera. Je veux pas que ça ressemble à un meurtre. Il aura eu un accident de bagnole, se sera égaré, etc.

– Pourquoi moi ? s'insurgea l'homme.

– Parce que t'es là et que je te le dis.

Il y eut un silence que Sam mit à profit pour entrouvrir les yeux. Il ne connaissait pas l'interlocuteur de Ripley.

– Prends ça, dit Ripley en tendant une liasse de billets. Pour tes premiers frais. Je veux que tu l'emmènes ce soir. Après la fermeture.

L'homme prit les billets et jeta un coup d'œil sur Sam.

– Il est pas rachitique. Envoie-moi ton boxeur pour m'aider.

– D'accord.

Ils sortirent après avoir éteint la lumière puis Sam entendit une clé tourner dans la serrure.

Il s'endormit un moment, et quand il se réveilla attendit de récupérer un peu de force pour se tourner sur le côté en gémissant, ramenant ses jambes en chien de fusil.

Il avait du mal à respirer et, passant la main sur son nez, le sentit de travers. Il jura. Il aimait beaucoup son nez. Poursuivant son examen, il tâta chaque dent et constata que pas une ne bougeait, même si sa mâchoire était tellement endolorie que l'effleurer seulement le faisait grimacer. Il passa en revue le reste du corps. Il avait, compte tenu de la douleur, au moins une ou deux côtes cassées et devait être bleu de coups.

Il réussit à s'asseoir. La pièce était légèrement éclairée par un lampadaire municipal placé juste devant. Le bureau avait été remis en ordre. Il voulut regarder l'heure mais le verre cassé de sa montre l'empêcha de lire, et il le fit tomber. La montre marquait une heure et demie. Elle avait dû s'arrêter en même temps que lui. Il était entré à La Licorne vers une heure et quart, et il était resté plus d'un quart d'heure dans le cirage.

Il voulut se redresser, un malaise effrayant lui remonta l'estomac dans la gorge et il se mit à vomir. Haletant, épuisé, il se tint sur un genou, appuyé d'une main à une chaise. Il n'entendait ni musique ni bruit. Ou la pièce était insonorisée, ou la boîte avait fermé. Dans ce cas il devait être plus de trois heures.

Qu'est-ce qu'il en avait à foutre ? Il avait un rendez-vous ? Il se fit rire et s'arracha un nouveau gémissement. C'était quoi cette ferme ? Il réussit à s'adosser au mur.

La porte s'ouvrit et la lumière s'alluma.

I L ÉTAIT neuf heures et le soleil incendiait tout. Fox était levé depuis l'aube mais aucun des jeunes ne l'avait imité. Ils se réveillaient lentement maintenant, s'étirant et bâillant comme s'ils étaient dans un putain de cinq étoiles.

Fox bouillait d'impatience et de colère. Ils devraient couper au travers du désert avec ce que ça comportait de risques de se perdre ou de s'enliser, mais il était hors de question d'emprunter la route qui menait de Yuma à Flagstaff, auprès de laquelle se trouvait Météor Cratère, et qui devait grouiller de patrouilles de flics.

Météor Cratère, ou Canyon Diablo Cratère, la marmite du Diable, plantée au milieu d'un vide minéral à une cinquantaine de kilomètres à l'est de Flagstaff, sur le plateau du Colorado. Unique point de repère d'un désert qui n'en avait pas.

Deux dangereux évadés du pénitencier de Pernican s'étaient un jour, on ne savait comment, traînés jusque-là. Ceux qui les avaient rencontrés dans les années soixante-dix n'avaient pas voulu croire à leur histoire. On ne traverse pas le Sonora depuis la côte Ouest avec les flics et leurs chiens aux fesses, les hélicoptères et tout le tremblement, pour tomber sur Météor Cratère et s'y planquer le restant de ses jours.

209

C'est échanger une prison contre une autre, en pire. Et pourtant d'autres gars les avaient remplacés quand ils étaient morts, l'un mordu par un crotale, l'autre d'insolation. Eux aussi avaient besoin de souffler loin des yeux et du bruit, et ils avaient construit une espèce de camp, un refuge où il ne faisait pas bon vivre, mais où l'on pouvait survivre le temps de se faire oublier des bonnes consciences.

Tout ça, Fox l'avait appris lors de sa seule et unique incarcération, en même temps qu'il avait connu le Guyanais. Comme quoi, la prison peut avoir du bon.

Il entra dans la cabane et lança un coup de gueule qui les fit se lever en râlant.

– Putain, j'ai dit qu'on devait partir à l'aube !

Aucun ne répondit. La Famille par habitude de la fermer, les autres par indifférence.

Hubbard et Cindy apparurent à leur tour. Eux étaient prêts.

– Z'ont du mal à s'lever ces feignasses, ricana Hubbard, faut croire que tu leur as pas dit comment qu'c'était chouette là où on allait !

– Chouette ou pas, grinça Fox, avec vos conneries on n'a pas le choix. Et j'l'aisserai personne derrière moi, pas assez confiance.

Ils mirent plus d'une heure à rassembler leurs maigres affaires. Fox fit un large tour du périmètre pour vérifier qu'il ne restait rien de compromettant. Il aperçut de loin le vague monticule que formait la tombe des Timermann, mais par crainte superstitieuse il ne s'en approcha pas, ignorant du coup que les pumas et les coyotes avaient sorti la moitié des ossements et s'étaient régalés de leurs chairs séchées.

– Cindy vient dans la voiture avec moi, et mes potes aussi, déclara Hubbard, le front têtu, au moment de démarrer.

Fox faillit protester. Mais la route était longue jusqu'à Météor, bien des choses pouvaient changer.

210

– On prendra de l'essence à Coolidge, indiqua Fox, on remplira aussi des jerricans parce qu'après on sait pas où on s'arrêtera.

– Hé, tu nous emmènes pas sur la Lune, pouffa Timor, j'ai le vertige !

– Boucle-la et monte, ordonna Hubbard qui n'avait pas envie d'avoir des histoires avec Fox et que l'humour de son pote n'amusait pas.

Fox le détestait. Mais il s'en foutait. Sous le siège du vieux il y avait de belles liasses de billets verts qui ne demandaient qu'à changer de poche.

Au moment où ils mettaient les moteurs en marche, Amélia la furieuse, la dernière à monter, poussa un hurlement et s'écroula en bavant sur le sable. Tous s'immobilisèrent.

Amélia se secouait en tapant les talons et la tête sur le sol d'une manière effrayante. Une mousse blanche sourdait de sa bouche et ses yeux révulsés étaient blancs.

Ils sautèrent tous des voitures mais restèrent à distance, impressionnés. Seul Fox comprit de quoi souffrait Amélia. Il s'avança vers elle et lui souleva la tête.

– Donnez-moi quelque chose pour lui mettre entre les dents ! cria-t-il au groupe immobile.

Aucun ne broncha.

– Putain, qu'est-ce qu'elle a ? souffla Hubbard.

– Donnez-moi quelque chose, répéta Fox, magnez-vous !

Ils se regardèrent. Qu'est-ce que voulait Fox ?

Enfin Cindy comprit, desserra sa ceinture et tendit la boucle à Fox qui la glissa entre les lèvres d'Amélia.

– Qu'est-ce qu'y fabrique ? demanda Timor à Bobby qui haussa les épaules en signe d'ignorance.

Amélia continuait à tressauter de plus en plus fort, le corps arqué et raide, et Fox avait beaucoup de mal à la maîtriser. Il jeta un coup d'œil sur le groupe et comprit qu'il n'en avait rien à attendre.

– C'est le haut mal, murmura Jasper qui avait viré au blanc.

– Quoi ? C'est quoi ? demanda Timor.

– Le haut mal..., répéta-t-il.

Ils se regardèrent. Fox les apostropha.

– Aidez-moi à la mettre à l'intérieur !

Personne ne bougea.

– Putain, vous allez vous secouer ou merde !

– Moi, je touche pas ! décida Hubbard, approuvé par son cousin et Timor.

Bobby regarda Carmen et ils s'approchèrent.

– Qu'est-ce qu'elle a ? demanda Carmen.

– Attrape-lui les jambes, ordonna Fox. Bobby, prends-la par les épaules.

À contrecœur, mais habitués à obéir, ils aidèrent Fox à porter Amélia à l'intérieur. La crise d'épilepsie dura et laissa la jeune fille sans force. Son visage s'était creusé et ses mains tremblaient convulsivement. Tous étaient revenus à l'intérieur de la cabane et s'occupaient comme ils pouvaient, évitant de regarder l'épileptique.

– T'en as eu avant ? demanda Fox.

Elle le regarda et secoua la tête.

– Deux ou trois...

– Qu'est-ce qu'on te fait ?

– Je crois... je crois... qu'on me fait une piqûre...

– De quoi ?

Elle haussa les épaules.

– J'sais pas... un calmant.

– Bon, t'es capable de te mettre debout ?

– Oui, dit-elle, craignant de fâcher le Père. Oui, je vais bien maintenant.

Il la regarda. Non, elle n'allait pas bien. Mais il ne pouvait pas la laisser. Autant la tuer tout de suite. Il comprenait à présent ses brusques accès de fureur qui parfois retombaient aussi vite qu'ils étaient venus. Il ne pouvait tout de même pas demander un certificat médical à ceux qui venaient le voir !

– Bon, allez, on y va.

Déjà que partir dans l'inconnu n'enthousiasmait personne, embarquer une malade dans cette aventure présageait de sérieux emmerdements. Hubbard aurait bien vu une autre solution.

– Elle va tenir le coup ? demanda-t-il à Fox dans une moue.

– Faudra bien, répondit-il en le fixant. T'as une autre idée ?

Hubbard haussa les sourcils et arrondit les lèvres.

– Nooon... mais t'as dit toi-même que là où on va c'est pas de la tarte. Comment elle va être soignée ?

– Elle le sera pas. Mais si on la laisse là elle meurt dans la journée.

Hubbard se contenta de hausser les épaules.

– Bon, en route, pressa Fox. Carmen, tu montes derrière avec Amélia, allonge-la. Roxane, tu vas avec les garçons...

– Hé, on est déjà quatre ! protesta Jasper.

Fox ne répondit pas et se mit au volant de la camionnette. Il se pencha par la vitre.

– Tu me suis, dit-il à Hubbard. Quand on sera dans la caillasse, reste dans mes sillons, n'en sors pas. Compris ?

Pour toute réponse, Hubbard embraya et les deux véhicules démarrèrent dans un tourbillon de sable.

ON ROULE depuis moins d'une heure et j'ai l'impression que ça fait un mois.

Depuis que l'on a dépassé le dernier ranch après Yuma qui ressemblait à celui de *Bonanza,* on s'est retrouvés tout seuls, Timermann et moi, au milieu de nulle part. À perte de vue, rien. Rien qui indique que des gens aient pu vivre là. Pas d'eau, un soleil de feu, des cactées et du gravier sur trois cent soixante degrés de désert. On m'a dit à l'hôtel que des fontaines d'eau avaient été mises de place en place par l'office du tourisme. Il faut juste tomber dessus.

Timermann est un compagnon agréable : il se tait. Quoique au bout d'un moment je m'ennuie et je lui demande où l'on se trouve.

– On va bientôt quitter la 95, avant les monts de l'Aigle, et on va s'arrêter dans un patelin pour manger, Coolidge c'est peut-être le dernier repas chaud que l'on fera.

– Chaud ou froid je m'en moque, mais j'aime bien manger à table dans un joli endroit.

Il me lance un coup d'œil ironique.

– D'accord.

On roule encore vingt minutes et une pancarte apparaît au bord de la route : « Coolidge, 1 200 habi-

214

tants, altitude 5 mètres, messe le matin à 8 heures et le soir à 5 heures. Bienvenue aux voyageurs. »

Une unique rue bordée de chaque côté de commerces poussiéreux, d'églises, de calvaires couverts de fleurs en plastique, de cantinas, d'une école, d'un sex-shop, d'une station-service, de garages, et j'en passe.

– Tiens, là, ça vous dit ? me demande Timermann en me désignant un restaurant à la devanture bariolée.

– Pourquoi pas, je ne suis jamais venue avant, je ne peux pas vous dire si c'est bon ou mauvais.

Il sourit et je trouve que c'est bon signe. Il se détend un peu, pas beaucoup, mais il fait des efforts.

Je me gare devant le café où un grand Mexicain en bois invite à entrer. On pénètre dans une salle plongée dans la pénombre, mais je sais maintenant que ce sera toujours ainsi. À l'extérieur, c'est tellement éclatant que les commerçants ont choisi d'éclairer faiblement leurs boutiques.

On trouve une table presque à tâtons et on s'installe. Un grand comptoir en bois foncé a attiré une demi-douzaine de types habillés en cow-boys. Sûrement ceux du ranch Bonanza. Enfin, plutôt leurs ennemis parce que si je me souviens de la série, le propriétaire et ses trois fils étaient sympas, tandis que ceux-là ont carrément des sales gueules. Et ils ne font rien pour les arranger de la façon qu'ils nous examinent.

– Ils n'aiment pas être dérangés, je murmure.

– Surtout par une Blanche accompagnée d'un Noir, me murmure-t-il en retour.

– Ah, c'est vrai.

Le patron se décolle de derrière son comptoir et vient prendre notre commande. Simple : il n'y a que des steaks et des pommes sautées.

Les gars nous considèrent toujours avec autant de discrétion, à moitié tournés vers nous. Une vieille

Indienne assise un peu plus loin mâche avec une totale indifférence.

Je remarque un chiot attaché avec une ficelle à la barre de cuivre du bas, près du crachoir, et les pieds d'un type alopécique avec une moustache tombante à la Zapata et un regard lourd.

Je souris au chien. Une petite femelle bâtarde comme je les aime, six mois à tout casser, des yeux de velours sur du poil noir et une oreille pliée.

Le patron nous apporte nos steaks qui se révèlent venir du sabot d'une vache. Mais j'ai faim. Il nous a rempli à ras bord deux tasses d'un café qui doit venir, lui, de l'urinoir voisin. J'ai une pensée émue pour les petits restaurants de Sausalito ouverts sur la baie.

J'entends un cri. C'est le chien. Zapata l'a bousculé de la botte. L'animal se recroqueville de peur contre la barre. Je grimace. J'adore les grands costauds qui frappent les petits.

Timermann aussi a remarqué et me lance un coup d'œil, du genre « on ne bouge pas ». Mais le cow-boy a vu le manège et redonne un coup de botte au chiot qui se cogne contre la barre et glapit de nouveau. Les copains du chauve semblent apprécier son humour car son voisin barrit :

– Putain, tu veux en faire un chien d'attaque de ton cabot !

Tous se marrent, et ignorant le bras de Timermann qui veut me retenir, je me lève et vais vers le gars.

– Ça vous amuse de frapper ce chien ?

Il me regarde et un sourire lui fend la moustache.

– Pourquoi, vous aimez ça aussi les coups de tatane ?

– Pas plus que vous. Arrêtez de le frapper.

Il se tourne vers ses potes.

– Hé, les mecs, la dame est jalouse du clébard. Il fixe Timermann. C'est vrai que les nègres y z'aiment bien aussi cogner les gonzesses et les clébards...

Timermann se raidit et se lève à moitié.

– Restons-en là, dis-je précipitamment, sentant venir les gros problèmes. Je vous demande juste de ne plus frapper ce chiot.

Je n'ai pas fini ma phrase que le type se penche, attrape la malheureuse bête par la peau du cou et la balance sur le comptoir où elle glisse en faisant tomber verres et bouteilles, tandis qu'il lance au barman :

– Ça, c'est sur la note de la petite dame, Roger !

Grand silence suivi d'un gloussement de satisfaction du public.

Le chien, retenu par sa ficelle, gémit en tentant de se dégager de ce lien qui l'étrangle, alors je perds les pédales, empoigne une bouteille de bière restée intacte, la frappe contre le bord du comptoir, tranche la ficelle et me retourne contre l'abruti.

– Tu touches plus à ce chien, t'as compris, gros con ? Sinon je t'enfonce ce goulot dans la gorge.

J'ignore si je l'aurais fait, parce qu'à ce moment-là Timermann arrive, empoigne le tordu par les revers de son gilet de cuir, le secoue et lui dit quelque chose que personne n'entend sauf lui. Mais ça suffit. Le type ricane, ou essaie, et tout le monde attend la suite.

Timermann se tourne vers le cafetier.

– On paye juste les steaks, et vous, me commande-t-il, vous donnez 20 dollars à celui-là pour le chien qu'on emmène avec nous.

Je suis aussi ébahie que les autres. Timermann fait bien une demi-tête et une bonne dizaine de kilos de muscles de moins que l'autre, et n'a rien d'un tueur. Il ressemble juste à ce qu'il est : un employé de banque.

N'empêche, personne ne bronche, je sors un billet de 20 que je dépose sur le comptoir et, sans lâcher ma bouteille, attrape le chiot, vais reprendre

217

mon sac et sors suivie de Timermann aussi calme que s'il venait de remplir le bordereau de versement d'un client.

Je reprends le volant, pose la petite chienne sur la banquette arrière et démarre pendant que Timermann monte à côté de moi.

– Drôle d'endroit, dit-il. Pas malin votre intervention, on n'a même pas pu demander s'ils connaissaient la bande.

– Vous auriez préféré que je laisse torturer cette pauvre bête ?

– On n'est pas là pour sauver les chiens...

– Je regrette, Timermann, j'ai encore mon mot à dire. Et à ce propos, qu'avez-vous dit au chauve pour qu'il change d'attitude ?

– J'ai appuyé deux doigts contre ses côtes et lui ai dit que c'était un poignard.

Je le regarde, les yeux ronds.

– Où avez-vous appris ça ?

Il se tourne vers moi avec un sourire destiné à apaiser la dispute.

– Je vous ai dit, chère amie, que j'avais passé du temps chez les Mescaleros, et que c'étaient aussi des bandits de grand chemin. Et vous avez eu raison pour le chien. Tiens, arrêtez-vous là, dit-il en me désignant une station essence qui semble être la dernière maison habitée de Coolidge.

Je me range devant une pompe. Timermann va directement à la boutique. Le chiot a posé ses pattes avant sur la banquette et me balance un coup de langue.

– Tu reviens de loin, toi, ma petite mère, dis-je en lui caressant la tête. Mais que fait notre copain ?

Timermann apparaît un bol d'eau à la main, suivi d'une femme boudinée sur trois étages dans une salopette rouge de pompiste.

– Elle doit avoir soif, me dit-il en ouvrant la porte

au cabot qui saute dehors et se plante devant le bol qu'il lape jusqu'à la dernière goutte.

Pendant que la pompiste introduit le pistolet dans le réservoir, il s'adresse à elle d'un ton courtois.

– Dites-moi, chère madame, auriez-vous dans votre clientèle des jeunes gens qui roulent dans un van blanc ou une voiture rouge ?

Elle secoue le pistolet pour en faire tomber les dernières gouttes, le remet en place, regarde la pompe et lâche :

– Ça fait 18 dollars...

Timermann sort un billet de 20.

– Gardez tout, ça ne doit pas être tous les jours drôle pour une femme de vivre ici...

– J'ai un mari, rétorque-t-elle.

– Je n'en doute pas, mais ça manque de boutiques pour une jolie femme...

Je trouve qu'il en rajoute, mais elle prend le billet en le remerciant.

– Un van blanc ?... répète-t-elle. J'sais pas, on voit pas mal de monde... S'agit pas de tomber en panne d'essence parce qu'après ici...

Elle hausse les épaules en reniflant et semble chercher.

– Des jeunes, vous avez dit ? Ben, ça manque pas... Elle regarde autour d'elle. Vous avez demandé à Coolidge ?

– Non, j'ai pensé que quelqu'un qui tient une station-service voit passer tout le monde à un moment ou un autre...

Elle me regarde, regarde le chien qui a fini d'arroser la pompe et se gratte l'oreille assis.

– Il est pas vieux, dit-elle, songeuse.

– Moins de six mois, répond joyeusement Timermann.

– C'est qui ces jeunes ? demande-t-elle.

– Un groupe de musiciens country, répond Timermann, ma régisseuse et moi les avons entendus à Yuma il y a un mois et on les a trouvés très bons. Le patron de la boîte nous a dit qu'ils avaient dégotté un coin sympa après Coolidge où ils répétaient...

La pompiste esquisse une grimace d'ignorance. Je lui balance un grand sourire d'encouragement et sors cavaler après la chienne qui a entrepris de déterrer un pot cassé avec un bout de plante desséchée dedans. Je l'attrape et la remets dans la voiture.

– Des musiciens..., répète-t-elle songeuse, y a bien des jeunes... combien y sont ? Mais ch'ais pas s'ils sont musiciens...

– Oh, une dizaine, avec un coach plus âgé, de longs cheveux, une barbe, assez maigre, voyez. On voudrait les engager pour une tournée... ça leur rendrait bien service et à nous aussi, si vous saviez où on pouvait les trouver...

– Ceux à qui je pense, z'ont pas l'air vraiment de musiciens... j'en ai vu... Tiens, le gars dont vous me parlez... le barbu... ça me revient, il est passé ce matin sur le coup des dix, onze heures, y sont tous passés d'ailleurs, et c'est mon mari qui les a servis... Je les ai entendus demander le plein jusqu'à ras bord... Ouais, des filles et des garçons dans deux voitures... sont pas très aimables si c'est eux...

– Des artistes, sourit Timermann, vous savez ce que c'est... Votre mari pourrait confirmer ?

– Il est pas là.

Mais elle réfléchit encore, et je me dis que vu l'importance de la clientèle, elle ne doit pas voir plus de dix voitures par jour. Depuis vingt minutes qu'on est là, pas une seule n'est passée.

– Vous savez où on pourrait les trouver ? insiste Timermann en sortant un second billet de 20 auquel elle ne peut pas s'empêcher de jeter un rapide coup d'œil.

– Le barbu... j'crois bien qu'il s'était dégotté une

cabane avec un puits... mais il y vivait tout seul... Et puis après je l'ai vu avec d'autres, des garçons et des filles... y z'avaient tous une drôle d'allure. Ouais, ça pourrait bien être des musiciens ou ch'ais pas quoi...

– Ah, et elle est où cette cabane ? dit-il en lui tendant le billet qu'elle prend et empoche très vite, comme si un inspecteur des impôts était planqué dans le coin.

– Vous allez voir sur votre droite comme un... ancien garage... Vous continuez sur quoi ? quatre, cinq kilomètres, vous trouvez une sorte de route, si on peut appeler ça une route... et plus loin y a une cabane avec un puits qu'a toujours donné de l'eau et qui appartenait à quelqu'un de Coolidge qui est mort et personne s'en est jamais plus occupé... Ouais, ça pourrait bien être là, j'vois pas aut'chose... si c'est pas ça, y a pas un brin d'eau avant Sentinel...

– Mais Sentinel, c'est un village...

– Ouais...

– Bon, eh bien je vous remercie, madame, vous avez été fort obligeante, on va aller voir cette cabane, ma régisseuse et moi. Mes hommages, madame, et merci pour mon petit chien, dit-il en ramassant le bol et lui tendant.

– Oh, vous pouvez le garder, si vous en avez besoin, dit-elle, il a pas fini d'avoir soif votre cabot.

– Mille mercis, madame, vraiment, répète Timermann en remontant dans la voiture.

Je remets en route, définitivement éblouie par mon compagnon de voyage, et lui en fais la remarque.

– Vous pensiez qu'un directeur de banque ne sait que compter les billets ?...

– Comment l'êtes-vous devenu ?

Il jette un coup d'œil sur la chienne qui a remis ses pattes sur le dossier entre nous et veut lui lécher l'oreille.

– Chez les Mescaleros, j'ai travaillé dans leurs casi-

221

nos, mais aussi je les aidais à faire payer les clients récalcitrants. Ils m'ont beaucoup appris. Puis j'ai rencontré ma femme et j'ai décidé de me ranger. J'ai terminé mes études de comptabilité et de gestion, et on s'est mariés et installés à Yuma. Vous connaissez le reste.

Sa voix s'est fêlée sur les derniers mots.

– Je suis sincèrement désolée de ce qu'il vous est arrivé, monsieur Timermann, on va tout faire pour retrouver ces pourritures.

– Brad, appelez-moi Brad. « Monsieur Timermann », ça fait décidément très banquier.

LE TYPE qui avait discuté de son sort avec Ripley entra. Seul.

Sam se demanda si celui qui l'avait tabassé allait suivre. Il espéra que non.

Le gars se planta devant lui et le regarda d'un air narquois, les mains dans les poches. Il avait une tignasse de cheveux presque blancs et des yeux qui partaient en biais.

– Ben, t'es réveillé ? Tant mieux, tu pourras marcher tout seul jusqu'à la voiture.

– Où est Ripley ? demanda Sam en se redressant et constatant que ses côtes le faisaient moins souffrir.

Il devait gagner du temps. Pas question de se retrouver dans cette ferme où il serait à leur merci.

– Il est parti se coucher, sourit l'homme, il est tard. T'es resté un moment dans le cirage. Ou t'es une petite nature ou ton adversaire était un bon...

– Que voulez-vous faire de moi ? demanda Sam en s'appuyant contre le mur.

– Le patron l'a dit : il veut que tu te retapes, ricana l'autre.

– Que je me retape ? Après m'avoir passé à tabac ? Vous savez ce que ça coûte de tabasser un flic ?

– J'sais pas, ça m'est jamais arrivé, sourit l'autre, moi je suis plutôt du genre intellectuel que physique...

Bon, alors tu bouges ou faut que je vienne te chercher ? menaça-t-il en avançant d'un pas.

– Écoutez, répondit Sam en tendant le bras pour l'arrêter. Je peux oublier ce qui s'est passé ce soir et surtout ne pas vous mettre vous dans le coup. Le kidnapping d'un lieutenant de police c'est un crime fédéral puni de vingt ans de tôle... vous croyez que ça vaut la peine ?

Le type parut hésiter.

– Moi, j'fais c'qu'on m'dit de faire ! Le boss n'est pas un débile. Y sait jusqu'où y peut aller...

– Justement pas. Vous croyez que le FBI va encaisser que vous ayez tabassé un flic ?

Pur bluff. Avec un Tibbs à la tête du Bureau, Ripley savait qu'il avait les mains libres.

Le gars dut le penser aussi, car il sortit un petit revolver nickelé de sa poche et le pointa sur Sam. Ce n'était qu'un 22, mais à cette distance il pouvait faire de sacrés dégâts.

– Bon, on se bouge ?

Il avait un ton de voix aussi traînant que son physique. Tout chez lui paraissait dégouliner.

Avec une grimace de douleur exagérée, Sam se décolla du mur. La porte s'ouvrit devant Ripley.

– Tiens, justement on parlait de vous, souffla Sam. Je disais à votre gorille que c'était peut-être pas la peine qu'il prenne vingt ans de tôle à votre place en kidnappant un lieutenant de police...

Ripley haussa les épaules. Il s'adressa à son complice comme si son prisonnier n'existait pas.

– Te mets pas en retard, le jour se lève dans deux heures... là, ça roupille, profites-en pour quitter la ville.

– Ripley, cracha Sam, vous êtes un con ! Même avec Tibbs dans votre poche vous croyez pas que les flics vont tout faire pour me retrouver ? Mon partenaire sait que je suis venu ici !

– Ah ouais ? Et alors ? Tout le monde t'a vu quitter mon établissement vers deux heures. Les barmen, la fille du vestiaire, tout le monde...

– Et vous pensez que ça va en rester là ?

– Faudra bien quand on retrouvera tes os dans un ravin avec une voiture accidentée à côté...

– Et un trou dans un crâne, ça laisse pas de traces ? ricana Sam.

– Un trou ? Pourquoi un trou ? Ton copain avec qui t'as boxé ce soir, c'est le roi de la corde à piano. Et ça sur des bouts d'os... tu retrouves rien.

– Mais pourquoi me tuer ? Tu te rends compte que c'est la chaise électrique qui t'attend ? Tibbs ne pourra rien pour toi !

– Qui parle de Tibbs ? Tibbs, c'est la vingt-cinquième roue du carrosse. Allez, emmène-le, ordonna-t-il à son homme.

– Avance, dit l'autre en levant son 22.

Sam ne bougea pas et, tirant soudain le fauteuil de Ripley, se laissa tomber dedans devant les deux hommes stupéfaits.

– Qu'est-ce tu fous ? éructa Ripley, la mâchoire agressive.

– J'attends ton étrangleur. Tu m'as bien dit que tu laisserais pas un trou dans mon crâne. Alors, ton guignol, dis-lui de ranger son bazooka.

Mais l'homme au revolver avança et écrasa la crosse de son arme sur la tempe de Sam qui tomba dans un puits sans fond.

L E GARAGE indiqué par la pompiste est à dix bons kilomètres de la station. On a pris la piste à sa droite et on l'a suivie une dizaine de minutes avant de tomber sur la cabane. Un assemblage de planches disjointes, un appentis avec la moitié du toit effondrée, collé à elle sans savoir qui soutient qui, un puits avec une margelle rongée et un seau rouillé. Pas le Hilton.

Au nord-ouest, on aperçoit les premiers contreforts des monts du Colorado au creux desquels coule la rivière du même nom, mais ça ne nous rafraîchit pas. À l'est, jusqu'à l'horizon, le désert à perte de vue. Même si un patelin est planté à proximité, il est impossible de le repérer à cause de la luminosité aveuglante et de la platitude absolue.

J'arrête la voiture devant la cabane et ouvre la porte au chiot qui s'empresse de détaler.

– Rattrapez-la, me dit Timermann, c'est pourri de serpents et de saloperies, elle risque la mort. Je crois qu'on y est, ajoute-t-il en regardant autour de lui.

Je cours après le chiot, l'empoigne, le recolle dans la voiture et en profite pour rentrer celle-ci sous l'appentis.

– Putain, quel pays !

On entre prudemment dans la cabane. Visiblement des gens ont vécu là. Je me plante au milieu de la pièce, laissant ma vue s'habituer à l'obscurité. De la vaisselle

sale entassée dans l'évier, des bouts de torchon cras-
seux, de la nourriture séchée dans une poêle. Home
sweet home.

– Venez voir, appelle Timermann de la pièce à
côté.

Je le rejoins et il me tend un journal. De la veille,
avec les photos en première page de sa femme et de
son fils. On savait que la police avait décidé de publier
leurs portraits et le récit de leur kidnapping, en partie
tronqué pour ne pas inciter les barjots habituels à lancer les flics sur de fausses pistes.

Il prend son téléphone.

– Vous appelez qui ?

– Murphy. Ils étaient là.

Mais il a beau se déplacer à l'extérieur, les réseaux
sont trop faibles.

– Attendez, dis-je en me penchant sous un lit de
camp. Je sors une carte des États du Middle West et
l'étale sur le lit. Regardez, dis-je en suivant du doigt
une ligne tracée au bic rouge, Quartzsite par la 95, la
nôtre, ensuite Prescott par la 60, Flagstaff et Winslow
par l'Inter 40, puis Walnut Canyon et Météor Cratère... Oh, Montezuma Castle, m'exclamé-je, repen-
sant que Mary m'avait dit venir de là. Qu'est-ce qu'il y
a dans ce coin ?

Il secoue la tête.

– Aucune idée. Flagstaff, le même genre de ville
que Yuma... en plus étendu. C'est la ville étape avant
d'aborder le Grand Canyon. Plantée à deux mille six
cents mètres d'altitude. On y dort bien. Il réfléchit.
Pourquoi aller par là ? Météor Cratère, un site archéo-
logique visité par les touristes... sauf s'ils veulent quitter le comté... parce qu'ils ont vu les photos des
journaux ?... Mais à présent avec le fichier Vicap, toutes les polices ont leur signalement et sont alertées...
Il hoche la tête. D'un autre côté il y a plein de gens
qui ne lisent pas les journaux...

– Mais ils regardent la télé. Et Murphy y a fait aussi passer les portraits de votre femme et de votre fils...

Il ne répond pas et s'absorbe dans la contemplation de la carte. Je vais dans la deuxième pièce. Quatre lits de camps sont alignés. Je reviens dans la première. Trois dans celle-là. Une vieille couverture a été laissée sur l'un d'eux. Dans laquelle ont-ils gardé Meryl et le jeune Stanley ? S'ils ne les ont pas tués, ils sont repartis avec eux. Dans le cas contraire...

Je relève les yeux sur mon compagnon toujours absorbé dans la carte, et il tourne la tête vers moi au même moment comme si nos pensées s'étaient croisées. Il se redresse, me fixe, et je sais ce qu'il pense.

– Ils ont dû les laisser là, articule-t-il d'une voix blanche.

Il souffle bruyamment comme si vider ses poumons allait l'aider. Il fait volte-face et se précipite dehors. Je cours derrière lui.

On s'arrête près de l'appentis et, les deux mains en visière au-dessus de mes lunettes de soleil, j'examine le terrain autour, imitée par Timermann.

Je l'entends pousser un gémissement et je me tourne dans la direction de son regard. À moins de cent mètres on aperçoit une surélévation. De là où nous sommes on ne peut rien voir distinctement, mais Timermann se met à courir.

– Brad, Brad, attendez. Je cherche à le rattraper. Attendez, dis-je en l'arrêtant, je vais voir ce que c'est...

– Je peux voir aussi.

Il plonge ses yeux dans les miens et je comprends que rien ne pourra l'empêcher d'y aller.

– D'accord.

On n'a pas besoin d'être tout près pour comprendre. Des os humains sont éparpillés autour de ce qui a voulu être une tombe. La terre à peine tassée a été éparpillée et on peut voir dans un angle du trou une petite tête à moitié rongée.

Brad tombe à genoux et sanglote. Le petit crâne ne peut être que celui de son fils. Des os de taille inégale sont disséminés autour de la tombe. Des lambeaux de chair desséchés pendent encore sur certains.

Il se penche et ôte avec précaution un bracelet d'argent noirci resté sur un os, et le regarde comme quelqu'un qui n'y croit pas.

Il se traîne à genoux vers les autres ossements, mais soudain je vois une boule sombre cavaler avec une rapidité inouïe vers la main droite de Timermann sur laquelle il s'appuie.

– Attention !

J'ai hurlé en me jetant sur lui et en le faisant rouler sur le sable, tandis que, les yeux exorbités d'horreur, je regarde passer à nous frôler une énorme araignée.

Je l'aide à se relever et on recule hors de portée du monstre.

– Une tarentule, murmure-t-il d'une voix chevrotante, elles ne sont pas toutes mortelles...

– D'accord, mais c'est pas l'endroit pour vérifier, dis-je, tremblante de dégoût.

I L FAUDRAIT CONTINUER de rouler jusqu'à la nuit. Il faudrait arriver au camp. Il faudrait être une troupe soudée. Il faudrait moins se faire remarquer. Fox ne cessait de se le répéter en conduisant les deux mains agrippées au volant qui sautait comme un ressort dans cette foutue caillasse que l'on croyait plate si on la voyait d'un peu loin, mais qui se révélait à l'usage pire que de la tôle ondulée.

Dans la berline, les trois garçons se succédaient à la conduite depuis le matin. En passant une déclivité elle s'enlisa jusqu'aux moyeux, et ils la poussèrent tous hors de l'ornière en ahanant comme des ânes. Le moindre effort dans cette chaleur infernale cassait les reins.

Amélia fit une autre crise, plus forte que la précédente. Ses yeux révulsés et la bave mousseuse qui lui coulait des lèvres leur firent peur. Ils la crurent morte quand elle s'endormit d'un coup, la crise passée, en plein cagnard à une heure de l'après-midi.

Pas un arbre en vue, même pas un cactus saguaro. Mais des milliers d'organ pipes, ces cactus en forme de tuyaux d'orgue, plus nombreux que les piquants sur la peau d'un hérisson. Un roadrunner, un oiseau qui ne vole pas mais marche, fut la seule créature vivante rencontrée depuis le départ. Il y en avait d'autres que l'on ne voyait pas, ou que l'on voyait trop tard.

Fox s'engueula avec Timor qui voulait s'asperger d'eau.

– Si on tombe en rade, gueule de con, tu boiras ta pisse ! hurla-t-il.

Timor se jeta sur lui, mais Fox saisit sa carabine et la lui braqua sur le ventre.

– Bouge un poil, grinça-t-il, et je te fais péter les boyaux !

Après ça, deux clans se formèrent. Hubbard, son cousin et Timor, plus Cindy qui ne savait pas vers qui aller.

Fox reprit Roxane avec eux. Tant pis s'ils étaient serrés, c'était la Famille. Il regarda Cindy d'un air de reproche mais Hubbard s'interposa et la fit monter devant avec lui.

Ils avaient l'impression que plus ils roulaient, plus l'horizon reculait. À deux reprises ils revinrent vers la route puis firent demi-tour en voyant des voitures de police rouler dans les deux sens.

Fox le savait : les trois routes principales qui desservaient Yuma, la 78 qui allait à Blythe, la 95 où ils étaient, l'Interstate 8 qui devenait la 10 après Casa Grande et menait à Tucson à l'est et à San Diego à l'ouest, avaient été mises sous étroite surveillance dès le kidnapping révélé.

Pour leur échapper, ils allaient devoir emprunter des pistes pourries à travers le désert qui apparaissaient et disparaissaient selon la direction du vent, contourner les montagnes, rouler au milieu d'étendues sans repère avec ce que ça comportait de risques de se perdre ou d'être accidentés, en négligeant même les routes secondaires.

Après le massacre des Rothman, le kidnapping et la disparition de la femme et du fils d'un directeur de banque avaient fait saliver les médias. Des spécialistes en criminologie avaient rappliqué de tout le pays.

Pour les Américains des côtes, le Middle East et le Middle West sont des terra incognita, peuplées d'indigènes qui se régalent de barbecues de serpents, jouent aux milices patriotiques, abattent les médecins avorteurs, vomissent les homosexuels, chassent de père en fils et de mère en fille, habillés de vestes à carreaux et de treillis, et boivent l'alcool de bois des bouilleurs de cru locaux à même la gourde.

Fox regrettait d'avoir accepté de laisser le nègre en vie. Il avait pensé à une mise en scène : le mec, pris de remords d'avoir volé sa banque, tuait sa femme et son fils et se suicidait.

C'est Hubbard qui avait insisté. Penser à la gueule du mec rentrant chez lui et ne trouvant ni femme ni fils l'avait fait délirer. Mais s'ils avaient suivi l'idée de Fox, ils auraient gagné du temps et n'auraient pas été identifiés. Bientôt, les hélicos entreraient dans la danse. Ils ne pourraient plus s'arrêter nulle part sans tomber sur des myriades de flics et de journalistes affamés de sensationnel.

Fox ralentit en arrivant devant un groupe de rochers assez hauts pour les abriter. Les premiers depuis le matin. La berline de Hubbard s'arrêta derrière lui, mais personne n'en descendit.

Fox savait que les trois garçons se méfiaient. Ils n'avaient que des poignards, et même les Elk Ridge avec leur lame crantée de vingt-deux centimètres ne pouvaient rien contre sa Winchester.

Jasper voulait des armes de poing, mais Fox l'en avait empêché, arguant qu'il fallait donner son identité et attendre cinq jours.

– T'es ouf ! s'était récrié le jeune. Chez moi on a un Luger en quarante-huit heures, et on d'mande rien !

– T'es pas chez toi, avait riposté Fox.

Fox descendit de la camionnette et fit porter Amélia à l'ombre par Bobby et Carmen. Roxane, qui avait l'ossature d'un oiseau, se contenta de sortir les duvets sur lesquels ils se reposeraient.

– Ils restent dans leur bagnole ? s'étonna Bobby en jetant un coup d'œil vers la petite japonaise.

Fox haussa les épaules de l'air de s'en foutre. Puis Cindy et Hubbard descendirent de la voiture et les autres les imitèrent.

Ils s'approchèrent de Fox et ses compagnons comme si de rien n'était.

– Pourquoi on s'est arrêtés ? demanda Hubbard.

– T'as pas faim ? riposta Fox.

– Soif surtout.

Fox lui tourna le dos. Bobby et Carmen sortirent la viande séchée et le pain qu'ils avaient achetés à Coolidge avec des biscuits et d'autres denrées. Fox avait pris des provisions pour trois jours et de la flotte en quantité suffisante, sauf pépin grave. Et des pépins avec une pareille équipe, c'était pas ce qui risquait de manquer.

Ils s'assirent en cercle en évitant de regarder Amélia qui dormait à l'abri d'une avancée de rocher.

– Elle a le sommeil lourd, ricana Jasper en mâchonnant un bout de viande salée qui lui donna aussitôt envie de vomir. C'est qui qu'a acheté ce machin ? demanda-t-il en recrachant sa bouchée.

– C'est moi, on n'a pas le choix, faut manger salé, riposta Fox.

– Mes couilles ! beugla Jasper. Tu veux manger salé avec cette chaleur à crever !

– C'est parce qu'il fait une chaleur à crever, rétorqua Fox qui renonça à le convaincre et n'était pas mécontent de ce qui se passait.

Il savait que celui qui perdait son calme dans un pareil environnement mourait en premier. Ils devraient déjà boire plus de cinq litres de flotte par jour, mais ces connards n'avaient aucune discipline. Il les avait vus se rafraîchir la tête dans leur voiture, s'asperger en riant, sans précaution.

Certains allaient avoir très soif, bientôt. Fox, méfiant, avait constitué une petite réserve qu'il avait planquée dans la camionnette.

Jasper, furieux, balança la viande, mais Roxane la ramassa et la remit dans un torchon. Jasper éclata de rire.

– Tu ferais une sacrée ménagère !

– Dans le désert on ne jette rien, lui fit remarquer Fox. Tout peut être utile…

– Tu me cours, le vieux, cracha le jeune homme, et un mauvais silence s'installa.

Fox ignorait qu'ils l'appelaient « le vieux ». Il détesta ça. D'autant qu'il n'était pas beaucoup plus âgé qu'eux. Il était juste plus intelligent et expérimenté. Ces petits cons savaient à peine se torcher eux-mêmes mais ne cessaient de la ramener.

Sans lui, à l'heure actuelle, ils feraient la manche chez les Peaux-Rouges !

MURPHY ET SES HOMMES ont mis moins d'une heure pour arriver après mon coup de téléphone.

Quand il a découvert les restes des siens, Brad s'est effondré. Il a couru droit devant lui en hurlant comme un fou et je suis allée le relever quand il est tombé d'un bloc sur le sol.

Ce n'était plus le même homme. En quelques minutes il s'était transformé. J'ai compris que tant qu'il n'avait pas vu les ossements de sa femme et de son fils et malgré la certitude qu'il affichait de leur mort, il espérait encore.

Les restes des cadavres n'ont pas rempli les housses qui les ont emportés. Les légistes devront être forts en puzzle.

Murphy est venu avec toute la clique. L'équipe technique, les chiens, le shérif de Coolidge et ses adjoints, les ambulances, et pendant que les flics repartaient interroger les habitants de Coolidge et que je me demandais par quel miracle mes confrères journalistes n'avaient pas encore débarqué et transformé le désert en station à la mode, j'ai tenté de réconforter le pauvre homme.

Le shérif, qui ressemble vaguement à un Bruce Willis qui se serait gavé de pizzas, nous a appris qu'à une courte distance de Coolidge au lieudit Dome, des espèces de hangars qui à son avis doivent dater du temps de la Ruée vers l'or abritent des individus qui détestent la publicité et les services de police. Du coup, les hommes de Murphy sont allés les rafler et les ont amenés pour interrogatoire à Yuma.

Murphy a fait la gueule quand il a vu les restes des corps. Il a demandé à Brad de repartir à Yuma avec un de ses inspecteurs. Mais Brad a refusé.

– Vous ne pouvez pas rester ici, monsieur Timermann, vous devez rentrer chez vous. On a une vaste enquête en cours, je vous jure qu'on va les retrouver. De toute façon, je suis désolé, mais dès que... que nous aurons déniché d'autres indices concernant votre femme et votre fils, si ce sont bien... heu... vous devrez venir les reconnaître...

Il n'a même pas répondu, il est retourné dans la cabane, s'est assis sur un des lits de camp, s'est penché en avant les mains entre les jambes et est resté dans cette position toute la journée.

– Il doit retourner chez lui, m'a dit Murphy. Il ne peut pas rester ici.

– Allez le convaincre ! Pour l'instant, il veut rester là où les siens ont été assassinés. On peut le comprendre.

– Vous pensez que c'est la même bande qui détient celle que vous cherchez ? ils l'ont peut-être tuée elle aussi.

– Peut-être, mais je ne crois pas. Elle fait partie de leur famille.

Il m'a regardée fixement.

– Elle aurait pu participer aux meurtres ?

Je n'ai pas répondu parce que l'idée m'en est déjà venue. Dans ce cas je laisse tomber la recherche : je n'ai aucune envie d'apprendre aux Cooliers que leur fille est une psychopathe.

Les flics sont restés toute la journée et l'équipe

technique couchera à Coolidge avant de revenir le lendemain collecter les derniers indices. Ils ne manquent pas. Empreintes de mains, de pneus, de chaussures, cheveux, vêtements abandonnés. De quoi occuper les labos pour des mois.

Les flics ont eu le bon goût de ne pas se plaindre de la canicule.

Ils ont avalé des litres de thé glacé et sont allés se reposer dans la cabane par roulement, pendant que d'autres se réfugiaient dans leurs voitures climatisées.

À part la cabane puante, il n'y a pas de coin d'ombre où s'abriter, à se demander comment la bande a tenu.

Timermann n'a pas bougé. Il n'a même pas accepté un verre d'eau. Tout en lui est recroquevillé. Son expression n'est plus la même que la première fois où je l'ai vu. Il paraît ailleurs, dans un monde à lui qu'il est seul à visiter.

À la tombée de la nuit, les flics ont remballé et Murphy est venu nous voir dans la cabane que nous n'avions pratiquement pas quittée, Brad et moi. Le chien était couché à mes pieds et ronflotait doucement. C'était la seule note réconfortante.

– Vous rentrez avec nous ?

Brad l'a regardé en secouant la tête.

– Je reste dormir à Coolidge.

– Écoutez, monsieur Timermann, je peux comprendre ce que vous ressentez, mais il est exclu que vous vous lanciez à la poursuite de cette bande…

– Vous ne pouvez pas m'empêcher de dormir où je veux.

– J'ai besoin de votre déposition.

– Vous l'aurez. Plus tard.

– Vous pouvez essayer de le faire redevenir raisonnable ? m'a dit Murphy.

– Oui. Je reste aussi dormir à Coolidge. Je veillerai sur lui.

Murphy s'est crispé de colère, ou de contrariété, ou de je ne sais quoi. Mais c'est vrai qu'il ne pouvait pas nous obliger à rentrer à Yuma. On pouvait même les faire là, ses sacrées dépositions.

— Et alors, quelles sont vos intentions ? a-t-il grincé.

— Trouver une chambre sans punaises, manger si c'est possible dans un endroit pas trop pourri, téléphoner chez moi à San Francisco.

— Khan, vous déconnez !

— Et vous, vous êtes grossier. Je suis chargée de retrouver la fille de M. et Mme Cooliers, et je continue. M. Timermann fait ce qu'il veut.

— Et vous savez où elle est ?

— Non, c'est pour ça que je la cherche.

Il m'a lancé un regard à dessécher une colonie de scorpions.

— Faites pas de conneries, tous les deux, moi je vous ferai pas de cadeau.

Il s'en est allé avec ses potes flics, et Timermann, moi et le chien on a attendu qu'ils soient loin pour bouger.

Sans se concerter, on a décidé de ne pas retourner à Coolidge. Les autres n'y étaient pas, et chaque heure perdue les éloignait de nous. Mais il avait fallu se débarrasser de Murphy.

Je calcule sur la carte l'itinéraire le plus rapide pour rejoindre Flagstaff, ça fait une sacrée trotte même si on rattrape l'Inter 17. Fox et ses cinglés ont dû, eux, emprunter les routes secondaires et même les pistes qui piquent au milieu du désert au risque de se perdre, mais où les chances d'être repérés sont quasi nulles si ce n'est par les hélicos.

Je regarde ma montre. Si on ne veut pas dormir à la belle étoile, il faut partir.

Je préviens Brad qu'on n'a pas trop le choix et que l'on va s'avaler pas mal de kilomètres. On quitte ce lieu maudit après qu'il a prié au-dessus de la tombe des siens. Murphy lui a proposé d'y faire poser plus tard une pierre. J'ignore s'il l'a même entendu.

Je reprends la 95 qui va à Quartzsite pour remonter par la 60 jusqu'à Prescott, où l'on ne sera qu'à mi-chemin de Flagstaff, mais où l'on pourra peut-être trouver des gens pour nous renseigner sur la bande. Parce qu'il ne faut pas compter sur les touristes du coin. Ici, ce sont des heures de route sans croiser personne, m'a renseignée Bradley.

Le chiot a trouvé de quoi s'occuper à l'arrière et a entrepris de renverser les boîtes pour les ouvrir. Brad se retourne et le prend sur ses genoux.

– Sympa ce cabot, hein ? souris-je.

– Oui, dit-il en lui tapotant la tête, je crois bien qu'aucun animal d'aucune sorte n'est aussi mauvais que les hommes.

– Qu'allez-vous faire ?

– Quand ?

– Quand vous reviendrez à Yuma.

– Je n'y reviendrai pas, répond-il sans quitter la route des yeux.

– Vous demanderez à diriger une autre agence ?

Il se tourne vers moi, me fixe un moment sans répondre.

– Non.

– Alors quoi ?

– Je vais juste les retrouver, répond-il d'une voix atone.

La petite chienne qui joue à lui mordre les doigts m'empêche de répondre. Elle me regarde de l'air de dire qu'elle s'amuse bien et voudrait que ça continue.

– Elle vous a adopté, dis-je.

– Oui, elle est très mignonne. Mais je n'ai pas le cœur à m'attacher.

– Laissez faire le temps, Brad. J'ai connu moi aussi le même genre de drame, l'enfant en moins. On croit que la vie ne sera jamais plus comme avant, et c'est en partie vrai, mais elle est autrement et on l'aime encore.

– On vous a tué quelqu'un de proche ? demande-t-il un long moment après.

– Oui.

– Et ? dit-il en se tournant vers moi.

– Et je l'ai retrouvé et je l'ai tué.

La stupéfaction lui fait écarquiller les yeux. Il me considère un moment en silence.

– Vous parlez sérieusement ?

– Oui.

Il respire plus fort et reporte son regard sur la route. Il y a un moment que je voulais le lui dire. S'il me le demande, je lui répondrai que ça ne m'a pas vraiment soulagée. Moins que je ne l'espérais. Mais c'est vrai qu'il m'était impossible à l'époque de supporter que ce Lancaster qui avait déjà fait tant de mal en toute impunité puisse rester libre.

Quand ils ont appris sa mort, les parents de la petite fille qu'il avait violée et tuée sont venus me voir. Ils n'étaient plus que des enveloppes d'êtres humains qui continuaient de vivre parce qu'ils ne savaient pas comment faire autrement. Je n'ai jamais su s'ils avaient compris ou pas que j'avais fait justice. Mais quand ils sont repartis, le père m'a regardée un long moment, et dans ses yeux j'ai lu de la reconnaissance.

On n'a pas le droit de se faire justice soi-même. Tout le monde le sait, et moi davantage, parce que la moitié de ma vie professionnelle j'ai été confrontée à des humains qui ne méritaient ni le titre d'humains ni même de vivre. La justice a été faite pour eux. Encore faut-il qu'elle les attrape. Et je savais que Lancaster y échapperait encore une fois et continuerait de tuer.

À dire vrai, je ne sais même pas si j'ai raisonné jusque-là. Je voulais sa peau, un point c'est tout. Si

240

Goodman m'avait arrêtée, j'aurais été jetée en prison jusqu'à la fin de mes jours. Je n'y ai pas pensé.

Je fais partie d'un peuple qui ne s'est jamais vengé malgré les massacres qu'il a subis. La guerre était finie depuis un demi-siècle. J'ai eu un petit goût de revenez-y.

– Je vous remercie de votre confiance, dit Brad au bout d'un moment.

– Mais je vais faire ce qu'il faut pour que nous les livrions à la justice.

– Ah bon, et pourquoi ? demande-t-il d'un ton sarcastique.

– Parce que pour eux on a des preuves, ce que je n'avais pas.

Il ne répond pas, continue de jouer avec la chienne.

– Je ne sais pas comment l'appeler, dis-je.

– Vous trouverez à la fin de ce voyage.

– Pourquoi à la fin de ce voyage ?

– Parce que vous retournerez à votre vie et elle sera là.

On aperçoit une pancarte qui annonce « Quartzsite 5 miles ». Je regarde l'heure. Cinq heures. On peut encore rouler une heure. Le prochain patelin, Salome, paraît être le dernier avant une longue route vide.

– On s'arrêtera à Salome. On trouvera sûrement un motel, dis-je en traversant Quartzsite.

Il acquiesce distraitement.

Mais Salome, c'est rien. Une demi-douzaine de baraques qui bordent la route 60, une station-service, et on se retrouve dans le désert. Je commence à flipper.

Et puis, bonheur, vingt bornes après, j'aperçois des pompes à essence et ralentis devant un garage déglingué où stationnent deux tacots sur leurs jantes qui attendent que l'on veuille bien s'occuper d'eux, un tracteur dont le moteur suspendu par des chaînes espère des jours meilleurs, un portique sur lequel grince une balançoire qui tient on ne sait comment, et enfin une épicerie-buvette cachée derrière des vitres crados tandis qu'une girouette amputée et plantée sur un bout de mât couine comme dans les westerns.

Je m'arrête, descends de la voiture et entre. Brad n'a pas bougé, le chiot sur les genoux.

Je tombe sur une salle sombre et encombrée dont un comptoir verni de crasse occupe la moitié de la surface. Derrière est embusquée une créature aux cheveux rouges, dont les généreux appas paraissent avoir abandonné l'espoir de tenir dans une robe légère à ramages.

– Bonjour…, dis-je d'un ton hésitant.

Elle répond d'une inclinaison de la tête.

– Nous allons à Prescott, pouvez-vous m'indiquer un motel pour la nuit ?

Elle réfléchit en soupirant, se gratte la tête, arrondit ses lèvres outrageusement peintes et lâche enfin :

– Pas avant Prescott.

– Ah bon ?

– Mais ici je peux vous louer des chambres d'ouvriers.

– Des chambres d'ouvriers ?

– Des gars qui travaillent dans le coin mais qui sont en congé, précise-t-elle d'un ton légèrement impatient.

– Ah ? Et vous auriez deux chambres ?

Elle réfléchit aussi longtemps que la réceptionniste du Hilton s'assurant que sur les mille cinq cents chambres de l'hôtel, deux sont bien disponibles.

– Deux ? Ouais, consent-elle enfin à répondre. Vous dînez ?

– Bien sûr.

Ça la fait bouger. Elle attrape derrière elle deux clés, me regarde d'un air interrogateur.

– Mon ami attend dans la voiture…, dis-je sans oser lui demander à voir les chambres.

– Cinquante dollars les deux, on paye d'avance.

Je sors mes billets.

– Voilà, merci, je vais chercher mon collègue, dis-je avec un grand sourire.

Pourquoi « collègue » ? J'ai honte que l'on prenne Brad pour mon petit ami ?

– Allez, venez, lui dis-je, et j'espère que vous avez un smoking dans vos bagages, parce qu'ici c'est habillé.

Il est gentil, Brad. Il sourit à mes blagues foireuses.

Notre hôtesse regarde Brad d'un air pincé mais ne dit rien. Son mari apparaît de derrière un rideau, et elle lui précise :

– Ils vont manger.

Les chambres sont misérables mais il y a un lit et un lavabo et j'ai connu pire. Je m'occupe du chien avant de redescendre et l'installe sur le lit sans craindre qu'il le salisse.

Dans la salle à manger encombrée de tables quatre types dévorent un chili qu'elle nous sert et qui tient la route. Je suis affamée à manger des cailloux. Brad n'avale rien, d'ailleurs il ne parle pas non plus.

Il a ce regard que j'ai déjà vu des quantités de fois. Un regard sans vie. Plus exactement, un regard de mort.

S AM REVINT À LUI avant d'arriver à la ferme. L'homme l'avait couché sur la banquette arrière, les mains liées derrière le dos et les chevilles attachées. Il devait être intuitif car dès que Sam ouvrit les yeux il le regarda dans son rétro.

– Eh ben mon pote, tu m'as fichu les j'tons. J'croyais bien que j't'avais tué. Manquerait plus que ça à mon palmarès. Moi, j'suis chauffeur, rien de plus.

Un bavard. Tant mieux. Rien de pire que les silencieux qui ruminent. La voiture s'arrêta devant une maison plongée dans le noir et le gars descendit. Il entra dans la maison et alluma l'électricité, ensuite il revint chercher Sam.

– Je détache tes chevilles, mais fais pas de conneries, hein ?

La ferme ? Une baraque de rien du tout. Un salon, une cuisine, une chambre, mais dans le salon un écran plat de plus d'un mètre. Le gars poussa Sam sur le canapé et alla direct à la cuisine.

– J'ai une petite faim, pas toi ?

Une odeur d'œufs frits se fit bientôt sentir et il revint avec une poêle qui contenait six œufs et deux assiettes.

– J'en mange toujours trois, toi aussi ?

Sans attendre sa réponse, il fit glisser trois œufs

dans chaque assiette et retourna chercher des couverts et du pain de mie qu'il avait fait griller. Il repartit encore une fois dans la cuisine pour rapporter des verres et du vin.

– Y a pas d'raison qu'on s'laisse aller, hein, mon pote.

– Et comment je mange ? En lapant mes œufs ?

– Oh, excuse. J'vais arranger ça.

Il ôta les liens de Sam, ramena ses mains devant et les attacha de nouveau.

Sam n'en revenait pas de mourir de faim.

– M'a drôlement arrangé ton pote, marmonna-t-il.

– C'est pas mon pote. Mais c'est vrai que c'est un pro.

– Alors, qu'est-ce qui va se passer ? demanda-t-il après avoir saucé son assiette.

– Ben, rien. Tu vas rester ici et après ils t'emmèneront faire un tour à la campagne.

– Et ça te gêne pas ?

– Quoi ? Ton tour à la campagne ? Moi, tu sais, un jour c'est toi, un autre c'est moi, on sait pas comment va la vie…

– Je suis flic, insista Sam. Bon Dieu, je sais même pas ton nom et tu attends en bouffant des œufs qu'on vienne me tuer !

– Bond, James Bond, rigola le gars. C'est ça mon nom.

– Alors écoute, Bond. Tu vas te donner une chance de ne pas passer sur la chaise qui crépite : détache-moi, on repart ensemble et je te mets sous la protection du FBI. T'as beaucoup plus de chances de t'en sortir si tu fais ça.

– Le FBI ?… Laisse-moi me marrer, y z'ont jamais été foutus de protéger un poisson rouge !

– Pas celui d'ici, celui de la côte Est. De Boston. Ça fait partie de mon job.

Le gars regarda Sam, et s'adossa à sa chaise.

– Te fatigue pas. Ripley, c'est qu'un pion de rien. L'organisation, elle s'étend jusqu'au Mexique, même la Colombie, le Venezuela aussi...

– Organisation de quoi ? coupa Sam.

L'homme se leva, alla jeter un coup d'œil à l'extérieur et revint s'asseoir.

– De tout ce que tu veux. T'as qu'à demander. Garçons, filles, organes de rechange, dope, armes, putes en tout genre, films pornos... un sacré catalogue, j'te jure !

Sam respira doucement. Où s'était-il fourré ? Où l'avait-on fourré ?

– Et tu bosses avec des gens pareils ? Tu crois que c'est eux qu'on ramassera quand on saura qu'un lieutenant de police a été kidnappé et tué ? Ils vont te faire une fleur ou ils vont te charger ?

– Fais pas chier, souffla James Bond. J'suis avec eux depuis des lustres, y m'est jamais rien arrivé. Tu piges pas le pouvoir de ces gens-là... y z'ont tout le monde dans la poche. Au Mexique, par exemple, t'as pas un putain de flic, de proc qui touche pas même les gouverneurs de région ! Chez Chavez... tu sais, l'autre coco qui veut remplacer son pote Castro qu'est en train de crever, eh ben son ministre des flics, et d'autres, y regardent toujours dans la mauvaise direction... tu piges ? Tu sais que Caracas est la ville d'Amérique du Sud où y a le plus de bandidos ? Pire qu'à Bogota ! Mon pote, on est frontière avec ces gars-là ! Tiens, Mercantier, après qui tu cours, eh ben il prend son petit avion, passe la frontière, fait ses emplettes, revient, et ni vu ni connu, tout le monde l'a dans l'os ! T'as vu comment il vous l'a mis à Boston ? Y était même pas à Boston, l'enfoiré. Il était peinard chez lui...

– Parce qu'il a un chez-lui ?

– Ouais. Et même que c'est drôlement chouette. Enfin, c'est pas tout à fait chez lui. C'est une sorte d'invité permanent. Dommage que t'aies pas l'occasion de voir ça. C'est comme dans les films. Une putain de forteresse blanche en plein désert gardée comme la Banque fédérale. J'y suis allé une fois, j'en suis pas revenu. Ça crame tout autour, des températures de cinquante à te cuire la viande, et t'as des putains de jets d'eau qui arrosent en permanence les pelouses. Kif-kif les palais d'Arabie saoudite !

– C'est dans quel coin ?

James Bond le regarda en souriant.

– Pourquoi, tu penses y faire un safari ?

– C'est Black Canyon City, c'est ça ? demanda Sam.

– Tout juste Auguste. C'est qui qui te l'a dit ?

– Son avocat.

Le gars pouffa.

– Ah, ah… bon, ben tu vois…

– Je voudrais me doucher, demanda Sam, c'est possible ?

– Tu veux être nickel pour rejoindre ton Créateur ?

– Ils doivent venir quand ?

– Dans la matinée, d'après ce que je crois. J'sais pas. Ça dépend de leurs disponibilités. Tiens, je vais te faire une fleur pour ta dernière nuit. Tu coucheras dans la chambre et moi sur le canap.

Sam s'adossa et le fixa sans animosité.

– T'es un gentil, toi, en fin de compte… Comment t'en es arrivé là ?

– Mon papa me violait et ma mère se prostituait ! répondit l'autre en éclatant de rire. Allez, cherche pas, poulet ! J'te demande pas comment qu't'es devenu perdreau.

L A BANDE passa le restant de la journée et la nuit à l'abri des rochers, s'opposant à Fox qui voulait repartir tout de suite. Jusqu'à la Famille qui rechignait.

Le soleil était cru et meurtrier. Dès qu'ils sortaient de l'ombre précaire de la roche, leurs chairs brûlaient comme exposées au feu. Le Sonora donnait toute sa puissance et le sable blanc les rendait aveugles.

– Putain, c'est l'enfer ! râla Jasper. Qu'est-ce qu'on va faire ? On va crever si on reste ici, et on va crever si on bouge !

Fox reconnaissait les premiers signes de ce qu'on appelait le syndrome du désert. La solitude, la chaleur, qui amènent la peur, celle viscérale qui vous fait perdre la tête. On pouvait mourir de soif ou d'insolation mais aussi de folie dans le désert. On avait retrouvé des cadavres desséchés à cent mètres d'une ferme ou d'un point d'eau.

Hubbard monta sur le plus haut rocher et redescendit sans dire un mot.

– Alors, qu'est qu'y a ? aboya Timor.

– Que dalle.

– Comment ça que dalle !

– Va voir.

Timor grimpa à son tour, resta plus longtemps et revint cramoisi.

– Putain, y a rien autour.

– La route est à une quinzaine de kilomètres à l'est, intervint Fox. On n'est pas perdus.

– Alors, on n'a qu'à la prendre, cette putain de route !

– D'accord. Mais on la prend pas ensemble. Ils recherchent deux voitures avec des jeunes à bord.

– Qui leur aurait dit ?

– Timermann. Il a vu votre bagnole et sans doute aussi le van. Et nos gueules.

Les trois garçons se lancèrent un coup d'œil du genre qu'ils avaient peut-être fait une connerie en laissant le négro en vie. Mais s'opposer à ce chieur de Fox avait été un bon moment. Surtout pour Hubbard qui ne supportait pas d'être le second.

– Qu'est-ce qu'on fait ?

– On part maintenant, répondit Fox. Ma Famille et moi. Vous attendez une heure et vous partez à votre tour. On se donne rendez-vous à l'observatoire de Lowell, au sud de Flagstaff. C'est au milieu d'une forêt, y a jamais personne. Je vous laisse de la flotte. Vous avez trois bonnes heures de route parce que faut couper par l'intérieur. Faites pas de conneries, même en plein désert y peut y avoir des flics. Y sont pas plus cons que nous.

– Et le pognon ? demanda calmement Hubbard.

– Je t'ai déjà dit : quand on arrive au camp.

– Et c'est où ce camp ?

– Au sud-est de la ville par la 66. Tu verras une pancarte, Météor Cratère, y se sont installés entre ça et la Forêt pétrifiée. Le National Park. Mais on ira ensemble quand on se retrouvera à l'observatoire.

– Et t'as pas peur qu'on repère nos deux voitures à Flagstaff ? demanda Hubbard avec ironie. T'as juste peur des flics sur la route ?

Fox le fixa sans répondre. Ils étaient arrivés au

moment crucial que tous attendaient. Ça aurait pu se passer ailleurs, n'importe où. Mais c'était là.

– Qu'est-ce tu proposes ?

Le garçon eut un rire fuité et se tourna vers ses potes.

– Qu'est-ce que vous en dites, les gars ? On attend de les rejoindre on sait pas où, sur une route, quoi... ou on partage maintenant ?

Timor et Jasper eurent le même rire qui ressemblait à un pet.

– Je pense, répondit Jasper avec emphase, que ce serait mieux qu'on se partage maintenant. Ça éviterait qu'on se cherche. Pas facile de se retrouver dans une forêt...

– T'as raison, cousin, approuva Hubbard. Il se tourna vers Fox. Voilà, on a pris notre décision. On partage maintenant et après on fait comme t'as dit.

– Vous n'avez pas confiance ?

Hubbard se tourna vers les deux autres.

– On a confiance ?

– Pas trop, articula Timor en donnant une bourrade à Jasper.

– Voilà, dit Hubbard à Fox, t'as entendu. On n'a pas trop confiance.

Fox se mordit les lèvres et regarda sa Famille. Bobby et Carmen s'étaient tendus, ainsi qu'Amélia qui semblait avoir repris ses esprits. Roxane écoutait sans rien manifester, et Cindy, allongée sur une couverture, suivait d'un œil vide la conversation.

– C'était pas mon plan, lâcha Fox. J'vous ai dit pourquoi.

– Pourquoi tu t'fais d'la bile ? sourit Hubbard d'un air torve. Y a pas de casino d'ici à Flagstaff, ou alors j'suis miro pasque j'en vois pas... on risque pas d'y laisser nos économies et de s'y faire repérer. Ton plan, c'était pas te tirer avec l'oseille ? cracha-t-il en tirant son couteau de sa gaine.

Fox sentit Bobby et Carmen bouger derrière lui. Il était trop loin de la camionnette où se trouvait sa carabine. La conversation avait pris une tournure qu'il n'avait pas prévue.

– Pas la peine de s'énerver, dit Fox en désignant le poignard. J'ai jamais dit que vous n'auriez pas votre part.

– C'est pourtant ce que j'ai cru, ricana Hubbard. Remarque, j'ai pu me tromper puisque t'es d'accord pour qu'on partage ici...

À ce moment, le soleil sortit d'un coup de derrière le plus haut des rochers et ses rayons vinrent frapper de face le trio qui fut aveuglé un instant. Suffisant pour que Bobby se rue sur le van, décroche la Winchester placée derrière le siège conducteur, roule sur lui-même et la balance à Fox.

Elle tomba à un mètre de lui. Les poignards des garçons apparurent simultanément. Hubbard vint se placer d'un bond entre le fusil et Fox. Il ricana en direction de Bobby qui s'était relevé.

– Tu joues les John Wayne, Bobby ?... À part que lui il aurait pas manqué sa cible...

La donne avait changé. Jasper regardait le fusil avec avidité. Carmen éclata d'un rire dément.

– Bande de jobards ! Vous croyez que vous aurez le temps de tous nous descendre !

Elle ressemblait enfin à ce qu'elle avait toujours rêvé d'être. Une rebelle, une pasionaria capable de s'interposer entre une balle et son homme. Ses traits déformés par la rage impressionnèrent le trio.

Il y eut un moment de flottement que Fox mit à profit. Il se jeta à terre, se saisit de la carabine, l'arma à toute vitesse et tira sur Hubbard, le plus proche de lui.

La balle atteignit le garçon à la poitrine. Éberlué, il vit une tache de sang s'étaler, y porta la main, regarda ses compagnons pétrifiés, se tourna vers les autres. Ses jambes plièrent, il tomba à genoux, resta un instant face à Fox, et s'écroula enfin dans le gravier.

Fox releva rapidement le canon de son fusil vers les deux autres.

– Vous en voulez autant ?

À ce moment on entendit un cri inhumain. Cindy s'était jetée sur le corps de son amant qu'elle avait pris contre elle en hurlant. Ce qui sortit les autres de leur torpeur.

Timor et Jasper, sans se consulter, levèrent les bras en suppliant Fox de les épargner. Carmen et Amélia se ruèrent sur eux, leur arrachèrent leurs poignards et les retournèrent contre eux.

– Bobby, va chercher les cordes dans la camionnette, ordonna Fox.

– Pitié, Fox, on fera rien, j'te jure ! pleurnicha Jasper.

– Fais ce que je te dis, grogna Fox à Bobby.

– Fox, on laisse tomber l'argent, supplia Jasper, on oublie Hubbard, on continue à travailler ensemble... C'est lui qui voulait l'argent tout de suite, Timor et moi on avait confiance... c'est lui, Fox !

– Prends mon fusil et donne-moi ça, intima Fox à Bobby quand il revint avec des cordes.

Les filles, Amélia, Carmen et même Roxane, insultaient les deux garçons, pendant que Cindy continuait de bercer le corps sans vie de Hubbard.

– Pourquoi il est mort, pourquoi il est mort ?... psalmodiait-elle. Père, pourquoi il est mort ?...

Fox attacha les deux hommes en liant leurs mains et leurs chevilles ensemble, le corps plié en arc de cercle arrière. Un truc de torture qui coupait vite la circulation du sang et la respiration. Une idée d'Indien.

– Qu'est-ce tu vas faire Fox ? glapit Timor. Qu'est-ce tu vas faire de nous ? Pitié, j't'en prie, on est des vôtres ! Ça fait trop mal !

– Ta gueule ! gronda Bobby.

Carmen alla relever Cindy avec douceur et la fit asseoir dans le van. La jeune fille se laissa faire. Ce dernier coup semblait lui avoir enlevé ce qui lui restait de raison. Carmen alluma un gros joint qu'elle lui passa. Cindy tira dessus mécaniquement et ferma les yeux en emplissant ses poumons.

– Ça va aller, ma chérie, ça va aller... lui murmura Carmen en lui caressant les cheveux, c'était un méchant garçon, pas fait pour une gentille fille comme toi, pas du tout...

Cindy se mit à pleurer à petits sanglots nerveux. Elle fuma le joint jusqu'au bout et parut mieux. Amélia et Roxane rassemblèrent leurs affaires.

– Qu'est-ce tu fais de nous, Fox ? continuaient à larmoyer les garçons. J'te jure, on est avec toi !

– Rien, je vous laisse libres de votre destin, sourit Fox. Bobby, aide-moi à les installer dans leur voiture et mets-toi au volant.

– Oui, Père.

C'est lui qui avait sauvé la Famille. Il était devenu le bras droit du Père. Sans lui, qui sait ce qu'auraient fait ces voyous ? Peut-être qu'à présent le Père lui laisserait le fusil, peut-être qu'il pourrait coucher avec l'une ou l'autre sans lui demander la permission ?

Ils installèrent les deux garçons tête-bêche sur la banquette arrière, sourds à leurs cris de détresse et leurs supplications, et les recouvrirent d'une couverture après avoir porté Hubbard sur le siège avant.

– Montez dans le van, les filles, ordonna Fox. Il se tourna vers Bobby. Tu vois là-bas ? dit-il désignant une tranchée naturelle dans le sol. Conduis-y la voiture et balance-la dedans. On t'attend. Donne-moi le fusil.

– Y vont pas être repérés, Père ? objecta Bobby.

– D'ici là, y restera que des os. T'as pas idée ce que ça dessèche ce soleil. Tu sais quoi, laisse les fenêtres entrouvertes, ça permettra aux bestioles de se régaler.

Quand il revint, les choses avait repris leur aspect coutumier. Les filles étaient assises à l'arrière, Fox au volant. Bobby monta à côté de lui.

– On va où on a dit, dit Fox.

Il jeta un coup d'œil sur Amélia dont l'attitude l'inquiétait davantage que le chagrin de Cindy qui semblait déjà passé.

Depuis ses crises, la jeune fille avait changé. Elle arborait jusque-là une mine coléreuse qui l'avait fait justement surnommer « la furieuse », mais à présent elle n'était plus dans la colère, elle était dans l'absence. Elle regardait droit devant elle, le visage impavide, renfermée sur elle-même, muette, serrant convulsivement les poings et crispant le visage comme une qui se raconterait des choses. Une bombe attendant que sa mèche soit allumée.

L'épilepsie n'était qu'un symptôme d'une maladie sans doute plus grave, pensa Fox. Il en avait vu des wagons de ces gens qui se transformaient d'un coup en enragés. Et il l'avait vue elle-même à l'œuvre avec les gens de la villa. Elle les avait massacrés en laissant leur sang l'éclabousser sans même chercher à se protéger. Comme si elle se régalait de son odeur.

Fox se dit qu'il devrait la surveiller de près. Une crise paroxystique de folie n'était pas exclue, qui mettrait en danger la Famille.

Il se retourna et tendit à Carmen un des poignards Tactical subtilisés aux garçons. Il lui désigna du menton Amélia assise à ses côtés.

– Elle est très nerveuse, contrariée même, dit-il.

Carmen fronça les sourcils sous le coup de l'incompréhension. Fox la fixa, désigna encore Amélia sans ajouter un mot. Carmen regarda la jeune fille et saisit le message. Elle hocha la tête.

– No problem, fit-elle.

B RAD EST ALLÉ se coucher comme un somnambule et je suis retournée dans ma chambre retrouver le chiot. Nos chambres sont à l'arrière du rez-de-chaussée et je ne peux rien voir à travers les vitres tellement le désert est noir.

J'ai donné à manger à la chienne une deuxième boîte de ration K qu'elle a paru apprécier, et après avoir bu elle a eu la gentillesse de pisser sur le lino déchiré que j'ai essuyé avec la serviette de toilette que j'ai prise pour une serpillière.

Maintenant elle est couchée avec moi sur le lit et écoute ma conversation au téléphone avec Nina.

– Alors, tu es où ?

– Le nom te dira rien, ma douce, d'ailleurs il n'en a pas. Sache que c'est maxi-tartignolle et que c'est situé entre Yuma et Flagstaff.

– Je ne connais pas.

– Tu ne manques rien.

Après, je lui raconte sans donner de détails la découverte des tombes de la femme et du fils Timermann. Elle est horrifiée et dans la foulée m'ordonne de laisser tomber la poursuite de ces cinglés capables de tuer un gosse de dix ans.

– Mais les cinglés, chérie, constituent l'essentiel de ma clientèle de reporter criminelle...

– Eh bien, justement, j'en ai marre ! Si tu voulais poursuivre les criminels, t'avais qu'à être flic, au moins t'aurais un flingue et tu serais en équipe ! Je ne sais pas à quoi tu joues ! Tu t'ennuies tellement à Frisco avec moi ?

– Fais pas semblant de ne pas comprendre. Tiens, tu veux que je te dise une bonne nouvelle ?

– Tu rentres ?

– J'ai trouvé un chiot.

– Quoi ?

– Un chiot. Une petite femelle. Craquante.

Un grand silence. Je peux comprendre. Passer d'une bande de déjantés tueurs de gosse à un chiot, l'écart est grand.

– Où as-tu trouvé un chiot ?

– Dans un bar. Je l'ai acheté à un gars qui s'en servait comme ballon de foot.

Du coup, j'ai droit à une foule de questions sur la couleur, la taille, le nom que je vais lui donner, et je lui dis que je n'ai pas encore trouvé.

– On choisira ensemble.

– Parce que tu veux la garder ?

– Pas toi ?

– Et comment tu vas la ramener ? En soute dans l'avion ?

– Non, je prendrai le train.

Elle me traite de folle, m'affirme qu'elle ne s'en occupera pas parce qu'elle a autre chose à faire que de balader un cabot et lui faire de la cuisine.

– Elle ira toute seule se promener sur la plage et elle mangera comme nous.

– Alors elle tombera malade et je n'ai pas envie de passer ma vie chez le vétérinaire.

La chienne me regarde avec curiosité comme si elle s'inquiétait de savoir qui l'emportera. Je la rassure.

– Te bile pas, elle a l'air terrible quand on ne la connaît pas, mais c'est un ange.

Et je raccroche en faisant à Nina plein de serments amoureux et en promettant de revenir, sûr, la semaine prochaine.

– T'as intérêt. Woody m'a téléphoné, il est furieux de n'avoir aucune nouvelle et m'a dit que le patron allait te virer si tu ne revenais pas immédiatement.

– C'est le patron ou toi qui dis ça ?

– Tu me manques. Et je vis continuellement dans l'inquiétude.

– Tu as tort, maintenant j'ai un chien de garde.

Ce coup de téléphone m'a fait beaucoup de bien. La civilisation existe toujours à deux heures d'avion. Mais je pense à Brad et à ce qu'il vit. La nuit, tout est pire. On a le temps de cogiter, de craindre le matin qui va revenir avec la mémoire. La nuit, les choses paraissent sans espoir. Tout se bloque comme si le jour ne devait jamais revenir. Comme si la vie ne devait jamais revenir.

J'ai du mal à dormir et je reste les yeux grand ouverts dans le noir. Le chiot s'est collé contre moi et j'entends sa petite respiration régulière. À un moment il rêve et pousse des petits cris en même temps qu'il agite les pattes. Je sens sa chaleur au travers de la couverture. Brad, lui, c'est le froid qui doit le transir.

Comment imaginer son enfant assassiné, d'avoir vu son petit crâne rongé au fond d'un trou ? Une vie que l'on a fabriquée et que l'on ne verra pas s'accomplir.

Il a tout perdu, Brad, d'un seul coup.

Ne lui reste que la corvée de devoir continuer de vivre.

S AM GOODMAN se réveilla pour la troisième ou quatrième fois consécutive mais reprit plus vite ses esprits. Depuis qu'il était couché, il avait sauté de trous noirs en trous noirs d'un sommeil haché.

Il essaya de contrôler sa respiration qui à chaque réveil avait tendance à s'emballer, et tourna la tête vers l'autre pièce où veillait son geôlier et d'où il entendait la télé en fond sonore.

Il resta dans le noir, attendant que le sommeil miséricordieux le reprenne et lui ôte l'angoisse de sa mort annoncée.

Mais soudain la vision de sa mère s'imposa et le fit presque sursauter. Il lui avait téléphoné la veille, s'était plus ou moins accroché avec elle qui lui reprochait d'être toujours au loin.

– Mais enfin, je suis policier, pourquoi ces reproches ? Tu sais bien que je travaille.

– Je m'ennuie, tout le monde ici est en vacances. Myrna est partie à Cape Code avec ses petits-enfants. Suzan est en Nouvelle-Angleterre avec les siens, il n'y a que moi ici, toute seule.

Il avait eu du mal à garder son calme.

– Et alors, je ne suis pas ton petit-fils, occupe-toi. Je suis certain qu'il y a plein de choses à faire à Boston.

– Pffft ! Je suis toujours toute seule !

C'est cette dernière remarque qui l'avait tellement irrité. En réalité elle se souciait moins de sa sécurité, quoi qu'elle en dise, que de son absence qui la privait de ses visites. Lesquelles lui permettaient à chaque fois de lui rappeler qu'il ne lui avait pas donné de petits-enfants qui l'auraient fait entrer dans le cercle sacré des grands-mères. Elle avait pourtant une vie sociale et mondaine cent fois plus active que la sienne.

Puis, sans raison, lui arriva l'image de son père, tué à la guerre du Vietnam qu'il couvrait comme reporter du *New York Times*, l'année de ses dix ans. Et déboula celle de son beau-père, éminent chirurgien cardiaque, beau-père bienveillant et époux infiniment patient de sa capricieuse femme.

Ces souvenirs l'alarmèrent. Venaient-ils hanter la mémoire de tout condamné à mort ? Pour se rassurer il se dit que s'il devait évoquer les gens importants de sa vie dans ces fameux derniers moments, ce ne serait pas nécessairement ses parents qui apparaîtraient.

Il penserait à Julia, bien sûr, la femme aimée et perdue, dont la perte lui était toujours aussi douloureuse. À Sandra Khan, son amie et complice de toujours, sa sœur manquée. À Archie, le philosophe vieillissant qui savait tout des hommes et de la vie, trouvait les mots quand son cœur de flic explosait d'amertume ou de colère, et chez qui l'on mangeait les meilleurs delicatessen de Boston. À Jimmy Rome, son ex-partenaire, prince de la mauvaise foi, mais le plus fidèle des amis.

Combien d'autres ? Peu, en réalité. Fils unique et choyé, c'est avec lui-même qu'il passait le plus clair de son temps, le partageant entre travail et solitude. Et s'il faisait le compte des rencontres importantes, celles qui enrichissent une vie, ses doigts d'une seule main suffisaient, et c'étaient les femmes qui tenaient la tête.

Il regarda de nouveau vers la pièce voisine que seule la clarté laiteuse de la télé éclairait, secoua ses poignets engourdis par les menottes, se les frotta pour y faire revenir le sang.

À quelques heures de la fin présumée de sa vie, est-il logique de ressasser le passé au lieu de se préparer à ce no future ? Comment un incroyant affronte-t-il l'abîme qui va l'engloutir ?

Il avait été de nombreuses fois au cours de sa carrière confronté au danger ultime, mais cette fois était différente. Il avait le temps d'y penser et ça changeait tout. Faisant monter en lui une terreur dont il s'était cru à l'abri.

Son cœur repartit en bonds désordonnés et il se força à respirer profondément pour le calmer. Il étira ses muscles de toutes ses forces et les relâcha violemment comme on le fait en relaxation.

Il regarda encore une fois vers le salon. Il avait dû faire du bruit en respirant bruyamment et ses jambes en retombant sur le lit l'avaient fait bouger. Il fut surpris du manque de réaction et s'assit malgré ses douleurs qui se réveillaient, posa légèrement ses pieds au sol, attendit, les sens en alerte, se leva, et le plus doucement possible s'approcha de la porte de séparation.

Aucun signe de vie ne lui parvint. La télé envoyait son programme sans se soucier de qui la regardait, et elle faisait bien car le spectateur était affalé sur le canapé, bras et jambes jetés, des journaux étalés sur le sol.

Sam n'en crut pas ses yeux. Le crétin s'était endormi. Il s'approcha sur la pointe des pieds, prenant garde de ne rien heurter, fit le tour du canapé, écouta la respiration paisible et fut pris de tremblements qu'il ne sut pas à quoi attribuer. À la chance inespérée qui lui était offerte ou au risque qu'elle lui échappe ?

Il chercha autour de lui de quoi se débarrasser de

son gardien, mais à part la lampe posée près du canapé, rien ne pouvait servir dans cette maison dépourvue d'objets. Et se saisir de la lampe risquait de réveiller le dormeur.

Alors il se positionna à l'aplomb de sa tête, leva haut ses deux poings menottés de métal et les abattit violemment sur la nuque de l'homme qui, le temps d'un faible cri, passa du sommeil à l'inconscience.

Sam s'empressa de fouiller dans ses poches pour trouver les clés des menottes et se détacha rapidement. Du sang coulait de la nuque blessée de son gardien et il alla dans la cuisine prendre un torchon qu'il mouilla pour étancher la plaie. L'homme ne bougea pas, et il le gifla plusieurs fois avec le torchon pour le faire revenir à lui. Puis il lui mit les mains dans le dos et les entrava avec ses menottes, chercha et trouva un ruban d'adhésif dont il se servit pour lui lier les chevilles.

Le type reprit lentement connaissance en grognant, ouvrit les yeux, vit Sam assis devant lui, grimaça en sentant ses bras tirés en arrière, voulut se lever, constata qu'il était attaché, jura sans que l'on sache si c'était contre sa légèreté ou son ex-prisonnier.

– Qu'est-ce que vous foutez ? grommela-t-il. Oh bon Dieu, j'ai mal au crâne !

Il voulut se lever, mais Sam le repoussa en arrière.

– Reste tranquille.

– Putain, dit simplement l'homme, se rendant compte, effondré, du renversement de la situation.

– Eh oui, mon pote, c'est moi le nouveau tôlier !

L'homme se contenta de le fusiller du regard.

– Je me suis endormi, dit-il seulement.

– Ça arrive avec la télé, sourit Sam. Pourquoi tu ne m'as pas enfermé ?

L'homme hésita.

– Pour pouvoir vous surveiller.

– Eh ben, t'as eu tout bon.

– Qu'est-ce que vous espérez ? demanda l'homme en secouant ses mains menottées. Vous ne savez pas où vous êtes.

– Je sais pas où je suis, mais dehors il y a une voiture.

– Vous ne leur échapperez pas.

– Pourquoi, c'est Superman le tordu qui m'a boxé, il vole et voit tout ? Et ton Ripley, t'as tellement confiance ? Tu sais quoi ? Fais le bon choix, mets-toi de mon côté.

Le gars jeta un coup d'œil au 22 posé sur la table, et Sam s'en empara.

– T'es vraiment le roi des jobards, sourit-il. Tu voulais l'attraper avec les dents ? Laisse-moi réfléchir à ce qu'on va faire, dit-il pensivement en regardant son prisonnier.

Il alla vers la fenêtre, écarta les rideaux et vit que le jour était largement levé. Il regarda l'heure à une pendulette. Six heures et demie. Le tueur ne tarderait plus. Il arriverait par la 17, tout droit de Phoenix.

– Où elle est la fameuse résidence de Mercantier ? demanda-t-il.

L'autre ne moufta pas, et Sam avec un soupir de lassitude lui posa le 22 sur sa rotule droite. L'homme regarda le pistolet et arrêta de respirer.

– Je repose ma question ? s'enquit Sam.

– Qu'est-ce que vous voulez aller foutre là-bas ?

– Je m'interroge. J'ai deux solutions. La première, je te ramène à Phoenix, te laisse entre les mains de mes potes – pas Tibbs, les autres –, tes copains l'apprennent par Tibbs, et t'auras même pas le temps de faire tes dernières prières que tu seras déjà refroidi par des potes à tes potes pour t'empêcher de l'ouvrir. Deuxième solution : on va chercher Mercantier, je le ramène à Boston et tu témoignes contre lui en bénéficiant de la protection des témoins...

– Vous êtes cinglé ! D'abord, vous y arriverez pas, et c'est quoi votre intérêt ? Une médaille en chocolat à titre posthume ?

Sam ne répondit pas. Pourquoi expliquer à ce demeuré que la seule issue qu'il avait pour qu'on lui foute la paix dans l'affaire Ronson était de livrer Mercantier ?

Il s'assit à la table pour réfléchir en jouant avec le 22. Il sentait sur lui le regard incompréhensif de son prisonnier qui devait penser que les flics étaient vraiment de sombres crétins pour risquer leur peau pour rien, et qu'il pourrait se débarrasser de lui en arrivant chez Mercantier.

– On peut essayer, dit-il finalement. Si vous le chopez, je témoignerai. J'ai pas envie de déguster à la place des autres.

Sam sourit. Ce pauvre type était décidément trop prévisible.

– T'es sûr ?

L'autre haussa les épaules.

– J'peux vous y conduire, mais j'participerai pas.

– C'est loin ?

– À droite de Wickenburg. En pleine montagne. On continue sur la 17 qui traverse Walnut Canyon et on prend la sortie 244.

– C'est près de quelle ville ?

– À l'ouest de Flagstaff.

– Ça fait une trotte depuis Phoenix pour ses rendez-vous, remarqua Sam.

– Il a un hélicoptère, ricana le voyou. Vous, faudra vous farcir la route en bagnole. C'est pas le même standing.

– Raconte un peu à quoi ça ressemble…

– Black Canyon, y a presque personne. C'est haut, pas loin de deux mille mètres. La résidence est bâtie derrière ce qu'on appelle la Table noire, une montagne aplatie. On la voit pas du village, c'est en pleine

263

caillasse. Les gens qui y crèchent sont des bergers qui se barrent les trois quarts du temps avec leurs troupeaux.

– En général, c'est gardé par combien de types ?

– Une armée.

Sam rit doucement.

– OK, OK... et comment on sait quand Mercantier y est ?

– On sait pas.

Problème, reconnut Sam. Cependant, après l'affaire de Boston et les menaces de Venturi, probable que le gangster avait envie de se mettre à l'abri. Et où pouvait-il l'être davantage que là ?

C'était casse-gueule. Sam pouvait se contenter de ramener James Bond, le laisser dans les mains du FBI où il lui arriverait ce qu'il lui avait prédit, reprendre l'avion pour Boston où il s'expliquerait avec les Affaires internes, et même avec le président Obama si c'était utile, et indiquer aux collègues la planque de Mercantier si ça les intéressait toujours.

Et si les copains s'attribuaient le mérite de l'arrestation et l'oubliaient, Sam risquait juste de perdre sa plaque et sa retraite dont il n'avait en réalité pas besoin, vu sa situation financière.

Cela étant établi, s'il y avait une chose qu'il n'aimait pas du tout, c'était de ne pas terminer un boulot commencé. Et surtout, il avait une revanche à prendre sur le Haïtien responsable de la mort de Peterson.

Il regarda son prisonnier dont l'œil s'était animé, rêvant sûrement que Sam se ferait dégommer à sa première apparition à la villa.

– Bon, on va y aller, décida-t-il.

– Où ?

– Chez Mercantier.

– Vous avez bien réfléchi ? sourit le gars d'un air faux.

– À peu près. Au fait, c'est quoi ton vrai nom, ou tu préfères que je continue à t'appeler James Bond ?

L'homme ricana.

– Si on doit faire un bout de route ensemble, autant qu'on se connaisse. Mon nom c'est Kevin Sutter.

– Ah ? Je préfère Bond. Donc ce sera Bond.

– J'ai envie de pisser.

– Vas-y, on embarque dans cinq minutes.

– Et comment je fais ? dit-il en agitant les bras à l'arrière.

Sam se fendit d'un sourire.

– Tu vas jusqu'aux chiottes à cloche-pied, et là je te descends ton froc et ton caleçon et tu t'assois.

Le gars lui lança un coup d'œil horrifié.

– Quoi, pisser assis comme une gonzesse !

– Maintenant tu peux aussi te pisser dessus parce que compte pas sur moi pour balader mes mains sur ta braguette et te la sortir.

À son regard meurtrier, Sam se dit que les hommes étaient décidément très cons de s'inquiéter davantage de pisser assis que de se faire descendre.

– Bon, tu te décides ?

– OK, OK.

Sam ne put s'empêcher de ricaner en le voyant sauter jusqu'aux toilettes. À cause de l'humiliation qu'il lui infligeait, il ne devrait en attendre dorénavant aucune pitié.

Il gagna la voiture que Sutter avait garée sous un bouquet d'arbres secs. Un épais brouillard enveloppait le désert, cachant en partie le ruban clair de la route derrière les remontées de terre griffées de cactus et de buissons. Elle lui parut vide de circulation aussi loin que son regard pouvait porter.

Il sortit une carte de la boîte à gants. Black Canyon n'y était même pas indiqué. La 17 était une autoroute qui contournait les montagnes. On devait bien y rouler.

Il ignorait à quelle distance de Phoenix il se trouvait. Le génial Bond devait évidemment le savoir. Il retourna dans la baraque et le trouva en train de remonter son jean en se dandinant comme une oie.

– Tu sais quoi, dit-il en s'arrêtant sur le seuil et en le considérant avec intérêt, tu serais super bon comme strip-teaseur.

– J'vous crèverai, cracha Sutter.

– En attendant, dis-moi à combien de kilomètres on est de Phoenix.

– Une quarantaine...

– Et de Flagstaff ?

Il haussa les épaules.

– Deux cents... j'sais pas, j'suis pas guide !

Sam se dit qu'en continuant il prenait des risques, mais son seul salut était de distancer le virtuose de la corde à piano qui arrivait de Phoenix. Il devait même se presser.

– Va dans la voiture, je prends de l'eau.

– Putain, détachez-moi les pieds !

– Non. Grouille-toi.

Il alla chercher un jerrican d'eau qu'il plaça dans le coffre.

Sutter, installé au milieu de la banquette arrière, lui lança un regard haineux.

La main sur la portière, Sam s'arrêta, troublé. L'air sentait le soufre et en l'espace de quelques minutes le brouillard s'était épaissi au point d'enfermer le paysage dans une ouate qu'aucun bruit ne troublait.

– Tu ne sens rien de spécial ? demanda-t-il à son passager.

L'autre ne répondit pas. À moitié tourné vers la vitre arrière, il semblait surveiller la route, et Sam comprit qu'il devait espérer l'arrivée de l'homme de Ripley.

– On y va, décida-t-il en se glissant derrière le volant.

Il détestait conduire dans une pareille purée de pois. Se farcir deux cents bornes n'allait pas être une partie de plaisir. Sur ces routes qui trouaient le désert, les énormes trucks s'en donnaient à cœur joie. Les routiers étaient les patrons, et une de leurs distractions favorites était de virer sur les bas-côtés les voitures des pékins qui les gênaient.

Il alluma ses phares antibrouillard qui dans ce brouillard de fin du monde se montrèrent aussi efficaces que des bougies. Sur les vingt premiers kilomètres ils ne croisèrent qu'une voiture de pompiers qui roulait à vive allure vers Phoenix et qui fila comme un vaisseau fantôme.

– On est sur la bonne route ? demanda Sam.

– Comment je saurais ? On voit que dalle ! Si vous n'avez pas tourné, ça va. On n'a pas dépassé Cottonwood ?

– Je n'ai vu aucune pancarte.

– Non, d'ailleurs c'est beaucoup plus haut, marmonna Sutter qui paraissait lui aussi étonné de ce qu'il voyait. Y a un putain de brouillard aujourd'hui ! Faites gaffe, les gens d'ici conduisent comme des blaireaux !

Soudain, une violente rafale secoua la voiture au point de la déporter et de lui faire mordre le sable.

– Eh, merde, qu'est-ce qui se passe ? hurla Sutter que la secousse avait envoyé dinguer contre la portière.

– Coup de vent, répondit Sam cramponné au volant du lourd break Chrysler.

– Coup de vent ?

Sutter soudain se pencha vers le siège avant.

– C'est quoi ça ?

– Quoi ?

– Là, d'vant... ce mur... !

Le brouillard s'était brusquement déchiré, et une muraille gigantesque et sombre avançait à leur rencontre, coiffée de nuages qui bouchaient le ciel.

– Bon Dieu de merde ! C'est quoi ? cria Sam, couché sur son volant.

– J'sais pas, mais faut pas rester là !

– Ah oui, et pour aller où ? riposta Sam qui s'arcbouta sur la pédale de frein.

– Faut quitter la bagnole et se foutre dans un putain de ravin ! beugla Sutter en donnant de grands coups de pied dans la portière.

Sam sortit en trombe de la voiture, ouvrit la portière à Sutter, et aperçut une sorte de tranchée qui lui parut relativement profonde à une vingtaine de mètres de la route.

– Détachez-moi ! brailla Sutter.

– Pas le temps ! fit Sam en le faisant basculer sur son épaule sans se soucier de ses douleurs, et il cavala vers la tranchée où il se laissa tomber, projetant son prisonnier contre la paroi où il s'assomma à moitié.

La tranchée, profonde de près de deux mètres, était tapissée de brindilles sèches qui amortirent un peu leur chute. Sam vérifia que son prisonnier était juste sonné et s'allongea de tout son long au fond de la faille au moment où la tempête de sable arrivait sur eux dans un hurlement apocalyptique.

Les brindilles et les épineux arrachés par le vent les fouettèrent avec rage. Les vagues de sable les recouvrirent en quelques secondes.

Se protégeant le visage, Sam s'enfonça dans le sol pour résister à la puissance effrayante de la tempête qui le roulait et le soulevait. Relevant la tête, il vit Sutter, gêné par ses liens, se débattre pour se redresser.

Il rampa en s'arc-boutant pour le détacher, lorsqu'un bloc de rocher vola au-dessus de la tranchée, tourbillonna sur place poussé par des rafales contraires et s'écrasa sur Sutter. L'homme ouvrit des yeux affolés et s'affaissa, la poitrine fracassée.

Sam, muet d'horreur, contempla, incrédule, son cadavre. Sa première pensée fut que s'il s'était hâté, il aurait pu le mettre à l'abri et lui sauver la vie.

Cette pensée le figea et il resta à genoux, sans réaction. Puis, comme un automate, il alla vers le corps pour le dégager, vérifia qu'il n'y avait plus rien à faire et le tint un moment serré contre lui.

Tout s'était passé si vite entre le moment où ils s'étaient jetés dans la tranchée et la mort de Sutter qu'il ne pouvait pas admettre cette mort.

Au bout d'un moment, le vent s'épuisa un peu et le sable tourbillonna avec plus de mollesse. Seul le bruit phénoménal resta comme gravé dans l'atmosphère.

Sam releva la tête par-dessus la tranchée et vit la lourde Chrysler debout sur ses quatre roues, entièrement recouverte de sable. Elle avait effectué un demi-tour sur la route mais semblait intacte. Il se dit que s'ils étaient restés dans la voiture, Sutter serait encore vivant. Aurait-il été sauvé s'il avait été détaché ? Il était autant protégé que lui dans la tranchée. Mais le rocher était allé droit sur lui.

Comme la balle qui avait tué Peterson et l'avait épargné, lui.

L ORSQUE je descends pour prendre mon petit déjeuner et sortir le chiot, le patron du bouiboui est scotché avec sa femme devant la télé.

Je les rejoins pour entendre un journaliste expliquer d'une voix grave qu'une très grosse tempête de sable a été signalée sur tout le territoire de l'Arizona, venant du Nouveau-Mexique. Les autorités demandent à chacun de prendre d'urgence les dispositions nécessaires à la protection des biens et des personnes, engageant à rester à l'abri et à n'utiliser ni voiture ni matériel roulant d'aucune sorte, spécifiant que les aérodromes resteront fermés tant que la tempête qui se dirige vers le désert de Gila au Mexique et qui a déjà fait de nombreux dégâts ne sera pas passée.

J'aperçois les images saisissantes d'un tsunami de sable aussi haut qu'un immeuble, déferlant en énormes vagues de poussière noire, arrachant tout sur leur passage, culbutant les véhicules et faisant voler les toits.

– Que se passe-t-il ? je demande, ahurie de la violence du spectacle.

Le patron, qui semble contrarié, me montre la télé du menton.

– Une sacrée tempête à pas mettre un chien dehors, dit-il en jetant un coup d'œil malgré lui vers mon molosse qui a trouvé que les franges du tapis élimé étaient irrésistibles. Elle sera bientôt sur nous, faut que je prenne des précautions, dit-il à sa femme sur le ton du soldat partant au front.

– Comme quoi ? demandé-je.

– Comme de clouer des planches sur les fenêtres et les portes et calfeutrer les ouvertures pour empêcher le sable de rentrer et de tout bousiller, sinon c'est des semaines à nettoyer et la moitié de tout perdu. Heureusement, on est d'après ce que j'ai compris dans la queue de la tempête.

– Ça veut dire qu'on ne peut pas partir ?

– Ah, si vous voulez vous transformer en femme de Loth, vous pouvez, ricane la patronne, étalant sa culture.

– Et ça dure combien de temps ?

– Une heure, un jour, une semaine, répond, laconique, le patron qui revient armé de planches, d'un marteau et de clous. Je demande en général aux clients de m'aider, sourit-il. Votre ami, y pourrait pas venir ? On n'a pas beaucoup de monde en ce moment et ça me rendrait bien service.

– Demandez-le-lui.

– Faites attention que votre chien n'abîme pas les tapis, sinon ce sera mis sur la note, grince à ce moment la patronne.

J'attrape aussitôt la coupable, refusant de devoir payer une carpette dont il ne reste que la trame.

– Venez dans la salle à manger, invite-t-elle. Votre ami veut peut-être déjeuner avant de se mettre au travail ?

– Je ne sais pas. Téléphonez-lui.

– Il n'y a plus de téléphone et bientôt on n'aura plus de lumière.

Elle me sert un café froid et du pain rassis que je partage généreusement avec ma chienne.

J'entends des éclats de voix et vois Brad arriver dans

271

le couloir avec le patron. Il débarque, l'air furieux, dans la salle à manger.

– On part maintenant, décide-t-il.

Le patron le suit, contrarié.

– Il refuse de m'aider parce qu'il veut partir. Dites-lui que c'est dangereux.

Brad se tourne vers lui.

– Je dois être à Flagstaff ce matin.

– Eh ben, vous n'y serez pas, rétorque la patronne, ou alors à vos risques et périls et on vous aura prévenu.

– De quoi ? D'un vent de sable ?

À ce moment-là, la maison est secouée de haut en bas par un incroyable coup de boutoir. Ma tasse et mon assiette valsent, tandis que ma chienne, qui a glissé sur le lino, se met à couiner.

– Tiens, le voilà votre vent de sable, persifle la patronne. Moi, ce que j'en dis, c'est pour vous...

– Nous ne pouvons pas rester, affirme Brad d'un ton têtu.

– Ils sont bloqués aussi, où qu'ils soient, remarqué-je.

– Si vous ne m'accompagnez pas, je prends votre voiture et vous envoie un taxi du premier village que je traverserai.

Les tôliers écoutent d'un air mécontent, prêts sans doute à voler au secours d'une pauvre Blanche bousculée par un vilain Noir.

Je me lève et vais à la fenêtre. Le ciel est d'un bleu céruléen et le soleil brille. C'est vrai, où est-elle leur fameuse tempête ?

– Bon, dis-je, je vais chercher mes affaires.

Nos hôtes se regardent en plissant la bouche d'un air entendu.

Je retourne à la chambre prendre mon sac, suivie de la chienne collée à mes mollets avec ce sûr instinct de survie qu'ont les animaux, et dont nous, prétentieux humains, faisons fi, puis nous rejoignons Brad qui est déjà sur le pas de la porte.

– Au revoir et merci, dis-je à nos hôtes, on sera prudents, ne vous en faites pas.

– Dépêchons-nous, me dit Brad qui piaffe en attendant que j'ouvre la portière de la Rover.

Son impatience m'irrite légèrement. Les gens d'ici ne sont pas nécessairement des crétins. S'ils nous mettent en garde, c'est qu'ils savent des choses que nous ignorons. Je regarde vers l'horizon et ce que j'y vois me serre l'estomac.

Un mur gigantesque arrive sur nous à la vitesse d'un cheval au galop, tandis qu'une tornade tournoie au-dessus comme dans les pires films catastrophe.

Le chiot, sans avoir rien vu – mais avec le sûr instinct déjà évoqué –, tente de grimper sur mes jambes en piaulant de trouille.

Un vent brutal s'est levé, arrachant le sable et nous aveuglant, tandis que mon sac que j'ai posé à terre s'envole à dix mètres.

Je vois notre hôtesse nous faire de grands signes du pas de sa porte en la tenant fermement ouverte.

– Il faut rentrer ! je hurle à Brad qui semble seulement se rendre compte de ce qui se passe.

Ses yeux s'arrondissent de stupeur, et attrapant mon chien et récupérant mon sac au passage, je fonce vers l'épicerie tout en pensant que l'hôtelière est vraiment sympa de prendre le risque de nous attendre. L'un derrière l'autre nous nous engouffrons à l'intérieur, avant qu'elle referme la porte que son mari s'empresse de bloquer avec un volet.

Le tumulte et l'effroi ne s'apaisent pas pour autant. La tempête s'acharne sur nous, secoue les murs, bouscule le toit qui grince, elle hurle sa fureur et lève des tonnes de sable qui cinglent les murs telle une pluie torrentielle. Regardant entre deux planches clouées sur la vitrine, je vois les tacots s'envoler, les chaînes qui soutenaient le moteur du tracteur se tordre et se détacher, le laissant choir avec un bruit de bombe, et je me précipite à la porte pour voir ma grosse Range Rover glisser comme sur une patinoire, tanguer d'un côté sur l'autre, se rattraper et s'encastrer dans le tracteur qui lui aussi s'est déplacé.

– Oh, mon Dieu ! Oh, mon Dieu ! je psalmodie sans m'en rendre compte...

La femme vient vers moi, me prend contre sa poitrine et je me sens aussitôt dans un édredon rassurant.

Brad ne bronche pas. Il est cramponné au comptoir, les yeux ronds comme des soucoupes. Dehors la furie redouble, j'ai peur de recevoir le plafond et les murs sur la tête. Les hôteliers paraissent aussi inquiets.

– On a un petit sous-sol s'il faut ! hurle l'homme. On s'y tient pas debout mais ça protégera !

– Couchez-vous derrière le comptoir ! crie la femme en attrapant la chienne et en la collant sur ses seins, ce qui semble lui procurer le même effet qu'à moi.

On lui obéit et on s'allonge sur le lino qui sent la vinasse tandis que déferle l'Apocalypse.

A U LOIN, les montagnes avaient disparu derrière un rideau noir qui les avait avalées en même temps que le ciel.

Plus un seul bruit ne froissait le silence. L'air chaud et sec était devenu brûlant.

Fox tapota sa boussole dont l'aiguille tournait d'une manière erratique.

– Qu'est-ce qui lui prend ? marmonna-t-il en arrêtant la camionnette.

– Quoi ? demanda Bobby qui se réveillait.

– Elle marque plus le nord...

– Ça fait un moment qu'elle est avec nous, rigola Carmen, elle l'a perdu elle aussi !

Puis tous se turent, sentant confusément le phénomène imminent.

Isolés sur une piste que le regard perdait très vite, ils furent soudain enfermés au milieu d'une chape de sable tourbillonnant qui les étouffait et les aveuglait. Fox comprit le premier le danger.

Il tenta de repérer un refuge dans ce maelström où volaient dans un même magma les énormes bras acérés des organ pipes que le vent déchaîné arrachait sans effort, des murailles de sable mêlé de gravier coupant et d'épineux hérissés.

Sur leur gauche, à une distance qu'il n'aurait su calculer, il crut apercevoir un enchevêtrement de roches recouvertes de buissons. Au même moment la terre trembla et les deux roues avant de la camionnette décollèrent.

Tous crièrent, Fox se coucha sur le volant, les pieds écrasant les pédales, tentant de toutes ses forces de maintenir sur ses roues la voiture qui se secouait comme une cavale et menaçait de se renverser.

Un nouveau déluge de gravier cingla la carrosserie à la transpercer.

– Fermez les vitres ! hurla Fox.

Il profita d'un bref mouvement d'accalmie pour braquer hors de l'ancienne piste en direction des rochers, cramponné des deux mains au volant qui lui échappait quand la voiture passait dans un trou ou sautait sur une souche, envoyant ses passagers donner de la tête sur le toit ou les portières ou dinguer les uns contre les autres.

Carmen avait empoigné Amélia qui s'était mise à hurler si fort que ses cris couvraient presque le bruit du vent. Hébétés, ils virent fondre sur eux une énorme muraille qui chassait devant elle des nuées de projectiles.

Fox écrasa l'accélérateur à la limite du plancher, et dans un dernier effort, le van entra tout droit dans une anfractuosité du rocher où il s'encastra, sans que Fox y soit pour quelque chose.

Ils demeurèrent stupéfaits. Puis Amélia, qui s'était tue, reprit ses braillements au moment où passait sur eux la tempête qui s'engouffra à l'intérieur de la grotte, les bombardant avec ce qu'elle arrachait au sol, transformant branches et cactus en autant de faux mortelles, aspirant l'air.

Terrorisés, ils s'étaient couchés sur les banquettes. Carmen sur Amélia qu'elle maintenait avec rudesse, la bâillonnant de la main, Roxane tenant Cindy qui paraissait ne se rendre compte de rien.

Bobby avait heurté le pare-brise de la tête et était barbouillé du sang qui coulait de son cuir chevelu.

– Hé, je suis blessé ! Je suis blessé ! brama-t-il.

Fox, hors de lui, le frappa au front du plat de la main, lui coupant le souffle.

– Tu vas la fermer, oui !

C'était à cause d'eux qu'il vivait cet enfer. Seul, il ne se serait jamais mis dans un tel pétrin. Alors que la terre se révoltait et menaçait de l'anéantir, il brûlait de se saisir de sa carabine et de les tuer tous.

Il n'avait pas besoin d'eux. Il avait l'argent, l'intelligence, la connaissance. Ils pouvaient juste lui nuire. Il regarda dans le rétroviseur les filles assises derrière et les imagina en cadavres. Sauf Cindy. Elle, il l'épargnerait, elle était la première à l'avoir rejoint. C'était le témoin de sa vie et elle le suivrait jusqu'à la fin, si cette fin arrivait un jour.

Bobby continuait de geindre, compressant sa plaie de sa main.

Celui-là, Fox le tuerait en dernier. Il l'aiderait à creuser les tombes.

S AM ATTENDIT que le bombardement se calme un peu avant de sortir la tête de la tranchée. Il pressa plus fort son mouchoir sur le visage pour se protéger et tenta de distinguer quelque chose dans le paysage noyé de poussière.

La nuée sombre qui avait tournoyé au-dessus d'eux et déchaîné l'Apocalypse au point qu'il s'était cru perdu continuait sa route mortelle vers le sud.

Sutter était à moitié recouvert de sable. Sam se félicita de lui avoir fermé les yeux. Il se pencha dans l'intention de le porter jusqu'à la voiture, mais soudain sa gorge se bloqua et il se figea. Entre l'épaule et le bras du cadavre venait de surgir un énorme serpent.

Un crotale, suffoqua-t-il, paralysé de peur.

Le serpent balança sa tête épaisse en le fixant de ses yeux couleur de terre, dardant une langue bifide et exhibant ses crocs, la mâchoire renversée.

Sam, bras tendus au-dessus de Sutter, n'osait pas les bouger. L'aurait-il voulu qu'il en aurait été incapable.

Le reptile traversa le corps de Sutter en déroulant paresseusement ses anneaux, et se laissa tomber sur le sol à moins de cinquante centimètres des jambes de Sam, puis poursuivit sa route en imprimant sur le sable des traces en forme de S.

Sam, au bord de l'asphyxie, aspira un grand coup, bouche ouverte. Au bout d'un moment il poussa le cadavre du pied, vérifiant que plus rien ne se cachait dessous, et le redressa. Il grimpa à l'extérieur attrapa ses bras et le hissa hors de la tranchée.

Haletant, il reprit son souffle avant de courir vers la voiture. Il était désespérément seul aussi loin que son regard portait. Perdu en plein désert, ballotté par des rafales rageuses, fouetté d'une pluie de grains de sable pareils à des flèches.

Il réussit à ouvrir la portière de la voiture malgré le vent qui la plaquait, s'assit sur la banquette recouverte d'une épaisse couche de gravier, tourna la clé restée sur le contact en croisant les doigts. Le moteur ronronna aussitôt.

Il la rapprocha au plus près du corps de Sutter, qu'il allongea sur la banquette arrière. Il resta un moment à le regarder, ne réalisant toujours pas sa mort que rien ne laissait prévoir.

C'était lui qui était condamné la nuit dernière. Troisième fois qu'il échappait à la mort en moins d'un mois. Combien lui restait-il de vies ?

Ébranlé, il se mit au volant et démarra. Il devait tenir solidement le volant pour éviter que la voiture glisse sur le sable qui recouvrait la route, et écarquiller les yeux à s'aveugler pour éviter les obstacles qui la jonchait.

À force de zigzaguer il se retrouva hors de la route, s'aperçut trop tard qu'il l'avait quittée, et continua sur une piste qui s'était creusée dans le sable et paraissait aussi solide que du goudron.

À l'ouest, les Vermilion Cliffs apparurent dans un hiatus de l'air, et devant lui des monts arides couverts de cactus émergèrent comme s'ils s'étaient secoués pour se débarrasser du sable qui les avait engloutis.

Il roula droit devant lui, gardant les formations rocheuses à sa gauche, surveillant d'un œil anxieux le niveau d'essence qui baissait dangereusement, évitant d'imaginer ce qui se passerait s'il tombait en panne dans ce désert sans limite et sans repère, et sans la moindre chance de croiser un être humain à cause de cette foutue tempête. Consulter la carte ne lui servait à rien puisqu'il ignorait où il était.

Il eut soudain très soif et voulut se persuader que c'était psychologique. Allait-il mourir déshydraté à peut-être une heure de route d'une ville ? Encore faudrait-il qu'il y en ait une. Du sable, des dunes, des montagnes, des cactus... des crotales. Voilà ce qu'était son monde. Et puis, tout à coup, il se souvint qu'il avait emporté de l'eau, mais loin de le rassurer, le fait qu'il l'ait oubliée jusque-là le saisit.

Il s'arrêta, se précipita à l'arrière, s'empara du jerrican. Il commença par s'inonder, réussit à en boire deux grosses gorgées et le remit dans le coffre avec précaution. Cette flotte était son viatique. Comment avait-il pu l'oublier ?

Qui lui avait recommandé de ne pas aller seul dans le désert de Sonora quand on était comme lui un gars de la ville ?

Mais il ne l'avait pas fait exprès.

Bon, le désert de Sonora, c'était une chose. Mais un ouragan dans ce même désert, qui tuait des hommes, faisait surgir de terre des serpents et vous faisait perdre tous vos repères... Comment s'en tiraient-ils, les petits malins du coin ?

Il se tourna vers Sutter et estima que son sort n'était pas tellement pire que le sien. Avait-il usé toutes ses vies ? Il repartit, hérissé d'appréhension. Puis, franchissant une dune, il crut avoir une hallucination.

À moitié dissimulé par des buissons, l'arrière d'un van émergeait d'un amas de rochers. Des gens devaient y être réfugiés.

Il cala. À moins de cinq cents mètres il y avait la vie.

L E LIEUTENANT MURPHY coupa rageusement son portable. Plus de dix fois qu'il appelait Timermann et cette folle de journaliste sans obtenir de réponse.

Où étaient-ils, ces deux abrutis, par cette foutue tempête qui immobilisait tout et tout le monde, bousillait les réseaux, arrachait les poteaux télégraphiques, isolait les villes et les village, calfeutrait les gens chez eux, coupait l'électricité, affolait les pompiers qui couraient dégager un arbre prêt à tomber sur une maison, désencastraient des automobilistes accidentés, amenaient les blessés à l'hôpital en complet-veston et calculette en main poursuivait une bande de psychopathes quand les restes des siens gisaient sur la table du médecin légiste.

Bradley Timermann, à son avis, courait droit à la mort.

Comment pouvait-il croire ce petit bonhomme coincé dans son impeccable costume et ses chaussures bien cirées qu'il pourrait affronter cette bande de cinglés assoiffés de sang ?

Parce que maintenant les flics avaient admis que « la Famille », comme tous l'appelaient dorénavant, était responsable du massacre des Rothman, de l'assassinat de Palmer, du kidnapping et de l'assassinat de

Meryl et du jeune Stanley Timermann, sans préjuger de ce qu'on pourrait dénicher comme autres atrocités. C'était partout la même rage meurtrière, la même absence de conscience entre le bien et le mal. Le crime comme catharsis d'un dérèglement mental.

Mais bien que tous les services de police, les milices municipales, le FBI des différents comtés et des États limitrophes, Utah, Nouveau-Mexique, Colorado, soient en alerte et possèdent les portraits-robots des deux femmes et des deux hommes qui avaient séquestré les Timermann, il n'en restait pas moins qu'on ignorait où ils se trouvaient.

Les flics, bloqués dans les villes à éviter les pillages, les cambriolages, les meurtres toujours plus nombreux pendant une catastrophe naturelle comme si les hommes ne voulaient jamais être en reste sur le malheur, coincés sur tout le territoire à secourir les naufragés de la tempête, étaient rien moins qu'opérationnels pour entreprendre une action de ce genre.

– Ils ont été vus quand ? demanda Murphy à un collègue de Clarkdale, pendu au téléphone à la recherche d'une patrouille perdue dans le brouillard.

– La dernière fois ils étaient à la hauteur de Congresso à la poursuite d'un troupeau de vaches qui s'étaient tirées de chez elles ! répondit le shérif, excédé. Putain, ces cons ils poursuivent des vaches pendant qu'on se casse le cul à localiser une bande de psychopathes !

– Laisse tomber, les psychopathes, y sont comme nous, ils attendent que la tempête passe. Moi je recherche un gars qui s'est fait bousiller sa famille par ce cinglé et veut la venger.

– J'ai entendu parler. Mais ces dingues peuvent s'être réfugiés dans n'importe quelle grotte du désert ! N'importe quel trou ! Tu sais à quoi je pense ? Tu te souviens du livre de Truman Capote *De sang-froid* ? Ces deux mecs en cavale qui se planquent dans une ferme et tuent tout le monde ?

– Tout peut arriver, Gil. Moi, ce qui m'inquiète, ce sont mes deux zozos partis dans le Sonora, en pleine merde. Impossible de les avoir au fil, ça passe pas. Et j'ai pas envie de retrouver leurs cadavres qui auraient servi de casse-croûte aux vautours.

– Y a une nana dans les deux ?

– Ouais, une journaliste chargée, tiens-toi bien, de ramener à ses parents à San Francisco une de ces charmantes jeunes filles qui débitent les gens comme à l'abattoir. Des grosses légumes en plus, tu vois le genre ?

– Ah, merde, tiens ! Parfois je me dis que j'aurais dû écouter mon père et être fermier comme lui !

Murphy coupa la communication en soupirant. Deux flics qui se paumaient pendant leur patrouille, manquait plus que ça. Si c'étaient pas des gars du coin, on risquait de les retrouver raides comme des triques et bouffés par les coyotes.

Mais bon Dieu, où étaient donc passés ce Timermann et cette idiote ?

CINDY OUVRIT LES YEUX et resta dans le noir à rassembler ses souvenirs. Elle étendit les mains de chaque côté et sentit le sol sableux sous ses paumes. Elle entendait venant d'un peu plus loin les ronflements de Bobby et les chuchotements d'Amélia.

Amélia parlait en dormant. Elle moulinait des phrases le plus souvent incompréhensibles, d'où émergeait parfois un mot ou un nom. Celui d'une femme revenait souvent sans que jamais aucun d'eux ne lui ait demandé à qui il se rapportait. Cindy avait été la seule à vouloir la questionner, mais Amélia ne lui avait jamais répondu, et Cindy avait pensé que cette personne n'existait pas. Carmen disait qu'elle était grave dingo, et que c'était comme ces gens qui ont plusieurs personnalités.

– Schizo ? avait suggéré Roxane.

– Non, pire.

Cindy se rappela tout à coup qu'Hubbard était mort. Elle ne se souvenait plus pourquoi. Elle revoyait juste le Père lui tirer dessus. Elle tourna la tête et l'aperçut qui dormait. Elle fut rassurée. Un instant, elle s'était crue abandonnée.

Elle se redressa, vit la camionnette et, derrière, une ouverture donnant sur un ciel clair. L'extérieur était plein de bruits.

Elle se rallongea, les bras bien collés le long du corps dans le duvet. Elle ne se souvenait pas s'être couchée. Seulement du vent et du froid. Elle aimait bien le froid.

Ce qui avait été le plus dur depuis qu'elle était dans le désert avec le Père, c'était la chaleur. Il lui arrivait parfois de penser à sa vie avant, quand elle habitait avec sa famille une grande maison au-dessus du Pacifique.

Ce qui lui échappait désormais, c'étaient les visages de ses parents. Si elle se rappelait certaines scènes, les visages de sa mère et de son père restaient flous. Elle ne se revoyait pas les quitter. Elle ne se souvenait plus quand elle était partie ni pourquoi. Elle se rappelait avoir vécu dans des lieux avec beaucoup de monde, beaucoup de cris. Mais qu'y faisait-elle ?

Elle avait rencontré le Père au cours d'une séance de prière collective donnée par un gigantesque Noir qui prophétisait l'Apocalypse. Fox s'était interposé, reprochant au prêcheur de parler de choses qu'il ignorait. L'Apocalypse ne viendrait pas comme il le disait. Elle viendrait si chacun s'employait à changer ce monde.

– L'Apocalypse est une délivrance pour ceux qui savent ! avait-il tonné.

S'était ensuivie une rude discussion, si vive que les fidèles avaient préféré s'esquiver et laisser les deux hommes s'expliquer.

Celui qu'elle connaîtrait plus tard sous le nom de Fox était parti avec le prêcheur. Elle l'avait attendu toute la nuit, sans impatience parce qu'elle avait acheté sa drogue un peu plus tôt dans la journée et se sentait bien.

Il était revenu, elle ne savait pas exactement quand. Il avait son jean couvert de taches de sang. Ensuite, ils étaient partis ensemble.

Elle lui avait donné son numéro de compte bancaire, toujours approvisionné sans qu'elle s'en étonne, et ils avaient bien vécu jusqu'à ce qu'un jour il soit vide.

Plus tard, Carmen était arrivée, puis Roxane et Amélia. Après, la bande avait rencontré Bobby, maigre, affamé et sale, et Fox avait décidé de l'adopter aussi. Ce serait le dernier, avait-il précisé. Mais longtemps après il y avait eu les trois garçons.

– Changer le monde consiste à rendre les gens conscients, affirmait le Père.

– Conscients de quoi ? avait demandé Roxane.

– Conscients qu'on existe et qu'ils doivent nous considérer, avait répondu Fox. Conscients que la vie est un cadeau que l'on peut leur reprendre quand ça nous chante, parce que rien n'est dû, et que Dieu peut reprendre ce qu'il veut quand il a donné !

Elle se souvenait que cette période avait coïncidé avec le moment où son compte en banque n'avait plus été alimenté.

Ils s'étaient arrêtés dans une ferme où vivaient une fermière et son fils. C'était une belle ferme avec de magnifiques cochons qui faisaient la fierté des fermiers.

Il y avait surtout une énorme truie, prête à mettre bas, que la fermière chérissait bien qu'elle soit très agressive. Ils y étaient restés un moment, appréciant le charme de l'endroit. La fermière les nourrissait de bons produits de la ferme, même si elle et son fils leur avaient mené la vie dure.

Et puis un jour ça s'était très mal passé. La truie avait accouché de six porcelets et la fermière ne voulait pas qu'on les approche. Bobby s'était énervé et l'avait assommée, puis il l'avait balancée dans l'auge voisine où vivaient deux gros cochons noirs très vindicatifs et jaloux de la truie. Ils avaient bouffé la fermière.

Bobby et les autres n'en étaient pas revenus. Personne n'avait pu intervenir tellement ces gros porcs étaient forts et féroces. Puis, quand le fils était rentré des champs, ils l'avaient tué à son tour, mais du coup ils avaient dû partir.

Fox en avait longtemps voulu à Bobby de les avoir obligés à quitter la ferme.

Cindy ne désirait rien d'autre que rester avec la Famille. Sauf si le Père en jugeait autrement. Elle avait surpris dans la voiture le signe qu'il avait fait à Carmen en désignant Amélia et en lui passant le couteau d'un des garçons. Elle n'était pas très attachée à Amélia, qui lui faisait peur. Peut-être que Fox aussi en avait peur... Elle s'aperçut qu'elle ne lui en voulait pas d'avoir tué Hubbard.

Pourtant Hubbard s'était montré gentil. Il s'occupait bien d'elle, se souciant qu'elle soit toujours bien servie. C'est lui qui lui préparait ses shoots d'héro. Après, il la caressait et lui demandait de le caresser. Mais ça contrariait le Père et elle savait qu'il faudrait que ça cesse.

C'est peut-être pour ça qu'il l'avait tué.

Elle ferma les yeux et le sommeil la reprit. Peut-être que dans ce camp dont parlait le Père leur vie serait agréable.

Fox disait que si tu ne pouvais pas changer ta vie, c'est toi qui devais changer. C'est ce qu'elle avait fait.

S AM ROULA jusqu'à la grotte et un homme en sortit qui le regarda arriver.

– Bonjour, je suis rudement content de trouver du monde ! s'écria-t-il joyeusement en lui serrant la main.

Pas grand, avec une barbe pas soignée et de longs cheveux emmêlés. Deux jeunes femmes surgirent derrière lui. Pas le genre des péquenots du coin, s'étonna Sam en les voyant. Habillées de jupes ethniques, les lèvres, les sourcils, le nez piercés, les yeux soulignés d'un noir charbonneux, coiffées à la gothique.

– Ravi de vous rencontrer, leur dit-il en souriant. Je me suis perdu dans cette tempête et nous avons eu un accident. Mon compagnon de voyage a malheureusement reçu un rocher sur lui, expliqua-t-il, sans parvenir à analyser son sentiment de malaise grandissant face à ce trio improbable qui le regardait en silence.

– Un rocher ? répéta l'homme d'une voix aussi grinçante qu'une craie sur un tableau noir.

– Nous nous étions réfugiés dans une tranchée et un rocher l'a atteint. Il... il est mort, je le crains.

Les deux filles se lancèrent un coup d'œil et Sam supposa que son récit avait dû les effrayer.

– Je m'appelle Fox, dit l'homme, et voici Carmen et Roxane. Il y a encore Cindy et Bobby à l'intérieur, et Amélia. Nous voyageons dans le pays.

– Vous aussi avez subi la tempête ? Vous avez eu de la chance de pouvoir vous réfugier dans cette grotte...

– Où est le corps de votre copain ? demanda l'une des filles, celle qui s'appelait Roxane et semblait fragile comme un roseau.

Elle portait une sorte de bustier en voile qui laissait apparaître son corps squelettique.

– Dans la voiture, répondit Sam d'un ton gêné. Il faut que je prévienne les secours et la police, mais depuis la tempête plus rien ne passe. Aucun réseau.

– Pourquoi la police ? s'étonna sa compagne qui avait l'air plus hardie et plus costaud.

À ce moment sortirent de derrière le van les trois autres dont le dénommé Fox avait parlé, et Sam ne put retenir un haut-le-corps.

Une des filles, grande et charpentée, les mains liées par une corde, portait un collier de chien et une laisse que tenait un garçon au crâne bandé avec un anneau dans le nez.

Fox surprit le regard de Sam sur Amélia.

– Elle a eu plusieurs crises nerveuses et a manqué se blesser. Nous avons préféré l'attacher.

– À cause de la tempête ?

– En partie.

– Qu'est-ce que vous allez faire du corps ? redemanda d'un ton paisible celle qui s'appelait Carmen.

– L'emmener à la ville la plus proche. Je ne sais même pas où je suis. Je dois faire vite avec la chaleur qui monte.

– La tempête n'est pas finie, laissa-t-elle tomber.

– Je me doute. Ce qui m'aiderait, voyez-vous, ce serait que vous me cédiez un peu d'essence si vous en aviez assez pour que je puisse repartir.

– On n'a pas d'essence, répondit celui qui tenait la fille en laisse.

– Avec cette chaleur le corps va vite... s'abîmer, grimaça Sam.

– Enterrez-le ! lança la fille au collier de chien. Enterrez-le ! répéta-t-elle en éclatant de rire.

– Tiens-toi tranquille ! ordonna le garçon en tirant sur la laisse.

– On peut vous donner un coup de main, dit Fox, on a des pelles.

– Merci, mais ce n'est pas possible. C'est illégal d'enterrer quelqu'un comme ça, riposta Sam, mal à l'aise.

– Ouais, mais si vous restez avec nous, faudra bien, sourit le petit homme. Il va vite puer.

– Mais justement, je ne veux pas vous encombrer. Je vais repartir. Je suis sûr que je ne suis plus loin de Prescot ou même de Flagstaff. Il suffit que je retrouve la route, seulement je ne veux pas tomber en panne d'essence. C'est pour ça que je vous demandais...

– On n'en a pas, on vous a dit, coupa Fox.

Les jeunes se regroupèrent autour de lui. Sam se raidit. Ils formaient une drôle d'équipe, pas vraiment casher. Qu'est-ce qu'ils foutaient dans un coin pareil ? Il les aurait plutôt vus dans un squat en train de se fourrer le nez. D'ailleurs, à bien les regarder, c'est ce qu'ils devaient faire la plupart du temps.

– Vous venez d'où ? demanda-t-il.

– Et vous ? renvoya celle qui n'avait encore rien dit et qui, si l'on exceptait son air absent, semblait moins bizarre que les autres.

Sam hésita.

– Moi... heu... Boston.

– C'est pas dans le coin..., remarqua-t-elle.

– Je suis venu pour affaires...

– Faut l'enterrer votre mec, dit soudain Fox, on va pas s'empuantir l'atmosphère.

– Je vous dis que je veux repartir, répondit Sam d'un ton sec. Si vous n'avez pas d'essence à me vendre, je vais tenter ma chance sans, ajouta-t-il avec une soudaine hâte de les quitter.

– Ben, ouais…, grommela Fox en frottant le bout de sa botte dans le sable d'un air pensif. C'est ce qu'y faudrait faire…, ajouta-t-il en relevant la tête. Mais le problème c'est que c'est pas le moment d'aller en ville avec votre macchab.

– Ah, et pourquoi ?

Fox se tourna vers ses compagnons.

– Pas vraiment le moment qu'il se balade chez les flics avec son macchab, hein ?

– Pas vraiment, répondit Carmen en s'avançant.

Sam écarquilla les yeux en voyant l'énorme poignard qu'elle venait de tirer de sa ceinture.

– Qu'est-ce que vous fabriquez ? dit-il en reculant d'un pas.

– Allons, Carmen, t'as pas besoin de ça pour inviter monsieur à rester…, intervint Fox. Il tourna autour de la Chrysler. Vous savez, elle me plaît bien votre bagnole.

Sam se raidit et ne répondit pas. Ce ramassis de pouilleux qui roulaient dans un van blanc et craignaient les flics… ne pouvaient être que cette fameuse bande dont Tibbs et Venturi lui avaient parlé et que l'on soupçonnait de nombreux crimes.

– Laissez-le là, dit la maigrichonne. Les vautours sont pas loin, ils vont s'en charger. Faut bien que tout le monde bouffe ! ajouta-t-elle en éclatant de rire.

– Qu'est-ce tu fais dans la vie ? demanda soudain Fox. T'es pas poulet au moins ?

– Je… j'inspecte… j'inspecte les fast-foods… King Burger, lâcha-t-il au hasard.

Fox fronça les sourcils d'un air méfiant et Sam se réjouit que Ripley l'ait dépouillé de ses papiers.

– Mince, tu pourrais nous en faire profiter ! s'exclama Carmen. J'adore ça !

– En attendant, sors-moi ce cadavre, ordonna Fox en ouvrant la porte de la voiture, ça commence à cocoter et j'ai pas envie de voyager dans une morgue.

Sam hésita. Dans sa poche droite de pantalon il y avait le 22. Ils semblaient n'avoir que des poignards.

– T'as des papiers ? demanda Fox en fourrageant dans la boîte à gants.

– Je les ai perdus.

– Ah bon ? À cause ?

– Quand on a cavalé mon ami et moi pour se mettre à l'abri, ils ont dû tomber de ma poche... mais enfin, si vous voulez ma voiture prenez-la, je rentrerai dans la vôtre !

Fox tourna la tête vers lui sans cesser de fouiller. Il se redressa avec la carte du coin en main.

– Tu devais aller où ?

– À Flagstaff, je vous l'ai dit.

– Ça tombe bien, c'est là qu'on va, ricana Fox. Comment ça se fait que t'aies pris la route avec cette chiotte de putain de temps ? Et t'es pas sur la route de Flagstaff...

– Je n'ai pas écouté les infos, et je viens de vous dire que l'on s'était perdus. Je suis sorti de la route sans m'en rendre compte.

– Pas de bol ! grimaça Fox. C'est depuis hier la tempête, t'es vraiment distrait comme gars. J'espère que t'es meilleur quand t'inspectes les sandwichs et que t'y laisses pas traîner un cafard !

Ils rirent et la fille en laisse fit semblant de japper comme un chien.

– Bon, alors je peux repartir ? demanda Sam en mettant négligemment la main dans la poche où il y avait le pistolet.

– J'sais pas, sourit Fox en allant vers la camionnette.

Il ouvrit la portière sans que Sam puisse voir ce qu'il faisait, et en ressortit tenant une Winchester 7×64 à répétition.

– Chouette engin, hein ? ricana-t-il. Ça stoppe un rhino qui charge avec ce que j'y mets dedans...

– Il n'y a pas de rhinocéros dans le désert, répondit Sam froidement.

– C'est vrai ! Bon, tu le balances ton macchab, ou on sera obligés d'en balancer deux ?

– Vous êtes cinglés, dit Sam.

L'autre releva son fusil.

– Sois poli, et fais ce que je te dis.

Son 22 contre une Winchester 7×64, autant dire une lime à ongles contre un sabre. Le temps qu'il le sorte et l'arme, il serait déjà par terre coupé en deux.

Il alla vers la voiture et tira le corps de Sutter par les pieds. Il sentait déjà, et il ne faisait pas encore très chaud avec ce vent qui continuait de souffler. Mais les intestins avaient lâché.

– Aidez-moi, dit-il à Fox qui fit signe aux filles. Pourquoi pas lui ? s'insurgea Sam en désignant Bobby.

– Parce qu'il est occupé, tu vois pas ? ricana Fox. Et les filles font aussi bien.

– Bon, je vais me débrouiller.

– Ah, ah, un gentleman le bouffeur de burgers ! s'exclama Fox. Alors vas-y mon pote, on n'a pas de temps à perdre !

– Vous me donnez une pelle ?

– Tu rêves ! T'as pas entendu ce qu'a dit Roxane ? Faut bien que tout le monde bouffe !

– On ne peut pas l'abandonner sans l'enterrer ! s'insurgea Sam.

– Tu sais quoi, le Bostonien, grinça Fox en relevant son arme, tu commences à me courir ! Alors va le foutre où je te dis !

Sam hésita. Six balles dans le 22 et il n'avait rien d'un tireur d'élite. D'autant que l'autre pointait son canon sur son ventre...

Il tira le cadavre sur le sable aussi loin qu'il put et le recouvrit de toutes les branches qu'il trouva.

Le garçon et les filles avaient pendant ce temps empilé leurs affaires dans la Chrysler.

– Bueno, dit Fox quand Sam revint. Il regarda un instant le van. Je vais le regretter.

Tous acquiescèrent.

– Bobby, prends le jerrican à l'arrière et balance-lui de l'essence. Pas trop, faut pas gaspiller.

– Je croyais que je pouvais repartir avec, protesta Sam.

Fox eut un grand sourire.

– Ce matin, je suis magnanime, dit-il, je te laisse le choix : ou tu restes ici avec une balle dans la tête, ou tu nous accompagnes et peut-être que tu pourras nous servir...

– À quoi ?

– J'sais pas encore. Peut-être à obtenir un avion pour se casser de ce coin pourri... Mais tu sais quoi, t'as pas une tête d'inspecteur de biftecks. T'as la gueule de quelqu'un qu'a du répondant, tu vois ce que je veux dire ?

– Non...

– Ça fait rien, embarque. C'est moi qui conduis.

J E N'AI PAS RÉUSSI à convaincre Brad d'attendre la fin de la tempête. Au milieu de l'après-midi il a voulu profiter d'une accalmie et nous sommes repartis malgré les conseils de nos hôtes.

En définitive ce couple de « petits Blancs » du Middle West s'est montré fort sympathique et nous a pour le moins sauvé la mise. Je ne crois pas que Brad s'en soit rendu compte. Il n'a qu'une idée en tête : retrouver les assassins des siens.

J'ai pu capter en fin de matinée un appel de Murphy qui vociférait et voulait savoir où nous étions. Je lui ai dit que nous nous trouvions à l'abri dans une station-service sur la route de Prescot, entre Congress et Prescot d'après ce que je savais, et que nous attendions que la tempête passe pour retourner à Yuma. Il m'a raconté une histoire à laquelle je n'ai rien compris parce que le contact était trop faible, d'une patrouille de flics perdue dans le désert. Et puis, par chance, on a été coupés.

J'ai rejoint l'Inter 17 au bout d'une bonne heure de route en luttant constamment contre un vent chaud et violent qui s'opposait de face.

– Et que fera-t-on quand on arrivera à Flagstaff ? Pourquoi êtes-vous tellement sûr qu'ils y soient ?

– C'est ce qu'ils avaient indiqué sur la carte.

– L'ouragan les a peut-être fait changer d'avis...

Il me lance un regard dénué d'expression et ne répond pas.

Il est encore différent. Il me fait maintenant l'impression de se croire non seulement invincible, mais investi d'une mission.

– Dès que nous arriverons, nous irons à la police, dis-je. Et je préviendrai Murphy. C'est à lui de se charger de l'arrestation.

Il ne répond toujours pas, continue de fixer la route d'un regard minéral, du genre à me virer de la voiture et partir avec si j'insiste.

Je regarde la chienne dans le rétro. Elle dort comme une bienheureuse sur ma veste. Pourquoi je continue à m'emmerder au lieu de rentrer avec elle retrouver Nina ?

Aucune envie de ramener Cindy Cooliers à ses parents. Depuis qu'elle est avec cette bande de tueurs, elle a dû tellement changer qu'aucune cure à mon avis ne la remettra d'aplomb.

Je ne sais pas comment on fait, ni de quoi il faut être fait pour quitter une vie comme la sienne et en vivre une autre si sordide. Cindy était le type même de la jeune fille de bonne naissance appelée à un destin tout tracé. Et puis un jour elle a rencontré ce fou furieux, et peut-être sans se poser de questions l'a suivi. Et elle est devenue une criminelle.

– Attention !

Je braque, et la voiture fait une embardée tandis que je vois un puma s'enfuir.

– Bon Dieu, vous ne l'avez pas vu !

– Non. Je ne l'ai pas vu.

– Je vais conduire, dit Brad d'un ton décidé.

– Ah, foutez-moi la paix !

On se regarde en chiens de faïence.

– Si vous voulez abandonner, ne vous gênez pas, grince-t-il.

– Et si vous voulez continuer à jouer au con, ne vous gênez pas non plus ! Non seulement vous courez après des ombres, mais si par malchance vous les rattrapez, vous vous ferez descendre, et dans le cas contraire, vous finirez votre vie en tôle ! C'est ça votre ambition ?

Il tire brusquement sur le frein à main et la voiture se met en travers en calant.

– Non mais vous êtes malade ! je crie en recevant la chienne sur les genoux.

– Je n'ai pas besoin de vos conseils. Je n'ai pas besoin de vous. Je vais les retrouver et les tuer et vous n'y pouvez rien !

– Brad, reprenez-vous. Je ne vous laisserai pas faire. Murphy sait où nous allons, il y sera avant nous ou ses collègues nous attendront. Votre femme et votre fils sont morts, ils ne reviendront pas même si vous tuez leurs assassins. Il faut que vous restiez en vie pour conserver leur mémoire.

Il sort brusquement de la voiture, et marche en titubant comme un ivrogne sous les rafales du vent. Je surveille le ciel et l'horizon, pas du tout désireuse de revivre l'épisode du cyclone.

Nous sommes en pleine nature, loin de tout lieu habité. La dernière pancarte que j'ai pu lire indiquait Clarkdale et Jerome à seize kilomètres. D'après la carte, Flagstaff se trouve à plus de vingt-quatre kilomètres après, et la route qui traverse le massif et mène au Walnut Canyon n'a pas l'air facile.

Je regarde Brad et caresse la chienne qui gémit, j'espère que ce n'est pas parce qu'elle sent des choses que je ne sens pas, comme un nouvel ouragan, une charge de bisons ou je ne sais quoi.

Brad arpente la route, les poings enfoncés au fond de ses poches. La vie est décidément curieuse. Je me balade dans un désert pourri avec un Black d'Arizona dont je ne soupçonnais pas l'existence une semaine plus tôt, à la poursuite d'une bande de psychopathes, au milieu d'une des pires tempêtes que cette région ait connues d'après les spécialistes, alors que j'étais juste chargée par une famille distinguée de lui ramener sa progéniture.

Je n'ai pas pu avoir Nina au téléphone depuis deux jours, mais elle doit savoir ce qui se passe dans cette épatante contrée. Quand je pense que les retraités s'y précipitent pour profiter des quarante-cinq degrés de l'hiver, je soupçonne leurs organismes de retraite de vouloir se débarrasser d'eux.

– Bon, alors, qu'est-ce que vous décidez ? je crie à Brad, maintenant planté au milieu de la route.

Il revient vers la voiture.

– Vous avez raison, je n'ai aucun droit de vous entraîner là-dedans, Sandra. Vous en avez déjà beaucoup fait. Rentrez, j'arrêterai une voiture.

Je le fixe d'un air ahuri.

– Vous pensez pouvoir faire du stop ici ?

– Je vais marcher. Quarante kilomètres, c'est rien à faire.

– Et si la tempête reprend ?

– Vous savez ce que font les Indiens quand ils sont surpris par un ouragan ? Ils creusent un trou, se mettent dedans et attendent que ça passe.

Vous répondriez quoi à ce genre d'ineptie ? Voilà un type qui a passé la moitié de sa vie dans un bureau climatisé avec comme risque principal de proposer des plans financiers à des petits retraités, et qui se prend sur le tard pour Sitting Bull et Josh Randall réunis !

– Bon, montez, je vous amène à Flagstaff et moi je prendrai le train jusqu'à LA avec elle, dis-je en désignant la chienne. Ça vous va ?

– Je suis confus.

– OK, grimpez.

Je conduis en surveillant l'horizon. J'ai remarqué que c'est toujours par là qu'arrivent les emmerdements, et c'est en dépassant le carrefour avec la route 64 qui vient de Jerome et Clarkdale qu'une grosse Chrysler bourrée de passagers en sort et se met dans ma roue.

– C'est la première voiture que nous voyons depuis que nous avons quitté la station-service, remarque Brad en lançant un coup d'œil par-dessus l'appuie-tête.

– Ouais, plutôt depuis hier. Et c'est une colonie de vacances en goguette !

La grosse Chrysler, roule à une cinquantaine de mètres derrière nous. J'aperçois trois têtes à l'avant et la banquette arrière occupée.

– Drôle de temps pour emmener sa famille en balade.

Devant nous la route devient plus étroite et s'incurve vers le plateau boisé du Walnut Canyon, une faille de trente-deux kilomètres qui saigne une immense forêt de pins comme me l'explique Brad, avant de rejoindre le haut plateau du Colorado et redescendre sur Flagstaff.

Les monts de grès rouge rongés par l'érosion surgissent d'une gangue de brume tout juste percée d'un soleil anémié, et évoquent une muraille déchiquetée avec créneaux et donjons.

– Faites attention, prévient Brad, déjà par beau temps la route est dangereuse, serrez la paroi.

– J'adore les routes de montagne noyées de brouillard...

La Chrysler garde la même distance et je la surveille dans le rétro panoramique. Ou c'est un pépé qui conduit ou c'est un débutant.

J'aimerais pourtant qu'il me double mais il ne paraît pas en avoir l'intention, bien que par deux fois je me sois serrée pour lui laisser le passage. Brad aussi l'observe par son rétro extérieur.

– Il ne veut pas dépasser à cause du vent, dit-il.

– Pourquoi ?

– Le vent du nord, l'*alta mara*, comme le nomment les Indiens, on le sent moins quand on suit une autre voiture.

– Charmant. *Alta mara* ?

– Le vent qui rend fou et fait parler les morts, d'après la tradition comanche.

– Si les morts s'y mettent...

Mais je me tais. Les morts, ils sont entre nous et ne nous quittent pas depuis que je voyage avec Brad.

La Chrysler s'est rapprochée et je peux apercevoir les trois silhouettes assises à l'avant, des hommes apparemment. Encore des modernes qui relèguent les femmes à l'arrière.

Je fais signe au conducteur de passer et il accélère. Le vent a changé de température ; de frais, il est redevenu sec et brûlant.

– La tempête se lève, murmure Brad quand la Chrysler nous dépasse.

Je lui jette un coup œil au passage et sursaute.

– C'est pas possible !

– Quoi donc ?

– J'ai cru reconnaître un de mes amis dans la Chrysler !

– Et alors ?

– Ben, c'est pas possible...

– Parce que ?

– Parce qu'il est à Boston et qu'il n'a rien à faire dans une bagnole avec tant de monde !

Imaginer Sam se balader dans une voiture familiale sur les routes de l'Arizona un jour de tempête relève de l'imagination la plus débridée ou d'un méchant coup de soleil.

Devant nous la Chrysler prend de la distance et je m'en félicite. Devant ou derrière, je n'aime pas les voitures qui me collent. Elle aborde les premiers lacets et ralentit.

– Ils ont raison, dit Brad, en me désignant le ravin qui à notre gauche s'approfondit. On va grimper jusqu'à deux mille mètres. On se rapproche du Grand Canyon et l'environnement va changer.

– Vous connaissez le coin ? dis-je en négociant prudemment un virage en épingle à cheveux.

– La réserve où j'ai vécu est à moins de soixante kilomètres.

Dans une ligne droite je rattrape la Chrysler mais reste à distance. Le conducteur nous observe aussi dans son rétro.

La largeur de la route permet tout juste un dépassement. Je me rapproche. Ce type qui m'a fait penser à Sam est assis contre la portière.

J'accélère pour me rapprocher. Brad se penche en avant pour mieux les distinguer.

– Je crois que ce sont des femmes derrière, dit-il.

– Oui. Les mecs ont pris les meilleures places.

Il sourit.

– On va bientôt traverser la forêt de pins. Ce serait bien qu'on passe avant l'orage, ajoute-t-il en désignant l'horizon où roulent à présent d'épais nuages traversés d'éclairs.

– De l'orage ? Avec de l'eau ?

– Non, sec. Électrique. Très dangereux.

– À cause ?

– De la foudre.

Manquait plus que ça. La chienne en a profité pour ramper sur la console centrale et se glisser entre nous. Je la regarde et lui tapote le museau.

– Qu'est-ce que vous en pensez, si je l'appelais Sonora ?

Il ne répond pas, il a les yeux rivés sur la voiture qui nous précède et paraît nous attendre. Je m'en suis déjà aperçue. Si je ralentis, elle ralentit, et semble vouloir garder la même distance entre nous.

Plus haut, j'aperçois les premiers contreforts recouverts de l'énorme forêt de pins qui monte à plus de deux mille cinq cents mètres, et au même moment un fabuleux coup de tonnerre éclate presque au-dessus de nous.

Instinctivement, nous avons baissé la tête, et la chienne s'est retrouvée, affolée, sur mes genoux. Je veux la repousser mais elle s'est transformée en chien de plomb.

– Dégage, c'est pas le moment de me gêner !

– Ils vont s'arrêter, murmure Brad les yeux rivés sur le pare-brise.

En effet, la voiture a encore ralenti en abordant le début de la forêt. Les arbres sont si tassés et si hauts qu'ils enserrent la route à l'étouffer.

Je me sens mal à l'aise. La tempête qui va nous tomber dessus, cet orage dingue qui nous balance ses millions de watts, Brad et son air inquiet, la route avec le précipice qui plonge jusqu'à la vallée, les montagnes et leur air hostile, ce type qui ressemble tellement à Sam…

– Arrêtez, murmure Brad en posant la main sur mon bras.

Devant, la Chrysler s'est garée sur un léger retrait de la route destiné au croisement de deux véhicules.

– Je n'ai pas la place…

– Arrêtez-vous.

Je lui obéis et on reste les yeux fixés sur la voiture dont personne ne sort. Brad se penche à l'arrière et fouille l'espace derrière les banquettes. Il en tire son fusil dans son étui.

– Qu'est-ce que vous fabriquez ?

Il ne répond pas, sort l'arme de sa housse, ouvre la boîte à gants et attrape une boîte de balles dont j'ignorais l'existence.

– Mais qu'est-ce qui vous prend ?

Il remplit le chargeur et arme sa Winchester en silence.

– Bon Dieu, Brad, c'est juste des voyageurs surpris comme nous par l'orage !

– Non.

C'est si net que je me tais et examine plus attentivement la Chrysler et ses occupants. Aucun d'entre eux ne bouge. Ils nous tournent le dos mais je suis certaine qu'ils savent que nous les observons.

L'orage s'est rapproché, des éclairs gigantesques illuminent le ciel qui s'est encore assombri. Le grondement est assourdissant. Les plus jeunes pins se courbent presque jusqu'à terre tandis que les plus solides se secouent au point de se déraciner.

Devant, la porte du conducteur s'est ouverte, un homme sort de la voiture en courant, courbé en deux, pour grimper le talus et disparaître au milieu des arbres.

Brad a armé sa Winchester et légèrement ouvert sa vitre pour laisser dépasser le canon.

– Il a peut-être envie de pisser, dis-je.

– Vous n'avez pas d'arme ?

– Non. Je ne pensais pas en avoir besoin pour retrouver une fugueuse.

Le type ne revient pas, mais il fait si sombre maintenant, malgré les éclairs de plus en plus violents et blancs qui illuminent les ténèbres qui se sont abattues en moins de cinq minutes, qu'il devient impossible de rien distinguer.

Je n'ai pas d'arme et tout à coup je me sens très vulnérable. Brad est parano, mais possède toute sa raison, malgré son teint terreux et ses lèvres blanches.

– Qui pensez-vous que ce soit ? je murmure.

À ce moment la portière côté passager s'ouvre et deux hommes en sortent qui gagnent eux aussi rapidement le couvert des arbres.

Je n'ai pas la berlue : le deuxième appuie quelque chose contre le dos du premier et le pousse.

– Ils ont un prisonnier, murmure Brad.

– Mais qui sont-ils ?

Il se tourne vers moi, reste un instant à me fixer.

– Ceux que je cherche, articule-t-il.

S AM SE PÉTRIFIA de surprise en reconnaissant Sandra au volant de la Rover qu'ils doublèrent.

– Qu'est-ce t'as ? marmonna Fox qui le remarqua.

– Rien, rien, cet orage...

– T'es bien un gars des villes, ricana-t-il. Un peu chochotte, hein ?

Bobby gloussa et de l'arrière une des filles lui tapa sur l'épaule en rigolant. Sûrement Carmen.

Sam observa Fox qui lançait de fréquents coups d'œil dans son rétro et relâchait par instants la pédale de l'accélérateur comme s'il ne voulait pas distancer la Rover.

– Carmen, regarde derrière, et dis-moi si tu reconnais le mec qu'est assis à la place du mort.

Elle se retourna et tenta de discerner le passager au milieu des éclairs qui se multipliaient.

– Ralentis, Fox. C'est pas cool.

Les deux voitures se rapprochaient encore.

– Tu vois quelque chose ?

– J'sais pas. On dirait un mec de couleur... mais la fille est blanche...

– Ça serait pas la première qui aimerait le zan, rigola Bobby.

– Attends... on dirait... attends... mais c'est pas...

– Le mec de la banque, acheva Fox.

305

– C'est pas vrai ! explosa Bobby en se retournant, heurtant violemment Sam. Excuse, mec ! mais si tu savais ! Qu'est-ce qu'on fait ? demanda-t-il à Fox dont le regard s'était assombri.

– Qu'est-ce qu'on fait, Fox ? questionna Roxane à son tour.

– Laissez-moi réfléchir, bordel !

– Que se passe-t-il ? s'inquiéta Sam, encore sous le coup d'avoir rencontré Sandra en Arizona, en pleine tempête.

C'est vrai qu'elle était assez du genre à se fourrer dans des situations impossibles. Mais quel rapport entre son passager et cette bande de tueurs ?

Maintenant tous étaient tournés vers la vitre arrière, tentant d'apercevoir les occupants de la deuxième voiture.

– Tu crois qu'ils nous ont reconnus, Père ? demanda Amélia.

– Tiens, tu émerges ?

– Je le tuerai si c'est lui, asséna-t-elle.

Sam se glaça. Il était complètement largué autant qu'impuissant. Il se moquait de savoir qui était ce type que voulaient tuer ces cinglés. Sa priorité c'était Sandra. Il tâta le pistolet dans sa poche. Il pourrait s'en servir maintenant. C'est Bobby qui tenait la Winchester sur ses genoux. Il devrait commencer par lui. Fox, au volant sur cette route impossible, ne devait pas être touché. Derrière, quatre filles qu'il n'était pas certain de pouvoir maîtriser avec son 22. C'étaient des tueuses. Pas lui.

– On va s'arrêter, dit Fox après avoir franchi deux virages dangereux. Tu me passeras la Winchester, Bobby. Je sortirai en premier. Carmen, donne ton poignard à Bobby. On y est presque, murmura-t-il en abordant la forêt, tenez-vous prêts.

Il ralentit en observant la Rover qui gardait la distance.

– Bobby, quand j'aurai atteint les arbres, tu sors avec monsieur. Oublie pas le poignard. Il est peut-être spécialiste en hamburgers, mais on sait jamais.

– Quel orage ! dit Cindy qui tremblait de peur. Je ne voudrais pas sortir, Père.

Fox arrêta la voiture et se tourna vers elle.

– N'aie pas peur, ma cocotte. Carmen, tu restes avec elle.

– Qu'est-ce que tu vas faire ?

– Nous débarrasser de ces deux-là, dit-il en désignant l'autre voiture du pouce. On va pas se les traîner jusqu'au bout. Déjà que le négro a eu un sursis.

Soudain Sam comprit tout. L'homme devait être le banquier dont la famille avait été kidnappée. Mais que faisait Sandra avec lui ? Et que faisaient-ils là tous les deux ? La probabilité de les rencontrer dans ce coin perdu était égale à zéro.

Fox observa dans son rétro la Rover qui s'était immobilisée.

– À mon avis, ricana-t-il, ils ont compris... T'es prêt, Bobby ?

– Oui, Père, répondit le garçon en lui glissant le fusil et en appuyant la large lame crantée contre les côtes de Sam.

– Quand je suis à l'abri, gronda Fox en ouvrant sa portière, tu sors avec lui et tu me rejoins. Les filles, il vous reste deux poignards, ça suffit en cas de besoin.

– Je lui ouvrirai le ventre au nègre, cracha Amélia.

Fox ne répondit pas et courut vers le talus qu'il grimpa à toute vitesse. Il repéra un tronc plus gros que les autres et s'accroupit derrière, le fusil dirigé vers la Rover. Il fit signe à Bobby qui s'éjecta de la voiture en poussant son prisonnier.

Un éclair faramineux explosa la seconde d'après, allumant le paysage comme cent sunlights. En une fraction de seconde tous devinrent aveugles. La puissance de l'arc électrique resta imprimée sur les rétines. Puis l'invraisemblable obscurité reprit ses droits. Les nuages qui roulaient à l'horizon arrivèrent en secouant l'air tel un troupeau de bisons affolés.

Entre deux éclairs chargés de millions de watts apparurent soudain en contrebas les lumières de Flagstaff. Puis, tout disparut, et l'immense carte quadrillée des lumières de la ville devint une plaque sombre.

J E ME SENS à peu près aussi utile qu'une cruche vide dans le désert. Brad est armé, connaît la région, *sait* que ceux de la Chrysler sont les criminels qu'il poursuit, et moi j'en suis toujours à me demander si l'homme que j'ai vu dans la voiture est ou non mon meilleur ami.

– Qu'est-ce qu'on fait ? je demande.

La réponse m'arrive sous la forme d'une balle dans la carrosserie. Brad et moi plongeons ensemble sous le tableau de bord.

– On va se faire descendre…, balbutié-je.

Nous sommes visibles. L'autre derrière son arbre peut nous ajuster à l'aise. Et où sont les deux types qui l'ont suivi ?

Brad se redresse et s'apprête à riposter, quand une deuxième balle fracasse le pare-brise et va se loger en miaulant dans le toit de la Rover en y faisant un trou gros comme un ballon.

– Baissez-vous !

J'ai hurlé mais il a réalisé avec un quart de seconde de retard. Un filet de sang coule sur sa joue, je m'aperçois qu'il n'a plus d'oreille gauche.

Il ne semble pas s'en être rendu compte, son fusil tonne deux fois et j'entends un cri.

J'ouvre ma portière et me coule sur la route où je

me laisse rouler jusqu'à l'extrême bord. Juste en dessous, mille cinq cents mètres d'à-pic.

Maintenant, c'est Guadalcanal. Les balles fusent de partout et entre les détonations, les éclairs aveuglants, le vent qui s'acharne, le tonnerre qui gronde et remplit la vallée d'un bruit de noix qui dégringolent, les cris d'hystérie venus de la forêt qui indiquent qu'ils ne sont pas tous morts, je sais que je dois absolument bouger.

Je gagne en rampant un chétif buisson d'épineux planté en équilibre sur le versant, et regarde, effarée, la Rover que je viens de quitter hachée par les balles, sans comprendre avec quoi tire ce cinglé.

Suffoquant de trouille, je tente de repérer où sont Brad et la chienne dans ce carnaval de folie, quand je m'avise que les coups de feu qui répondent à notre agresseur viennent de l'autre côté de la route, et j'aperçois entre deux éclairs un fossé dans lequel Brad est planqué dans la classique position du tireur couché.

Puis, après une dernière salve à laquelle succède brutalement un silence parfait, un type surgit des fourrés comme un fou, s'engouffre dans la Chrysler qu'il démarre sur les chapeaux de roues, zigzague, redresse, cale, pendant que deux hommes sortent en cavalant derrière lui et se jettent devant la voiture qui manque les écraser.

Brad continue à tirer mais la voiture disparaît dans un virage. Je ne bouge pas, abrutie de bruit, tétanisée de peur, asphyxiée par l'odeur de la cordite, le soufre de l'orage. Je regarde mes mains trembler comme agitées par un courant électrique, et appréhende de découvrir le cadavre de la chienne.

Je vois Brad se relever du fossé, regarder autour de lui, m'apercevoir et me décocher un grand sourire en écartant les bras.

– Bon Dieu, qu'est-ce que j'ai eu peur pour vous ! s'exclame-t-il en courant vers moi. Vous n'avez rien ?

Je l'entends mal, encore à moitié dans le cirage. Je lui montre mes oreilles et désigne les siennes. Il ne comprend pas, se touche le côté du visage ensanglanté, se rend compte sans doute qu'à la place de l'oreille il n'y a rien, et éclate de rire.

– Votre oreille, j'insiste.

– Tant pis !

– Le chien ?

Il siffle, et je la vois la chienne sortir du fossé en se secouant, regarder d'un air ahuri autour d'elle, s'accroupir pour faire pipi et enfin venir vers moi comme si elle quittait une niche douillette.

— JE NE COMPRENDS PAS. Ils étaient plus là ?
— Non, patron. La maison était vide et la voiture barrée.

Ripley regarda d'un air interloqué Buddy, le cogneur de Sam chargé de l'achever, lui raconter cette histoire à dormir debout.

— Et Sutter ?
— Envolé ! répondit le boxeur dans un grand mouvement de bras.
— Envolé ? répéta Ripley dont le visage se creusa d'incrédulité. Envolé ? Ce con se serait fait la malle avec les 500 dollars que je lui ai donnés pour garder l'autre tordu ! J'y crois pas !

Ripley se laissa tomber dans son fauteuil, le regard vide. Si ce flic avait réussi à s'évader, tout allait lui retomber dessus. Il avait pris seul l'initiative de s'en débarrasser.

Il regarda Buddy sans le voir. Comment s'expliquer avec le grand patron ? Celui qui vivait à Tijuana et élevait des tigres chez lui qu'il nourrissait parfois avec les invités qui le contrariaient ?

— Buddy...
— Oui, patron ?
— Tu vas y retourner et tâcher de les retrouver...

Buddy retint son souffle. C'est tout juste s'il avait pu

revenir de la ferme tellement le sable et le vent étaient dingues. Il était seul sur cette putain de route, seul aussi dans les rues de Phoenix où ne roulaient que les patrouilles de flics, cartouches engagées, prêts à tirer sur les pillards.

– Pas facile, patron, grommela-t-il.

– De quoi ?

– Y a pas un chat dehors tellement y a une grosse tempête. Les flics vont me repérer...

– Et alors... tu diras que t'as des choses à faire...

Buddy hocha la tête en grimaçant.

– Quel genre de choses ? Y vont me demander...

Ripley lui balança un regard si noir qu'il se recroquevilla.

Être entouré de si parfaits connards était une épreuve. Il avait sa boîte qui marchait toute seule, du pognon qui entrait plus vite qu'il pouvait le compter rien qu'avec les jeux clandestins, les filles et la dope. Ses patrons l'appréciaient, lui faisaient confiance, lui avaient parlé de lui confier une autre affaire bien plus importante à Miami, et voilà que parce qu'un connard de connard n'avait pas su garder un flic minable, ou s'était fait acheter, ou assommer, ou n'importe quoi d'autre qui pouvait arriver à un connard, lui, Ripley, risquait de tout perdre, et quand il pensait tout, c'était tout. Jusqu'à sa peau !

Il avait du mal à respirer. Le grand patron ne lui ferait pas de cadeau. Il payait bien, très bien, mais la vie de Ripley ne pèserait rien en regard de sa tranquillité.

Il toisa Buddy, mâchoires serrées. Cet éléphant ne rattraperait jamais Sutter et le flicard. C'est tout juste s'il savait lacer ses pompes. Et Dieu sait où ils étaient ces deux tordus dans cette tempête.

Il avait de l'argent à la banque. Mais elle était fermée. Dans le coffre du bureau, 50 000 dollars, la recette de deux soirs. Il allait vivre combien de temps avec cette somme minable ? À fuir les autres ?

Il se sentit si mal qu'il eut envie de vomir sur son bureau.

– Qu'est-ce que je peux faire ? larmoya Buddy.

– Ne pas me faire chier !

Il se leva à la recherche de ses cigarettes, en alluma une d'une main tremblante. Ce flic aurait sa peau. Et Tibbs ? Tibbs, il regarderait ailleurs ou au contraire en ferait un max pour se dédouaner. C'était lui le plus dangereux. Les flics avaient une trouille bleue de se retrouver en tôle. Mais ils y pensaient toujours trop tard.

Pas attendre quoi que ce soit de personne. Il allait pourrir derrière les barreaux pour kidnapping d'un flic de la Crime après l'avoir fait démolir ! Perpète !

Il passa une main sèche sur son visage trempé, défit sa cravate, arracha son col de chemise, fixa férocement Buddy qui faisait mine d'être passionné par ce qui se passait dans la rue.

– Va chercher la voiture !

– Le break ?

– M'en fous ! Tu vas me conduire à l'aéroport.

Buddy avala sa salive de travers.

– Il est fermé, patron...

Ripley le regarda sans comprendre. Fermé ? Pourquoi fermé ? Puis il enregistra et se glaça. La tempête, la putain de tempête, juste maintenant ! Mais si lui ne pouvait pas bouger, les autres non plus. Combien de temps allaient mettre les collègues du flicard pour s'apercevoir de sa disparition ? Un jour, deux ? Son cœur battait si fort qu'il lui remontait dans la gorge.

Le patron ne lui parlerait de rien. Mais un jour, n'importe quel jour, un type arriverait. Il entrerait dans la boîte, commanderait un verre et le regarderait. Simplement le regarderait.

F OX ENGAGEA brusquement la Chrysler dans un étroit chemin de sable qui s'ouvrait entre deux murailles d'arbres serrés à se toucher. Depuis qu'il avait redémarré, avec les balles qui sifflaient autour d'eux, il n'avait cessé de trembler de la tête aux pieds et s'était réfugié dans un monde à lui.

Il stoppa brutalement et, muet, fixa la nuit d'un œil vide. Bobby, assis contre lui, n'osait pas remuer un cil. Sam se tenait prêt. Il ne voulait pas imaginer que Sandra ait pu être touchée.

Quand ils avaient rejoint Fox, Bobby l'avait obligé à se coucher face contre terre après avoir appuyé le poignard contre sa nuque. Sam n'avait rien vu de la fusillade.

Fox sortit brusquement de la voiture, se pencha et vomit. Gênés, ses disciples ne pipèrent mot et regardèrent ailleurs. Sam tira le 22 de sa poche et le plaqua contre sa cuisse.

Entre les arbres, le vent était moins fort et l'orage paraissait s'éloigner. Le ciel s'éclaircissait en gris fumé. Les nuages, toujours bourrelés de colère, cavalaient maintenant vers le sud.

Sam chercha la Winchester du regard et la découvrit sous le siège de Bobby qui avait relâché sa vigilance et posé son poignard. Il essaya de repérer la position des filles dans le rétro.

Fox se mit à marcher droit devant lui sans prêter attention au vent qui le bousculait, redressait ses cheveux, s'engouffrait dans sa chemise. Il marchait comme s'il savait où aller.

La portière arrière s'ouvrit, Cindy la junkie descendit et le rattrapa sans qu'il fasse mine de s'en apercevoir. Deux autres filles en firent autant mais en restant à distance. Seule Roxane ne bougea pas.

– Pousse-toi, grogna Bobby à Sam.

Le garçon sortit à son tour en oubliant son poignard sur le siège, rejoignit les filles qui lançaient des regards furtifs à Fox qui continuait de les ignorer. La junkie était juste derrière lui, puis venaient les trois autres. Ils s'enfoncèrent dans le sous-bois et Sam les perdit de vue.

Il se rendit compte qu'il était seul avec la voiture et la quatrième fille. Il la regarda. Enfoncée dans la banquette, elle jouait avec son énorme poignard qu'elle entrait et sortait de sa gaine. Il jeta un coup d'œil vers le groupe qui avait disparu, ouvrit sa portière.

– Sortez !

Elle le fixa comme le ferait un oiseau. Sa tête remuait par saccades et ses yeux clignotaient très vite.

– Sortez, répéta-t-il en la menaçant de son pistolet.

Soudain elle lança le poignard sur lui et il n'eut que le temps de se baisser. Il se rua à l'intérieur, lui plaqua les bras, la souleva et la jeta dehors.

Puis il se précipita au volant et tourna la clé en voyant débouler le groupe.

La fille au collier de chien poussa un hurlement de rage quand il tenta de faire demi-tour sans écraser la fille-oiseau qui, toujours à terre, criait à se sortir les tripes.

Bobby courut comme un fou et se laissa tomber sur le capot de la Chrysler en vociférant. Fox apparut, marchant à pas comptés en compagnie de la junkie comme si de rien n'était.

Soudain, alors que Sam manœuvrait, sa portière s'ouvrit à la volée et il se cabra contre une affreuse douleur au bras et au torse qui le déchira. Il regarda, hébété, Carmen retirer le poignard qu'elle lui avait profondément planté et le relever pour frapper encore. Il appuya sur l'accélérateur en même temps qu'il enclenchait la marche arrière. La voiture bondit et rebondit sur un obstacle. Il passa la marche avant, accéléra, Bobby vola par-dessus le capot et hurla quand la lourde voiture lui roula dessus.

Elle cogna un arbre, Sam braqua à fond et la dégagea. Sa portière restée ouverte frappa violemment la fille en laisse et il vit son front s'étoiler de sang.

Il accéléra en marche arrière, évita un énorme pin, redressa au dernier moment, vit Fox rattraper de son pas mesuré, pareil à celui d'un zombie, Carmen qui vociférait et hurlait, penchée sur le cadavre ensanglanté et disloqué de Bobby.

Il contre-braqua, remit la voiture en ligne, sentit le sang couler à l'intérieur de sa chemise, les douleurs anciennes se réveiller à le faire crier.

Sa vue se brouilla, il s'accrocha des deux mains au volant, vit la gauche pleine de sang, surgit sur la route, vira in extremis avant le ravin, redressa, fonça devant lui, prit les virages à la corde, appuya sur l'accélérateur.

Les arbres l'enfermèrent dans leurs murs. La route grimpait, grimpait jusqu'au ciel. Les étoiles surgirent et le frappèrent au visage. La route replongea. Loin devant, en contrebas, il crut apercevoir des rues et des maisons. Il laissa son pied enfoncé sur l'accélérateur jusqu'à ce que la voiture s'encastre dans la paroi rocheuse.

V ENTURI RACCROCHA le combiné. Songeur, il regarda derrière Teddy Jones, la toute nouvelle recrue du Bureau, les portraits du gouverneur d'Arizona et du président Obama entourant le drapeau américain.

Il voulut allumer une cigarette mais retint son geste. De l'autre côté du couloir il aperçut Tibbs pendu au téléphone. Son expression évoquait à la fois la crainte et la colère.

Jones se leva avec un paquet de documents. Il en était encore au stade messager entre les services, distributeur de cafés et de ragots aux agents, mais devait aussi se préoccuper d'éviter les pièges destinés à le tester. Selon la patience de l'agent, l'antipathie ou la sympathie de Tibbs, le stage pouvait durer de deux mois à un an.

Venturi se redressa, traversa le couloir et frappa à la porte ouverte de Tibbs qui venait de raccrocher.

– Oui ? s'enquit son supérieur en relevant la tête.

Venturi n'avait jamais pu se faire à son physique. L'esthétique n'en était pas la cause, mais il était infoutu de savoir ce qu'il pensait. Tibbs était du genre à vous balancer un poignard dans le dos avec le sourire, ou à prendre un air revêche pour vous annoncer un avancement. Ça venait peut-être de son menton mou ou de sa réputation d'opportuniste.

– Bonjour, dit Venturi. Je viens de recevoir un appel de l'hôtel de police de Flagstaff...

– Oui ?

– Un policier du nom de Sam Goodman a été hospitalisé hier soir à l'hôpital général Simon-Lord de la ville pour blessures graves.

– Quoi ? s'exclama Tibbs.

Venturi prit une cigarette entre ses dents sans l'allumer.

– D'après eux, une patrouille l'a trouvé sans connaissance au volant d'une voiture accidentée sur la route 40, à environ treize kilomètres de la ville. Ils l'ont amené à l'hôpital.

– Je ne comprends rien ! dit Tibbs en tapant sur sa table. Il a expliqué ce qu'il faisait là-bas ?

– Il a juste donné son nom et son grade avant de replonger dans les vapes, et ils l'ont conduit direct en salle d'opération.

– Mais qu'est-ce qu'il est allé foutre à Flagstaff ? jura Tibbs. Je croyais qu'il était ici !

– Il y était. Il y a deux soirs il m'a dit vouloir mener sa propre enquête sur Mercantier. Je l'ai appelé le lendemain sans obtenir de réponse, le jour où cette saloperie de tempête s'est déchaînée.

– Ça ne me dit pas ce qu'il foutait à Flagstaff ! L'enquête, elle se faisait avec nous !

– Il voulait *vraiment* coincer Mercantier.

Tibbs se leva de son fauteuil, l'air furieux. Il enfonça les mains dans les poches de son pantalon et se planta devant la fenêtre. Sans se retourner, il dit :

– Vous saviez qu'il avait descendu sans sommation un Noir dans une boutique ?

– Oui, répondit Venturi d'un ton glacial en mâchouillant sa cigarette. Le gars le braquait et il a tiré pour se défendre.

– Ouais… c'est ce qu'a laissé supposer l'enquête interne, toujours en cours. Ça s'est passé juste après qu'il a loupé Mercantier et qu'un de ses hommes a été descendu par un tireur du Haïtien.

Venturi ne répondit pas.

Tibbs se retourna vers lui. Venturi attendit en se forçant à demeurer impavide.

– Il a été soupçonné d'avoir tiré sans justification, et surtout sans témoin pour corroborer ses dires… D'après ce que j'ai appris, les commerçants qu'il était supposé défendre ne se souviennent pas avoir vu le Black lui tirer dessus… Tibbs esquissa une grimace. Il ne faudrait pas qu'il nous rejoue Zorro. Au fait, comment a-t-il su où se cachait Mercantier ?

– L'avocat de Mercantier nous a donné son adresse, un coin paumé appelé Black Canyon City, pas loin de Flagstaff. Il a voulu aller vérifier et la tempête l'aura surpris… Mais… vous la connaissiez aussi.

– Il devait nous prévenir.

– Il a l'habitude de travailler seul. Si vous le permettez, je vais aller à Flagstaff voir comment il va. Le flic qui m'a appelé ne savait pas grand-chose à part qu'il était en mauvais état.

– Pourquoi vous ont-ils appelé au lieu de prévenir Boston s'il a donné son identité ?

– Parce qu'il a demandé à ce que je sois prévenu.

– Ah bon ? Et pourquoi vous ?

– Parce que vous nous avez mis tous les deux sur l'affaire Mercantier, monsieur.

– Bon, ben allez-y. Mais ne restez pas cent sept ans. On a d'autres affaires en cours.

– Merci, monsieur.

Venturi prévint Jones qu'il s'absentait et descendit prendre sa voiture. Il ne prit pas la route de Flagstaff mais celle de La Licorne. Il voulait parler à Ripley avant de partir.

Les rues étaient ensablées des trottoirs à la chaussée. Seul le nettoyage des principales artères avait commencé. Les fondations de la plupart des immeubles étaient recouvertes de sable jusqu'à plus d'un mètre de hauteur. Les vents violents avaient poussé et tassé le sable et les graviers contre les murs.

En passant devant South Mountain Park, il vit qu'un grand nombre des plus beaux arbres avaient été déracinés et les équipes de bûcheron s'activaient.

La tempête n'avait cependant pas nettoyé la pollution endémique de la ville, et les monts McDowell et Superstition, parmi les plus hautes et proches montagnes qui entouraient Phoenix, étaient encore noyés dans la couche d'ozone et de soufre qui depuis toujours asphyxiait la ville.

La devanture de La Licorne avait souffert de la tempête qui avait arraché les guirlandes de lumière et raclé la peinture.

Il secoua la grille qui la fermait jusqu'à ce qu'un Noir arrive, furieux.

– Qu'est-ce qu'y a ? Vous voyez pas qu'c'est fermé !

Venturi colla sa plaque contre la grille.

– Je veux voir, ton patron, va me le chercher !

Le gars n'avait pas eu besoin de la plaque du fédéral pour comprendre à qui il avait à faire.

– L'est pas là, dit-il en hésitant.

– Donne-moi son adresse…

– Connais pas, répondit-il, économe de ses mots.

– Va la chercher.

En maugréant, le gars entra à l'intérieur et revint peu après avec un bout de papier qu'il passa à Venturi au travers des grilles.

– Merci, dit Venturi en empochant le papier et en reprenant sa voiture.

Ripley, comme tous ceux qui avaient un peu d'argent à consacrer à leur habitat, logeait à une petite vingtaine de kilomètres de la ville, là où on espérait, souvent à tort, respirer un peu mieux que dans cette fournaise de Phoenix.

Il arriva au bout d'une demi-heure, après avoir évité les obstacles de toutes sortes qu'avait dispersés la tempête, devant une maison moyenne d'un quartier moyen. La différence avec les maisons voisines consistait en de hauts murs et une imposante grille devant laquelle il s'arrêta.

Il appuya sur le bouton de la caméra.

– Ouais ? répondit une voix moins de vingt secondes plus tard.

– Je m'appelle Venturi, je suis du FBI et je veux voir Ripley.

Un silence succéda à la demande. Puis, au bout d'une minute :

– Je vous ouvre, avancez jusqu'au perron.

La grille s'ouvrit sur une allée d'une dizaine de mètres et un malabar apparut à la porte. Venturi se gara et sans s'arrêter passa devant lui pour entrer.

– Où est ton patron ? demanda-t-il.

– Je suis là, répondit Ripley qui venait d'apparaître par une autre porte.

– Chouette ta grille, Ripley, on dirait celle de Madonna.

– Qu'est-ce que vous voulez ?

Il était habillé, malgré la chaleur, d'un jean, de solides chaussures et d'une veste de chasse.

– Tu pars en vacances ? demanda Venturi en avançant vers lui.

– C'est interdit ?

– Non. Si t'as rien à te reprocher.

Les deux hommes se toisèrent en silence. Le malabar avait suivi Venturi et se tenait près de la porte.

– Renvoie le gorille, Ripley, je suis là pour te parler.

Ripley fit signe au gars, qui ressortit.

– Me parler de quoi ?

– Tu te souviens de mon collègue Goodman qui est venu avec moi l'autre soir dans ton bouge ?...

– Vaguement...

– Ça m'étonnerait, il t'a bien asticoté...

– Bon, et alors ?

– Alors, figure-toi qu'il s'est retrouvé à l'hôpital de Flagstaff, pas très loin d'où loge ton copain Mercantier, et je voudrais savoir si tu y es pour quelque chose.

– Pourquoi j'y serais ?

– Parce que Goodman était un obstiné, qu'il a dû retourner te présenter ses devoirs, et que tu l'as probablement envoyé sur un coup fourré.

– Pas du tout ! J'l'ai jamais revu ! Demandez à mon personnel !

Venturi sortit une cigarette qu'il alluma.

– Excuse-moi de te polluer, dit-il. Mercantier habite bien Black Canyon City, vers Walnut Canyon ?

Ripley hésita. Il n'était pas surpris de la visite de Venturi, Tibbs l'avait appelé. Il n'avait pas osé lui révéler ce qui s'était passé avec le flic de Boston. Il n'avait pas non plus eu le temps de réfléchir à une stratégie.

– Alors, Ripley, tu deviens Alzheimer ?

– J'comprends pas ce que vous demandez..., se décida-t-il.

– Je te demande si t'as envoyé Goodman se faire tout seul une expédition sportive, dans l'idée de t'en débarrasser à moindres frais...

– Pas du tout ! se récria le voyou. Et même, vous croyez qu'il m'aurait écouté ?

– J'sais pas. Mais si c'était le cas, Ripley, et que mon pote m'apprenne que tu l'as envoyé dans un piège, je reviens et je t'enfonce tes dents dans ton trou du cul !

– Mais j'y suis pour rien, moi !

– J'te crois. Tu serais pas assez idiot pour t'en prendre à un flic, hein ? Cependant, comme je suis d'une nature sceptique, on va te surveiller trente-six heures sur vingt-quatre, tu vois ce que je veux dire ? Tu n'auras même pas le temps de pisser que je saurai la couleur de ton urine...

Venturi sourit, ouvrit la porte et ressortit. Le malabar était près de sa voiture.

– Pousse-toi, gros lard, ma voiture n'aime que les hommes raffinés.

Il ressortit en marche arrière, fit un rétablissement sur la route en y perdant de la gomme, et prit la direction de Flagstaff.

Il pensa un instant repasser chez lui pour prendre un change, et abandonna l'idée. Il était inquiet pour Goodman.

Ripley le regarda partir d'un air songeur. Si les flics le surveillaient, les autres n'oseraient peut-être pas venir.

Ce qui ne l'empêchait pas d'accélérer ses préparatifs de départ.

Nous sommes arrivés à Flagstaff, Brad et moi, à huit heures du soir, après avoir cherché en vain la Chrysler. Je sais, on aurait dû tout de suite foncer chez les flics, mais Brad m'avait collé sa rage.

Nous aurions continué malgré la nuit et la fatigue si une pluie aussi diluvienne que brève, improbable dans ce pays aussi sec que Bagdad, ne nous avait obligés à revenir en ville où je suis allée tout droit à l'hôtel de police.

Et nous venons juste d'être reçus par le shérif Dowell, mal embouché, mal rasé et, semble-t-il, se préoccupant peu dans l'ensemble de son aspect.

– J'comprends rien de ce que vous racontez, grogne-t-il une fois que j'ai terminé le récit de notre odyssée.

Je jette un coup d'œil vers Brad, assis silencieux à mes côtés. Un des adjoints de Dowell est appuyé contre le mur, un énorme colt pendant dans un étui à sa ceinture, prêt visiblement à nous en coller une au moindre geste.

– Je dois recommencer ?

Dowell crispe les mâchoires et me balance un regard létal.

– Lui, c'est qui ? demande-t-il, désignant Brad.

Puis soudain, comme si la fée Intelligence venait de

se pencher sur son berceau, il se lève, les deux poings appuyés sur son bureau, et postillonne :

– Vous êtes Bradley Timermann, le type qui s'est fait braquer par cette bande de cinglés et qui a eu sa famille enlevée ? !

Brad acquiesce, les dents serrées en étau.

– Et vous…, poursuit-il en me fixant, vous êtes cette journaliste de l'Ouest qui cavale après une fille qui s'est fait enlever par la même bande ? !

– Presque, shérif. Elle ne s'est pas fait enlever, enfin, pas dans le sens habituel du terme. Elle s'est fait… envoûter…

– Quoi !

– Ce type, Fox, après qui tout le monde cavale, a réussi à l'enrôler dans sa bande de tueurs, et ses parents m'ont chargée de la sortir de là et de la ramener…

– Ils vous ont demandé de la reprendre à un cinglé comme ce mec ! s'étouffe presque Dowell.

– On ignorait à l'époque que Fox et les siens étaient responsables de tant de crimes. Nous l'avons appris assez récemment.

Je suis épuisée, sale, et j'ai l'impression de m'adresser à un mur sans oreilles.

– Et ce sont eux qui vous ont attaqués sur la route ? Mais pourquoi ?

– Parce qu'ils m'ont reconnu en nous dépassant, intervient Brad d'une voix calme. Écoutez, shérif, ces gens se sont enfuis au moment où nous étions presque sur le point de les attraper, nous les avons cherchés sans résultat. Ils ont peut-être un otage avec eux, alors il faudrait s'en occuper.

– Un otage ?

– J'ai cru, moi, reconnaître, dis-je en détachant bien mes mots, consciente de ce que ce récit doit faire endurer à des neurones peu habitués aux complications, un de mes amis, lieutenant de police à Boston,

Sam Goodman. J'ignore ce qu'il fait là, j'ignore si c'est vraiment lui, mais il avait tout l'air d'être leur prisonnier.

Je vois Dowell lancer un coup d'œil à son adjoint, probablement pour l'appeler à l'aide.

– Quel nom vous avez dit ? Le policier ?

– Samuel Goodman, lieutenant à la Criminelle de...

– Il est à l'hôpital, me coupe-t-il.

Cette information jette un froid. Plutôt, elle me glace.

– Pourquoi à l'hôpital ? balbutié-je.

– Accident de la route. Une patrouille l'a trouvé bien amoché pas loin de là où vous m'avez dit avoir été attaqués, et l'a conduit à l'hôpital.

– Je veux y aller tout de suite ! dis-je en me levant.

Dowell me regarde de côté.

– Vous le connaissez bien ? fait-il de cet habituel ton perfide dès qu'une femme s'inquiète pour un homme.

– C'est mon meilleur ami. On travaille ensemble depuis quinze ans. Il est à quel hôpital ?

– Simon-Lord. Je demande à un de mes gars de vous y conduire. Vous y allez aussi ou vous restez signer votre déposition ? demande-t-il à Brad.

– Qu'est-ce qu'on fait pour Fox et ses tueurs ? renvoie celui-ci.

– On fait comme vous. On cherche partout, mais nous on va les trouver. On est tous sur le coup. On a reçu des instructions de Phoenix. Vous bilez pas, on va vous les ramener !

Dowell fixe Brad en se mordant les lèvres. Il vient de réaliser qu'on a déjà retrouvé les restes des siens.

– Shérif, voulez-vous m'indiquer l'adresse de l'hôpital ? dis-je sur un ton impatient. Brad, vous m'attendez ici ?

Je sais que pour rien au monde il ne lâcherait le shérif. Je sais aussi qu'il va se proposer pour participer à la chasse et qu'il va se faire envoyer au bain. Chacun ses problèmes.

– Pas dur, répond Dowell, l'hôpital se trouve à côté de l'observatoire, c'est partout indiqué.

– Merci.

Je fonce récupérer ma voiture. La chienne se précipite sur moi en gémissant. Je la caresse distraitement.

– Tu sais, lui dis-je, s'il arrivait quelque chose à Sam, ce serait très dur.

Elle m'écoute poliment, son museau bicolore levé vers moi.

– Il n'y a pas tant de gens à qui je tiens. Il y a Nina, que tu vas connaître, Sam, que nous allons voir, le vieil Archie, qui t'engueulera quand tu entreras chez lui en disant qu'un restaurant c'est pas la place d'un chien mais te refilera en douce plein de charcuterie casher, et peut-être encore une ou deux personnes que je n'ai pas vues depuis longtemps mais à qui je pense. Et puis, bien sûr, toi, maintenant.

Elle pose la patte sur ma cuisse et j'ai soudain envie de pleurer. Oui, s'il arrivait quelque chose à Sam ce serait très, très dur.

Je croise des voitures de nettoyage qui enlèvent le sable comme ailleurs on le fait pour la neige. La ville a souffert. Des lampadaires n'ont plus de tête et la moitié des panneaux sont pliés en deux. Des arbres sont tombés et des équipes s'efforcent de dégager les chaussées, ce qui fait pas mal d'embouteillages. Je finis par repérer le dôme de l'observatoire et me dirige dessus.

Effectivement l'hôpital Simon-Lord est à côté. Je me range n'importe comment et m'aperçois que je ne suis pas la seule parce que de nombreuses voitures et ambulances encombrent les abords de l'hôpital.

– Je reviens dans un quart d'heure, dis-je à la chienne comme si elle allait consulter sa montre.

Les couloirs sont bondés de brancards. C'est la première fois que j'ai vu en live un tel déchaînement des éléments. Et comme n'importe quel lambda de fond de cuisine, j'ai pris conscience de notre fragilité et de notre arrogance. Si les humains habitent encore cette terre, c'est pas parce qu'on le vaut bien, mais parce que les éléments le *veulent* bien.

Je me renseigne auprès d'une employée survoltée qui m'indique un mauvais couloir mais je finis par arriver devant la chambre de Sam, pétant de trouille à l'idée de ce que je risque de trouver.

Il est seul dans une chambre, le beau Sam. Avec une perf dans le bras gauche, un monitoring de l'autre côté qui indique que son cœur bat encore, un tuyau dans les narines et une gueule cassée. Emmailloté comme la momie de Toutankhamon.

Mais vivant.

Un toubib ou un infirmier lui prend la tension et j'attends qu'il sorte.

— Bonjour, dis-je, je suis la sœur du lieutenant Goodman, comment va-t-il ?

Il hoche la tête et mon cœur se serre.

— Il s'est bien arrangé...

— Bon, mais à part ça ?

— Je ne suis pas certain que toutes ses contusions soient liées à l'accident...

— C'est-à-dire ?

— Il a dit avoir été battu. Ça lui arrive souvent ?

— Il est flic.

— Ouais... une côte cassée, on lui a enlevé la rate. Il était juste temps. Le nez cassé et mâchoire luxée. Bon... Il réfléchit. Hématomes sur tout le corps, bagarre ou accident, je ne sais pas... léger trauma crânien sûrement sans conséquence... enfin, à première vue.

— Donc, avec du repos...

— Vous êtes sa sœur ?

– Heu... oui.

– Alors faites attention à ses fréquentations.

Il me plante là et je respire juste un peu mieux. Je regarde Sam au travers de la vitre et pense soudain que je vais devoir prévenir sa mère qui n'a sans doute reçu aucune nouvelle depuis deux, trois jours, et je me couvre de sueur.

La consigne de Sam dans n'importe quel cas est de l'empêcher de le rejoindre. « Question de survie », m'a-t-il confié un jour alors que je m'étonnais.

Fastoche. Je ferme les yeux, respire profondément trois fois, cherche son numéro sur mon portable et compose. Sonnerie, trois, quatre, cinq, et ô bonheur ! messagerie.

– Madame Goodman, je débite du ton le plus enjoué à ma disposition. C'est Sandra Khan. Tout va bien ! Je suis avec Sam mais je ne peux pas vous le passer parce qu'il nage dans la piscine de l'hôtel et que son téléphone est HS. Un hôtel magnifique qui vous plairait, j'en suis sûre ! Il vous rappelle plus tard parce qu'à cause du mauvais temps on n'a pas souvent de réseau et je n'ai plus de batterie. Je vous embrasse et lui aussi, bien sûr !

Je raccroche et rencontre le regard stupéfait de deux infirmières.

J'entre dans la chambre et vais vers le lit. Sam dort. Normal, il est en salle de réveil. Je ne devrais pas être là mais l'afflux de blessés a semble-t-il relâché les consignes.

Il est si balafré qu'il donne l'impression de s'être battu avec une compagnie de grizzlis. Je m'en fous, sa respiration est régulière.

C'est dans ces moments-là – mais pourquoi seulement dans ces moments-là – que l'on se rend compte combien on tient aux gens, et combien on a tort de ne pas le leur dire, et combien d'occasions on perd de se voir et de passer du bon temps ensemble. Au profit de quoi ? Du boulot, de la distraction, de la fatigue ? De rien.

Je n'ai pas rencontré Sam depuis des mois. J'ai vu entre-temps et souvent des gens dont je me fous complètement. Lui comme moi avons des activités professionnelles qui n'ont qu'un lointain rapport avec la tranquillité d'un employé des Postes. Notre amitié est aussi solide qu'une lame de Tolède parce qu'elle a été forgée par autant de risques que de plaisirs.

Nous sommes deux schmocks de ne pas davantage nous occuper de nous.

Je lui prends la main et la lui serre. Il entrouvre les yeux, bat des paupières, répond par une légère pression à la mienne, et esquisse un très léger sourire.

M'en fous. Il est vivant, aussi amoché qu'un stockcar, mais il m'a reconnue !

DOWELL SE RETOURNA, un dossier à la main, quand Venturi entra dans son bureau..

– Bonjour, dit Venturi en exhibant sa plaque. Agent spécial Venturi, attaché au Bureau de Phoenix.

Dowell posa le dossier sur son bureau, bouscula ses crayons, remua des papiers, se racla la gorge, et enfin releva les yeux sur son visiteur.

– Qu'est-ce que je peux faire pour vous ?

– Un policier qui a été dépêché de la police de Boston pour travailler avec nous a été hospitalisé chez vous.

– Comment y s'appelle ? demanda Dowell feignant de croire que tous les jours était hospitalisé à Flagstaff un flic de la côte Est.

– Lieutenant Samuel Goodman, c'est mon partenaire, ajouta Venturi avec un sourire qui ne toucha pas ses yeux.

– Y sont en manque d'effectifs à Phoenix ? ricana Dowell.

– Non, shérif, le lieutenant Goodman est mon partenaire sur une affaire particulièrement çompliquée et je suis venu voir comment il va...

– Ouais... Dowell arrangea encore le dessus de son

bureau. Il est à l'hôpital Simon-Lord, lâcha-t-il comme à regret.

– Je vous remercie, répondit Venturi. Avez-vous un plan de la ville, s'il vous plaît ?

– Vous vivez à Phoenix et vous ne connaissez pas Flagstaff ! s'insurgea Dowell.

– Merci, au revoir, shérif.

Venturi regagna sa voiture et se dit qu'il y a toujours pire sur cette sacrée planète. Vivre à Flagstaff et avoir affaire à des gens comme ce Dowell faisait apparaître Phoenix comme la perle des Caraïbes.

Il trouva l'hôpital en se renseignant deux fois et s'arrêta devant les urgences, prêt à en découdre si on lui faisait une réflexion. Il arriva devant la chambre au moment où une femme en sortait, l'air inquiet.

– Excusez-moi, vous êtes une amie de Sam ?

Elle se retourna et le regarda, étonnée.

– Je suis l'agent spécial Richard Venturi du Bureau de Phoenix et je suis venu voir mon partenaire Sam Goodman.

– Sam, votre partenaire ? À Phoenix ?

– Dépêché par sa hiérarchie pour une affaire commune.

– Ah ? Je suis Sandra Khan.

– Il m'a parlé de vous, dit-il dans un sourire. Comment va-t-il ?

Elle le désigna à travers la vitre.

– Il rattrape ses heures de sommeil. Il s'est réveillé et m'a reconnue. Il est amoché mais il va s'en sortir.

– Tant mieux. J'étais inquiet.

Ce qui valut à Venturi l'immédiate sympathie de la jeune femme.

– Mais je ne comprends pas ce qu'il fait à Phoenix avec le FBI, insista-t-elle.

– Je n'ai pas encore dîné, si vous me permettez de vous inviter, je vous expliquerai tout.

333

– Riche idée, agent spécial, mon dernier repas remonte à la disparition des dinosaures.

– Alors on va tâcher de trouver un mammouth, répondit-il, déjà conquis.

L<small>A</small> FORÊT montait jusqu'au faîte de la montagne dans un enchevêtrement de buissons et de cactus qui avaient réussi à pousser entre les grands pins.

Fox et Cindy grimpaient en haletant, se tordant les pieds, tombant et se relevant, s'accrochant aux souches, s'écorchant aux épineux, mais continuaient comme si leur salut en dépendait.

L'obscurité leur dissimulait tant de pièges qu'ils ne pouvaient éviter qu'à un moment Fox, épuisé, décida de s'arrêter.

– Bon Dieu, souffla-t-il, on va se reposer.

– Si tu veux, Père.

Il la regarda longuement. Sa première et dernière disciple. Comme Pierre pour le Christ. Il ouvrit la gourde qu'il avait récupérée des mains de Carmen en même temps que son poignard.

– Tiens, bois, lui dit-il après s'être désaltéré.

– Il faut l'économiser.

– Ouais, mais de l'autre côté ça redescend et on trouvera toujours une ferme, mais bois pas trop quand même…

– Je n'ai pas soif… je te la laisse.

– Alors donne.

Il avala de nouveau une large rasade et se laissa tomber au sol. Cindy s'accroupit à ses côtés. Elle ne se sentait pas trop bien. Pourquoi le Père avait-il tué les filles ?

Elle avait vu Bobby se jeter sur la voiture, la grosse berline l'écraser avec un craquement horrible qu'elle continuait d'entendre, lui évoquant le bruit d'os de poulet broyés par une mâchoire. Carmen tenter d'arrêter le fuyard en le poignardant. La petite Roxane allongée par terre pleurant toutes les larmes de rage de son corps. Amélia précipitée contre un arbre par la portière ouverte. Elle s'était immobilisée, frappée de toute cette violence.

Le corps ensanglanté de Bobby, Amélia, le crâne ouvert, Carmen hurlant comme une possédée et traçant dans l'air des moulinets mortels avec son poignard... Elle avait pensé qu'une des malédictions du Père les avait frappés.

Elle était restée près de lui, attendant comme lui que ça se calme. Mais quand Carmen s'était jetée en hurlant contre le cadavre disloqué de Bobby, que Roxane s'était lacéré jusqu'au sang le visage et les bras en lançant contre le ciel les imprécations que lui avait apprises le Père, et qu'Amélia, revenant vaguement à elle, s'était relevée sans se soucier du sang qui lui inondait le visage et s'était mise à hurler comme elle l'avait fait lors de ses précédentes crises, Fox avait bougé, si vite et d'une façon si décidée qu'elle était restée clouée sur place.

Il avait désarmé Carmen, lui avait enfoncé la lame du poignard dans le cœur, avait fait de même avec Roxane sans que ni l'une ni l'autre ne tente de se défendre, puis il était allé vers Amélia et l'avait éventrée.

Elle l'avait regardé, planté droit au milieu de la clairière, entouré de ces corps déchiquetés qui s'étaient recroquevillés dans la mort, inondé de sang, quand tout à coup une pluie diluvienne était tombée, les trempant de la tête aux pieds, lavant et diluant le sang qui se répandait et s'infiltrait comme il pouvait dans la terre sèche, rampant jusqu'aux racines et au pied des végétaux géants comme pour les abreuver, et Fox, levant ses bras ensanglantés vers le ciel qui s'était ouvert pour lui, tombant à genoux, et remerciant son maître Esobus, lui était apparu comme le Maître du Monde.

Puis il l'avait saisie par la main, l'avait embrassée et caressée, dansant avec elle, l'entraînant dans sa folie mortelle, et elle l'avait suivi parce qu'elle croyait que tel était son destin.

Ils s'étaient retournés une dernière fois pour regarder ceux qui un temps avaient accompagné et partagé leur vie, et Fox lui avait dit vouloir continuer, quitter ce rivage, et ils étaient repartis à l'assaut de la montagne chercher ailleurs un monde qui les accueillerait.

NOËL À SAN FRANCISCO ressemble à tous les autres Noëls du monde. Fanfares de l'Armée du Salut, guirlandes kitsch et foisonnantes, lumières criardes, vitrines débordantes, luxe indécent, embouteillages effrayants, humidité froide, cadeaux oubliés. Et mauvaise conscience envers ceux qui ne participeront pas aux gigantesques agapes, ne partageront pas les rires et les baisers de ceux qui les aiment, parce qu'ils sont seuls. Bref, la totale.

Ce n'est pas parce que je suis particulièrement cafardeuse en cette veille du 24 décembre que je pense ainsi. C'est tous les ans que m'irrite cette fausse joie populaire et forcée, pour ne pas dire plus.

Je suis revenue depuis moins d'un mois avec Sonora, que Nina a d'abord considérée avec circonspection. Sonora a patienté, puis quand elle a jugé que l'examen durait un peu trop, elle a jappé, sauté sur ses genoux, lui a palpé le visage de son museau et l'a embrassée. Bon, de ce côté-là, c'était gagné, bien que Nina ait soupiré en énonçant comme une condamnation :

– On s'en prend pour quinze ans.

Mais Sonora était déjà sortie sur la terrasse et par chance n'a pas entendu.

Sam est ressorti en état moyen de l'hôpital, ce qui

ne l'a pas réjoui. Il m'a fait remarquer qu'il n'est plus tout jeune et que les coups marquent davantage une carcasse de quarante-cinq ans que de trente. Ne plus avoir de rate l'a angoissé, bien que les médecins lui aient affirmé que l'on pouvait s'en passer.

– Alors, si on peut s'en passer, pourquoi en a-t-on une ? a-t-il répliqué aux toubibs qui sont restés cois.

Je l'ai ramené chez nous et on a léché ensemble nos plaies, jusqu'à ce que les cris d'orfraie de madame mère l'obligent à rentrer à Boston.

Pendant qu'il était à San Francisco, nous avons appris par son capitaine que Mercantier vivait désormais dans une hacienda de trente mille hectares gardée par une armée de voyous, dans la province de Chihuahua, au Mexique, celle-là même où j'avais mené quelques années plus tôt une guerre sans succès contre les centaines de meurtres de femmes commis à Ciudad Juárez. Pour faire bonne mesure, les juges locaux venaient à nouveau de s'illustrer en prononçant un non-lieu pour l'assassin d'une adolescente, et qui, ressorti libre, s'était empressé d'assassiner la mère qui hurlait sa rage et son chagrin de le voir en liberté.

L'affaire a ému le pays tout entier, les juges, coupables de « laxisme », révoqués, mais Sam et moi savions bien que tout était pourri dans ce royaume.

Ça, et sa rate en moins, c'était beaucoup pour Sam qui voyait définitivement s'éloigner l'occasion d'arrêter Mercantier. En revanche, les Affaires internes l'ont définitivement blanchi pour la fusillade dans la supérette. Quelques manifestations de radicaux de la cause noire ont eu lieu, mais tout en fin de compte s'est apaisé.

Cependant, je le connais suffisamment pour comprendre que tous ces avatars l'ont entamé bien au-delà de ce qu'il dit. Il y a peut-être un peu trop longtemps qu'il fréquente les plus mauvais représentants de notre espèce, et quand je l'ai raccompagné à l'aéroport avec Nina, qu'il nous a dit qu'il ne ferait pas de vieux os dans la police, à l'exemple de son ami Venturi qui venait de démissionner du FBI après avoir cassé la gueule à Tibbs et dénoncé la collusion entre élus et flics, je n'ai pas été étonnée. Quoique j'aie gardé pour moi l'impression que ce serait dur pour un gagneur comme lui de raccrocher après un échec aussi retentissant.

Lorsque je suis revenue d'Arizona, je suis restée un moment dans un état second. L'affaire criminelle et la tempête avaient fait la une nationale, et j'ai téléphoné aux Cooliers pour m'excuser de ne pas avoir ramené leur fille, même si d'après moi elle était toujours vivante. Ils ont fait preuve d'une telle mansuétude, d'une si réelle élégance à mon égard que j'ai eu honte. J'avais échoué, mais eux qui n'avaient plus d'enfant se sont employés à me remonter le moral.

Alors, avec leur autorisation, j'ai écrit le récit dans le *Chronicle* de ma poursuite contre Fox et sa diabolique Famille, les crimes ignobles qu'ils ont perpétrés, sans évoquer par respect pour eux la véritable histoire de leur fille que je présentais comme une victime collatérale de ces assassins.

J'ai dénoncé Mercantier et ses trafics d'enfants et de femmes, et l'amoralité de certains de nos concitoyens qui n'hésitent pas à monnayer des êtres humains comme des marchandises. Bref, j'ai fait mon boulot, mais il n'empêche que sur ce coup je me suis lamentablement plantée.

Avec Venturi on est retournés voir le sergent Dowell, pas par plaisir, mais parce qu'il nous avait demandé de passer avant de repartir. Et quand je me suis ramenée avec Venturi et ma chienne en laisse dans le poste, il a fallu que j'emploie des trésors de diplomatie pour que Dowell n'aboie pas plus fort qu'elle.

– On a retrouvé les corps des cinglés de Fox. Massacrés à coups de couteau. Et comme je n'ai pas revu votre Timermann, j'espère que c'est pas lui, parce qu'il va comprendre ce qu'est la police dans ce comté ! m'a-t-il hurlé à la figure comme si j'étais chargée de surveiller Bradley.

Venturi et moi, on s'est regardés d'un air contrit.

– Comment voulez-vous que ce soit Timermann, incapable de tuer comme je m'en suis rendu compte quand il tirait sur Fox sans l'atteindre, alors qu'avec sa Winchester à lunette il était impossible de le manquer à cette distance... comment pouvez-vous imaginer...

– J'imagine rien, ma p'tite dame, j'vous dis c'qu'il en est ! Et aut'chose : dès que votre copain sera sur pied, je vous serais reconnaissant de le ramener où vous l'avez trouvé et de partir avec lui !

Venturi s'est levé en même temps que moi et on a fixé le shérif, et son adjoint a porté la main à son colt tant nos regards étaient amicaux. Puis on est repartis avec Sonora, qui a réussi à pisser sur le plancher avant de me suivre.

On se bat avec les armes dont on dispose.

Je n'ai pas retrouvé Brad. J'ai fait le tour de tous les hôtels de la ville, mais personne ne l'avait vu. J'espère qu'il s'est dégotté un endroit où vivre ses souvenirs douloureux lui sera possible. Et qu'un matin il se réveillera et se rendra compte que ses premières pensées n'ont pas été pour eux.

Venturi, juste avant Noël, est passé par chez nous. On l'a invité à dîner pour le snober avec notre vue sur le Pacifique.

– Alors, Richard, vous ne regrettez pas votre décision de quitter le Bureau ?

– Moitié-moitié. Quand j'y suis entré, il y a maintenant plus de vingt ans, ça a été, compte tenu des activités de ma famille, une des plus difficiles décisions à prendre. Mais je l'ai fait en quelque sorte pour...

contrebalancer ces activités... À présent, je le quitte pour contrebalancer la dérive de l'institution.

– Vous n'y allez pas un peu fort ?

– Non. Le fameux Ripley n'a pas été descendu par ses « amis mexicains » comme il le craignait, mais par ceux qui se sont mouillés avec lui et avaient peur qu'il parle. Je n'avais plus aucune bonne raison de rester pour me faire pardonner ma famille...

– C'est pas balancer le bébé avec l'eau du bain ? Le Bureau dans son entier n'est quand même pas coupable de la dérive de quelques-uns, ai-je objecté.

– Certes, mais quand la confiance s'envole...

Voilà, c'est pour toutes ces raisons que je n'ai pas un moral en béton. Heureusement il y a Nina. Et Sonora. À part que cette garce à quatre pattes a déjà oublié que c'est moi qui l'ai sauvée, car elle n'en a que pour Nina.

Je sors de chez Bulgari avec en poche un très joli sautoir pour Nina, et les bras surchargés de paquets enrubannés de chez Village Premium. Nina, moi et Sonora allons fêter Noël chez des amies qui ont vu les choses en grand.

Street Corner est bouchée de tous les côtés et ma Jeep est garée sur une place réservée aux livraisons. J'aurai de la chance si je ne la retrouve pas en fourrière. Les trottoirs grouillent de monde, j'ai les oreilles cassées par les chants de Noël discordants qui s'échappent des haut-parleurs, et je suis crevée par mes courses.

Premier cadeau de Noël, ma voiture est là. Je fourre mes paquets dans le coffre, m'aperçois que quelques flocons de neige commencent à voleter dans l'air, et me dis que ça va faire tout drôle à Sonora quand demain matin elle va descendre sur la plage et trouvera de la neige à la place du sable.

LE MAC DO ÉTAIT SITUÉ près de l'embarcadère sur le warf 9. Proche des restaurants chers et touristiques qui servaient poissons et homards, et attiraient la clientèle avec leur vue sur le Golden Gate et l'île Angel.

Fox replia soigneusement le journal et le glissa dans sa poche, pendant que Cindy payait l'addition de leurs deux hamburgers.

Le temps était ensoleillé et froid. Les bateaux de plaisance se balançaient en faisant crisser leurs haubans, et beaucoup de marins profitaient du beau temps pour les vérifier. Mais Fox se moquait de tous ces détails.

Ils arrivaient tous les deux du Nouveau-Mexique, après avoir réussi à échapper aux contrôles de police en changeant fréquemment de moyens de transport. Trains, autocars, auto-stop. Ils avaient aussi modifié leur look. Fox avait raccourci barbe et cheveux, portait comme Cindy des lunettes sombres et avait remplacé son jean et sa chemise de clochard par un pantalon de toile et une veste écossaise. Cindy s'était taillé les cheveux à la diable et les avait décolorés.

Ils avaient pensé se rapprocher de la côte pour embarquer vers l'Amérique du Sud en passant par l'océan, moins surveillé. Mais chemin faisant, Fox, après avoir braqué avec Cindy une station-service près d'Albuquerque, était tombé dans la chambre qu'ils avaient louée dans un motel assez minable tenu par des Indiens sur un ancien numéro du *San Francisco Chronicle* et l'article d'une certaine Sandra Khan.

Il l'avait lu et relu plusieurs fois, stupéfait d'apprendre la poursuite acharnée dont ils avaient fait l'objet, lui et sa Famille, de la part de cette journaliste dont il ignorait l'existence jusque-là.

Il avait passé le journal à Cindy, qui s'était montrée contrariée que l'on parle d'elle comme d'une victime, mais flattée cependant d'être en quelque sorte la vedette de l'histoire.

– Ils ont pas retrouvé Hubbard et les deux autres crétins, avait grogné Fox, déçu que l'assassinat des trois garçons ne soit pas inscrit au palmarès. Les coyotes les auront sûrement bouffés.

Cindy avait pouffé, sans vraiment de raison. Fox avait réussi à lui trouver de la dope en quantité suffisante pour qu'elle tienne un moment.

– Qui c'est, cette femme ? avait-elle demandé.

– Une femme. Une femme qui aime se la jouer, avait répondu son compagnon. Tu sais, le monde est pourri de gens comme ça qui croient tout savoir.

– Qu'est-ce qu'on va faire ?

– Rien de plus, avait-il répondu en haussant les épaules. Nos portraits sont partout chez les flics, les loueurs de voitures, dans les aéroports, les gares… on a eu du pot d'arriver jusqu'ici.

– Mais qu'est-ce qu'on va faire ?

Il s'était mis à réfléchir. Apparemment, cette journaliste était de San Francisco. Ça donnait au moins un but. Embarquer de Frisco était une bonne idée. Dans son port gigantesque ils dégotteraient bien un capitaine qui accepterait de les emmener au Mexique. Fox connaissait du monde à Ensenada. Il fallait juste des dollars. Et où en trouver sinon dans cette ville qu'il exécrait pour sa permissivité, où même la première magistrate était gay, où les gens chantaient dans les cable cars, possédaient une des plus importantes colonies de sodomites et se considéraient comme les plus affranchis des Américains ?

Ils quittèrent le Mac Do et se baladèrent sur le port en passant par Mission Street, le quartier sud-américain, jouant les touristes. Fox remarqua qu'il y avait beaucoup de flics qui circulaient en dévisageant les passants et il se dit que malgré leur changement d'aspect, ils ne devraient pas trop traîner dans les rues.

Il leur restait suffisamment d'argent de leur braquage pour subsister quelques jours s'ils se logeaient dans une auberge de jeunesse et se contentaient de MacDos jusqu'à ce qu'ils trouvent le moyen de se refaire et de s'offrir le voyage.

Il s'assirent sur un remblai et regardèrent les bateaux qui défilaient sous leurs yeux.

– Qu'est-ce qu'y dit, le journal que t'as acheté tout à l'heure ? demanda Cindy. On parle encore de nous ?

– Non. Mais la fille est bien collaboratrice du canard. Son nom est dans l'ours.

– Dans quoi ?

– Dans la liste des employés du *Chronicle*, expliqua Fox qui parfois estimait que Cindy était limite stupide. Viens, j'ai besoin de marcher pour réfléchir.

– Oui. Qu'est-ce qu'on va faire pour Noël ? demanda-t-elle.

– Noël ? Qu'est-ce que j'en ai à foutre de Noël !

– Oh, j'aimerais le fêter ! répondit Cindy en battant des mains. J'adore cette fête ! Mes parents en faisaient toujours une très belle quand j'étais petite !

Fox secoua la tête.

– Et c'est quand ?

– Demain !

Il la regarda et un bref sourire éclaira son visage.

Une vraie gosse. Évoquer maintenant les Noëls de son enfance avec ses parents ! Sûrement qu'ils lui faisaient une super-fête avec le pognon qu'ils avaient. Ça n'avait pas empêché leur fille unique de tout laisser tomber pour le suivre. Elle n'avait pas bronché quand il s'était débarrassé de leurs complices. Elle trouvait juste tout ce qu'il faisait. Avec ses cheveux courts elle paraissait moins de vingt ans. Il en avait presque quarante. Comme quoi !

Il la considéra pensivement.

– Ils habitent où tes parents ?

Elle haussa les épaules et tendit le doigt vers l'océan.

– Par là.

– C'est où par là ?

– Le quartier s'appelle Sea Cliff, près de Nob Hill. Ça donne sur la mer. Ils ont une belle maison. Elle appartenait à mon grand-père.

– Ouais, mais c'est grand ce quartier ?

– Elle est sur la plus belle avenue qui longe l'océan tout le long.

Fox ne répondit pas et se mordit la lèvre. Ce serait marrant d'aller leur rendre visite avec leur fille. Marrant et peut-être lucratif. Il la regarda suivre des yeux une sorte de régate à la con qui se déroulait à quelques encablures entre une douzaine de bateaux de fils de pute bourrés d'oseille.

Il entendait leurs cris et leurs rires et ça le fit grimacer. Il détestait les riches. Des suceurs de sang. Des criminels. Un instant il fut tenté de mettre Cindy dans le même panier, mais il se rappela qu'elle les avait justement quittés pour suivre une autre route.

Elle se tourna vers lui.

– On pourrait aller se balader en mer, il fait super beau !

– On va d'abord se chercher une chambre pour dormir. Après on verra.

346

Elle parut déçue mais ne dit rien. Ils revinrent à pied dans le centre où Fox savait trouver ce qu'il cherchait. Les auberges de jeunesse étaient toutes bondées à cause de ces sacrées fêtes, mais ils purent louer une chambre dans un hôtel de passe assez sordide où toute la nuit ils ne purent fermer l'œil tellement il y avait d'allées et venues. Pourtant au matin, une idée avait fait son chemin dans le cerveau de Fox.

– Attends-moi, dit-il à Cindy en lui rapportant une tasse de café chaud et des beignets quand elle se réveilla.

– Qu'est-ce tu vas faire ?

– Téléphoner.

– À qui ?

– Ton nom de famille, c'est bien Cooliers ?

– Oui, pourquoi ?

– Pour rien. Bouge pas d'ici. On a la chambre encore une heure. Je reviendrai te chercher.

– Tu reviendras, c'est sûr ? s'alarma-t-elle.

– Puisque je te le dis.

Il quitta l'hôtel et alla dans un café pour téléphoner. Il hésitait sur la marche à suivre. Si l'idée était bien là, il ne voyait pas comment l'utiliser avec le maximum de profit et le minimum de risques. Il ne pouvait pas se permettre la moindre erreur là où il en était. Il fallait bien gamberger sur ce coup.

Ce soir, c'était la fameuse soirée de Noël qui faisait baver tous les crétins de la Terre. Demain, tout le monde pantouflerait chez soi à soigner sa gueule de bois. Mais ça l'étonnerait, vu ce qui leur était arrivé, que les Cooliers fêtent Noël.

Il composa le numéro du *Chronicle* et tomba sur la standardiste.

– Bonjour, me serait-il possible de parler à Sandra Khan, elle est reporter au journal...

– L'est pas là, monsieur, c'est pour quoi ?

347

– Je voulais lui donner une information qui l'aurait beaucoup intéressée...

– J'peux vous passer le journaliste de permanence...

– Non, c'est elle que je veux.

– Oui, mais elle est pas là ! C'est Noël, vous trouverez personne...

Il se mordit les lèvres. Connerie de Noël.

– Elle sera là après les fêtes ?

– Je l'ignore, monsieur, rappelez à ce moment-là, dit-elle en raccrochant.

Il jura. Réfléchit, consulta le bottin pour avoir le numéro des Cooliers dont il était certain que Cindy ne se souvenait pas. Il ne le trouva pas. Les gens de la haute ne sont pas inscrits dans les bottins. D'énervement, il donna un grand coup de pied dans la porte. Une femme s'arrêta et le considéra avec suspicion. Il sortit brusquement de la cabine et quitta le café.

J'AI SAM EN LIGNE alors que je me repose des fêtes de Noël en compagnie de Nina et de Sonora. La première, allongée sur le relax lit le dernier Bret Easton Ellis qu'elle trouve médiocre, et la seconde, couchée sur son tapis, s'acharne sur un os de veau cru.

– Qu'avez-vous fait pour Noël ? lui demandé-je après lui avoir raconté notre soirée chez nos amies où j'ai tellement dansé qu'aujourd'hui j'ai un genou qui a pris une notable ampleur.

– Je l'ai passé chez Archie qui a transformé la dinde en carpe farcie. Mais on a fait une sacrée fête.

– Vous n'étiez pas chez votre mère ?

– Vous plaisantez, ce serait pour elle un sacrilège de célébrer une fête qui a marqué le début de nos problèmes.

– Comment va Archie ?

– Il vieillit, comme nous tous, mais s'énerve toujours autant. Rose l'a menacé de prendre sa retraite s'il continuait à fulminer contre le monde. Ça a eu l'air de le calmer un peu. Ces deux vieux célibataires sont tellement habitués à être ensemble qu'ils ne peuvent pas imaginer travailler l'un sans l'autre. Et moi, je ne peux imaginer qu'un jour le restaurant n'existera plus.

– Embrassez-les pour moi. Nina et moi voudrions venir vous voir.

– Excellente idée. Je prendrai des congés pour rester avec vous.

– Parce que bien sûr vous êtes toujours à la Criminelle ?

– Vous en doutiez ?

Comme nous sommes censés être dans des jours joyeux, nous n'évoquons rien de notre récente mésaventure. Et nous raccrochons en nous promettant de faire bientôt la fête.

Et à ce moment-là mon portable sonne. C'est Bertram, un collègue avec qui je travaille.

– Y a un gus qui veut te parler, ça fait trois fois qu'il téléphone. Je lui ai dit que tu étais en congé, mais il insiste, disant que c'est important. Qu'est-ce que je fais ?

– Il t'a dit pour quoi ?

– Nan. M'a juste dit que ça allait te plaire.

Je réfléchis. Qu'est-ce qui peut être important en pleines fêtes de Noël pour qu'un type téléphone trois fois de suite ?

– Bon, passe-le-moi, merci, Bertram.

– De rien.

Déclic, silence, puis :

– Sandra Khan ?

– Oui...

Silence assez long.

– Vous êtes chez vous ?

Je me raidis. Des cinglés, j'en ai une pleine malle à revendre.

– Que voulez-vous ?

– Ça vous a plu l'Arizona ?

Mes doigts de pieds se crispent dans mes Birkenstock.

– Pourquoi, vous faites partie de l'office du tourisme ?

Silence, ricanement, puis :

– Je sais que vous êtes déçue.

– Pourquoi je serais déçue ?

Nina lève les yeux de son livre.

– Parce que vous n'avez pas ramené Cindy à ses parents...

– Vous êtes un lecteur du *Chronicle,* à ce que je vois.

Nina pose son livre.

– Plus que lecteur. Long silence. Acteur.

Je regarde Nina.

– Acteur de quoi ?

– Combien croyez-vous que ses parents payeraient pour récupérer leur fille ?

– Qui êtes-vous ?

– Vous savez qui je suis.

Je m'extrais de mon fauteuil avec le cœur qui bat à cent cinquante. Nina me rejoint sans me quitter des yeux.

– Alors, combien d'après vous ? reprend la voix.

Je suis certaine que c'est lui. J'ai un frisson comme quand on entend un bout de métal crisser sur un autre bout de métal.

– Il faut leur demander..., lâché-je.

– Voulez-vous le faire pour moi ?

– Où est Cindy ?

– Avec moi. Elle va bien.

– Dans ce cas je veux lui parler.

– En son temps. Quand nous serons d'accord.

Je suis couverte de sueur. Nina me pose la main sur le bras et articule en silence :

– C'est lui ?

Au bout du fil la voix reprend :

– Voilà ce que je propose. On se rencontre tous les deux pour mettre les choses au point, et vous allez ensuite chez les Cooliers.

– Qui me prouve que vous êtes bien celui que vous prétendez être ? Et puis, si vous êtes l'assassin à qui je pense, vous n'avez pas peur d'être pris ? Toutes les polices vous recherchent.

351

– Si les Cooliers veulent revoir leur fille, ils accepteront mon offre et seront discrets.

– Où êtes-vous ?

– Pas loin.

– Pas loin de quoi ? dis-je, subitement effrayée.

– Pas loin... Dans le comté.

– D'accord, je les appellerai. Mais je veux d'abord être sûre que vous êtes ce Fox et que Cindy est vivante. Passez-la-moi.

Un soupir énervé. Puis :

– Écoutez-moi, espèce de fouille-merde, c'est moi qui ai les cartes en main. Alors vous ferez ce que je dis parce que sinon les Cooliers auront toutes des raisons de vous en vouloir. Il me faut 500 000 dollars en petites coupures !

Changement de ton. Je dois me montrer plus habile.

– Où puis-je vous joindre ?

– C'est moi qui vous appellerai. Ce soir.

Il raccroche.

– C'était lui ? souffle Nina.

Je hausse les épaules.

– Comment en être sûre ? Tout ce qu'il m'a dit figure dans l'article.

– Qu'est-ce qu'il veut ?

– De l'argent. Il rend la fille si les parents le payent.

– Bon Dieu ! Mais qu'est-ce que tu vas faire ?

Je ne réponds pas. J'ai la tête en feu. Est-ce lui ? Comment annoncer aux Cooliers que celui qui les a plongés toutes ces années dans l'enfer est revenu pour leur rendre leur fille contre une rançon ? Et si c'était le canular d'un de ces cinglés qui adorent faire du mal ? Chaque reportage de ce type fait sortir du sol une armée de dingues. Les affaires criminelles qui font la une suscitent les faux aveux de pauvres types décidés à se glisser sous les feux de la rampe. Les flics perdent un temps fou à les vérifier.

J'ai passé plus de trois semaines à chercher cette fille sans jamais l'approcher, et maintenant il faudrait que je croie qu'elle est ici et décidée à revenir dans sa famille ? D'après tous les témoins, elle était parfaitement en phase avec la bande. Puis-je encore infliger cette torture à ses parents si ce salaud ment en disant qu'elle veut revenir chez elle ?

Je sors sur la terrasse malgré le vent. Nina me rejoint. L'océan est houleux, de courtes vagues blanches d'écume se brisent sur les rochers. Le ciel est tourmenté et le Golden Gate noyé dans le brouillard.

Hier il y avait du soleil, hier je finissais par oublier cette histoire. Hier je m'amusais. Et aujourd'hui ?

– Que vas-tu faire ? me demande Nina en me prenant le bras. Tu n'as pas le choix.

Elle est juriste. Elle sait que je dois prévenir les flics et les laisser se débrouiller.

– Je vais appeler les Cooliers, dis-je.

I L EST CINQ HEURES et la nuit est tombée quand Bertram me rappelle pour me dire qu'il a de nouveau mon correspondant au bout du fil.

– Passe-le-moi, mais surtout ne lui donne ni mon numéro de téléphone ni mon adresse.

– Hé, tu me prends pour un jobard ! Bouge pas, je fais la manip !

– Allô ? dis-je en branchant le haut-parleur.

– Vous leur avez parlé ?

Il y a quelque chose dans sa voix qui me donne la chair de poule. Ou alors c'est de savoir ce qu'il est.

– Je leur ai parlé... ils acceptent de payer si Cindy leur est rendue.

– Bien. Voilà ce qui va se passer. L'argent, je le veux ce soir.

– Comment voulez-vous qu'ils se procurent une telle somme un lendemain de Noël...

– Les banques sont ouvertes et je suis sûr qu'ils ont les moyens d'en faire ouvrir une quand elle est fermée... Vous irez le chercher et me l'apporterez...

– Il n'en est pas question !

– Mais si. Sinon ils ne reverront jamais leur fille... Je vous dirai où me le remettre. Et bien sûr je veux pas voir la queue d'un flic. Sinon, Cindy et moi on se barre.

Nina me chuchote :

– N'accepte pas, c'est trop dangereux.

– Qu'est-ce qui me dit que vous êtes ce Fox et que Cindy est avec vous ?

– Hum… quand on faisait la course sur la route de Flagstaff, je conduisais une Chrysler et vous une Range Rover, exact ?

J'ai du mal à déglutir.

– Attendez… je veux parler à Cindy. Où est-elle ?

– À côté de moi.

– Je veux lui parler.

– D'accord. Cindy…

– Bonjour.

Je reste interdite. Une voix de petite fille. Pourtant, si mes calculs sont bons, elle doit avoir vingt-deux, vingt-trois ans.

– Cindy… j'ai contacté vos parents. Ils veulent plus que tout au monde vous retrouver. Mais vous, qu'en pensez-vous ?

– Moi aussi je veux les retrouver.

– Vous avez entendu ? reprend Fox. C'est une fille honnête, Cindy. Hein, Cindy ?

– Oui…

– Voyez ? À vous de jouer, madame Khan. Vous avez fait un sacré article sur moi… j'suis pas si méchant pourtant…

– Vous êtes un fou criminel. Un psychopathe de la pire espèce !

Je l'entends glousser.

– Bon. Je vous appellerai quand vous serez chez les Cooliers. Avec l'argent.

– Il n'en est pas question. Je ne servirai pas d'intermédiaire…

– Cindy ? Elle veut pas me donner l'argent, qu'est-ce qu'on fait ?

– Je veux que mes parents vous payent. Sinon je reste avec vous.

– Vous avez entendu ?

J'écarte le téléphone de mon oreille et le fixe d'un air ahuri. Ce barbare me prend pour la reine des connes ! Cindy n'a pas du tout l'intention de rentrer chez elle !

– Une fois que vous aurez l'argent, pourquoi Cindy qui vous suit comme un petit chien depuis des années reviendrait-elle dans sa famille qu'elle a quittée il y a presque trois ans ?

– Je suis poursuivi par les flics, et je peux plus m'embarrasser d'elle. J'ai davantage besoin de fric que de cette môme ! Merde, vous comprenez rien ! Cindy, si ton père me file son fric, tu rentreras, hein ?

– Oui...

Et toujours cette voix enfantine.

– Vous avez entendu ? Cindy m'obéit tout le temps. Elle sait maintenant qu'elle me gêne, alors elle fera ce que je lui dirai !

– Pourquoi me demander à moi ? Adressez-vous directement à eux.

– Vous rigolez ? Vous saurez les convaincre mieux que moi.

Je recouvre le téléphone de la main et regarde Nina qui écarquille les yeux.

– Tu y comprends quelque chose ?

– Rien, n'y va pas. C'est un piège !

– Un piège, pourquoi ?

Elle hausse les épaules et marche à grands pas dans le salon.

– C'est un cinglé, et elle l'est tout autant ! Laisse-les se débrouiller ! Préviens la police !

– J'sais pas...

– C'est le boulot des flics.

J'entends la voix de Fox dans l'écouteur et reprends l'appareil.

– Bon, je vois que je vous flanque les chocottes et moi j'ai plus confiance. Alors voilà : allez dire à ces

356

richards de réunir la somme. Je viendrai à minuit avec Cindy. Qu'ils n'oublient pas que j'ai leur fille avec moi s'il leur prenait l'idée de jouer aux cons ! S'ils n'ont pas l'argent ou s'ils me doublent, alors ils peuvent prier.

Ce type n'a aucun plan. Il agit dans le moment, comme lorsqu'il tue.

– D'accord. Ramenez Cindy et ils vous paieront. Je ne la crois pas sincère quand elle dit vouloir revenir chez eux… mais c'est pas mon problème. Je vais leur expliquer, et c'est tout ! À prendre ou à laisser !

Grand silence, mais je commence à avoir l'habitude.

– D'accord, allez-y. Dites-leur que Cindy sera chez eux à minuit. Mais dites-leur aussi qu'il y aura un massacre s'ils préviennent les flics.

– Toutes les polices du pays vous recherchent. Vous ne pouvez pas leur échapper ! Laissez repartir Cindy.

– Mais elle est libre, Cindy ! lâche-t-il dans un éclat de rire avant de raccrocher.

– Qu'est-ce que tu vas faire ? s'inquiète Nina.

– Je n'en sais rien.

Je sens une terrible colère monter en moi. Et je sais pourquoi. J'ai accepté de jouer les intermédiaires parce que j'espérais un article. Je suis presque aussi pourrie que lui ! Les cinglés qui jouent aux gourous transforment leurs disciples en zombies. Drogues, privations de nourriture et de sommeil, sexe. Cindy ne reviendra jamais chez elle, mais Fox et elle ont besoin d'argent. Elle est encore une fois sa complice. Son plan foireux en est la preuve.

– Qu'ils payent ou non, leur fille ne reviendra pas, dis-je. Mais c'est à eux de prendre la décision de prévenir la police. C'est leur fille, pas la mienne !

Nina me fixe sans répondre.

– Je vais les voir, je n'en ai pas pour longtemps. Aujourd'hui il n'y a personne sur les routes. Je suis de retour dans deux heures. Il faut leur donner une chance.

– T'es sûre que c'était elle ?

– Comment être sûre ? Mais celle qui m'a répondu m'a paru assez larguée pour que ce soit elle.

– Prends Sonora !

J'éclate de rire.

– Sonora ? Elle a encore ses dents de lait !

– Alors laisse-moi venir avec toi.

– Tu sais bien que non. Sans appel.

Elle me toise, furieuse. Mais c'est un contrat intangible entre nous. Mes risques professionnels sont pour moi. C'est ma liberté. Et là, vraiment, affronter la déception et l'impuissance de ces pauvres gens, c'est tout ce que j'ai à craindre.

– Prends une arme.

– Mais…

– S'il te plaît.

Je soupire. J'ai un 38 Smith et Wesson que j'ai acheté par l'entremise de Sam. C'est un revolver de flic.

– Si ça te rassure, dis-je en l'embrassant. Mais je n'en aurai pas besoin.

L A SÉDUCTION D'UN LIEU ne dépend pas seulement de sa beauté, de l'harmonie de ses éléments, de la clémence de son climat, mais de ce qui habite votre tête et votre cœur.

Lorsque j'ai suivi cette route l'été dernier pour me rendre chez les Cooliers, c'était autant par désœuvrement que par curiosité. La vue sur l'océan m'a époustouflée, les riches résidences que je devinais à l'abri de leurs parcs me faisaient rêver, et les luxueuses avenues bordées d'arbres rares et de fleurs m'évoquaient les comédies de Capra. À ce moment-là, j'avais le cœur léger. Mais ce soir, malgré le scintillement des maisons de l'autre côté de la baie, leurs reflets sur la plaque noire de l'océan, la lumière tamisée qui tombe des lampadaires anciens, le calme feutré qui nimbe le tout, je ne ressens ni envie ni émerveillement.

Je roule doucement, peu pressée de me confronter à ce qui m'attend. Parce que ce soir je suis le messager qui apporte une mauvaise nouvelle. Même si cet homme est celui qu'il prétend être, même si ces gens préfèrent payer ce psychopathe pour retrouver leur fille, je suis certaine qu'elle ne reviendra pas.

Elle a vécu des années d'une vie de criminelle. Elle a tué ou été complice de meurtres horribles, elle s'est tue, car je suis sûre qu'il ne la retenait pas malgré sa volonté. Les détectives qui les ont retrouvés ont été formels : Cindy n'était pas une otage.

Je finis par arriver devant la résidence des Cooliers. Ils m'attendent, et dès que mes phares alertent le système de sécurité, la lourde grille de fer forgé noir avec ses pointes dorées et sur laquelle est plaqué un grand C pivote lentement et s'ouvre.

J'emprunte la longue allée qui mène à la demeure toute blanche et m'arrête au bas du perron. Pas de maître d'hôtel pour m'attendre ce soir, mais le maître de maison qui sort sur la terrasse.

– Bonsoir.

Je lui prends la main qu'il a glacée. Il me précède et referme soigneusement la lourde porte derrière nous.

La maison est plongée dans la pénombre. Seul le salon que j'aperçois de loin est éclairé.

Depuis que je suis entrée, Cooliers s'est arrangé pour ne pas croiser mon regard. Même en me serrant la main ses yeux m'ont évitée. Je n'aperçois aucun domestique. Je lui en fais la remarque.

– Nous leur avons donné congé pour Noël. Asseyez-vous, je vous prie.

Il passe une main nerveuse dans ses cheveux, redresse les épaules, et Mme Cooliers apparaît.

– Bonsoir, dit-elle froidement.

– Bonsoir. Vous avez eu mon message ? demandé-je en me levant. Vous avez pu réunir la somme ?

Ils acquiescent de la tête aux deux questions.

– Je suis venue parce que ce n'était pas facile de vous parler de ça au téléphone. Et il l'a exigé.

– Parler de quoi ? interroge M. Cooliers.

– Je ne suis certaine de rien. Cet homme paraît être ce qu'il dit. Cependant, il se peut qu'une fois que vous lui aurez remis l'argent... Cindy ne veuille pas revenir.

– Mais vous avez entendu ma fille, avez-vous dit ! me coupe abruptement Mme Cooliers. Elle a dit vouloir rentrer.

– Oui... j'ai entendu la voix d'une jeune fille. Je ne sais pas si c'est la sienne.

– Nous savons que c'est notre fille et qu'elle revient vers nous, intervient son mari d'un ton furieux. Nous sommes d'accord pour payer ses frais d'entretien à cet homme.

– Ses frais d'entretien ? Cinq cent mille dollars ? Vous allez payer un assassin qui a envoûté votre fille, comme vous me l'avez dit, sans être sûr qu'elle va revenir. Elle l'a suivi volontairement. Elle pouvait le quitter. Rappelez-vous ce qu'a dit le détective que vous aviez envoyé... je vous demande simplement...

Ils me fixent avec une telle hostilité que j'ai du mal à m'expliquer.

– Et pourquoi d'après vous notre fille ne voudrait-elle pas revoir sa famille ? Pensez-vous que sa vie sera si horrible ?

– Je n'ai pas dit ça. Je dis seulement qu'il faut que vous vous assuriez... Écoutez, avant de payer cette rançon vous devez avoir la certitude...

– Ce n'est pas une rançon, répond Mme Cooliers, le visage dur. Nous ne sommes pas des imbéciles, nous savons parfaitement que nous avons fait des erreurs et que Cindy a eu envie de connaître une autre vie. Cet homme l'a accompagnée durant ces années où elle était en difficulté psychologique. Et nous lui en sommes reconnaissants.

– Quoi ? Reconnaissants ? Mais c'est un tueur en série !

– Ça suffit !

M. Cooliers s'est planté devant moi, les yeux étincelants de colère, et à ce moment la porte qui donne sur le hall s'ouvre, et un homme avance dans le salon.

Je me retourne mais, à cause de la demi-pénombre de la pièce, n'aperçois qu'une silhouette.

– Bonjour, madame Khan, grince une voix que je reconnais aussitôt. Du métal glissant sur du métal.

Je me pétrifie de surprise.

– Étonnée ? reprend-il en venant vers nous.

Il correspond à la description que m'en a faite Sam. Il est effrayant. Démarche saccadée, visage livide et grêlé mangé d'une barbe hirsute, les yeux enfoncés comme des pointes noires, longs bras disproportionnés. Une créature à la John Carpenter. Mais ce soir on n'est pas au cinéma.

– Fox ?

– Lui-même, ricane-t-il.

Je me tourne vers les Cooliers qui n'ont pas bougé.

– Qu'est-ce qu'il fait ici ?

Ils ne répondent pas, raides à se briser, arborant l'air distant de ces gens qui refusent de se mêler d'une affaire qui ne les concerne pas.

– Ah, j'ai préféré venir plus tôt. Cindy brûlait d'impatience de retrouver sa maison, ses parents... Il se laisse tomber sur un canapé. Se tourne vers la mère de Cindy : Vous n'avez pas pensé à m'offrir à boire...

Elle regarde son mari, qui incline brièvement la tête, et elle se dirige vers une desserte d'où elle sort un verre. Elle se retourne vers son invité.

– Que voulez-vous ?

Je suis en plein délire. Cette famille d'aristocrates en train de faire des ronds de jambe à l'un des pires assassins du pays...

– Scotch, votre meilleur ! Il se tourne vers moi. Vous ne vous attendiez pas à me trouver déjà là, hein, madame la journaliste ? Je serais bien venu vous voir... mais le temps m'a manqué.

– Où est Cindy ?

– Cindy ? Elle est montée dans sa chambre, n'est-ce pas ? dit-il en se tournant, souriant, vers les Cooliers.

Elle avait envie de retrouver son petit monde. J'espère que vous n'avez pas fait de bêtise, du genre amener les flics, ajoute-t-il en me fouaillant de ses horribles yeux noirs.

– Non. Mais j'y ai pensé.

– Je le savais. C'est de vous que je me méfiais. Alors je me suis dit qu'il valait mieux avancer notre rendez-vous. Il avale une large rasade de son verre. Hum, c'est du bon. Il se lève, les regarde, décroche un téléphone. C'est quoi le numéro de la chambre de Cindy ?

– Faites le 8, répond sa mère.

– Cindy, tu peux descendre. Il raccroche, se tourne vers moi avec son affreux sourire. Eh bien, vous allez enfin la voir celle que vous cherchiez... on ne va plus se quitter. J'ai convenu avec eux que j'allais vous emmener avec nous...

– Avec vous ?

– Enfin... avec moi. Vous serez mon garant pour qu'ils ne préviennent pas les flics. Vous contre leur fille. C'est vous la responsable de mes... ennuis. Votre article me l'a appris. Vous recherchiez Cindy et vous tombez sur ce pauvre Timermann qui s'était mis en tête de nous poursuivre. C'est à partir de ce moment-là que mes emmerdements ont commencé.

– C'étaient ses conditions, lâche soudain Mme Cooliers en me fixant, les yeux embués de larmes.

À ce moment, Cindy entre dans le salon et sa mère se précipite à sa rencontre.

– Ma chérie, tu as tout retrouvé ? Tu as vu, on n'a touché à rien... nous savions qu'un jour tu reviendrais...

Je la regarde. Une junkie comme la présentaient les portraits que l'on m'en a faits. Ses yeux clignent sans se poser nulle part. Elle est vêtue d'un pantalon informe et d'une veste de treillis. Elle a fourré les mains dans ses poches et je sais que c'est pour qu'on ne remarque pas combien elles tremblent. Là où elle en est, avec ce qu'elle a fait, cette fille ne reprendra jamais une vie normale.

Mme Cooliers se tourne vers moi.

– C'est tout de même grâce à vous que nous l'avons retrouvée… je vous remercie.

– C'est pour ça que vous laissez ce cinglé m'emmener avec lui ?

– Comprenez-nous, madame Khan, notre fille est ce que nous avons de plus précieux… nous voulons qu'elle retrouve la vie qu'elle avait avant… avant… de…

– D'assassiner ?

– Notre fille n'a rien fait ! hurle Mme Cooliers. Elle n'était plus elle-même, elle n'avait pas le choix !

À cet instant on entend un éclat de rire si démoniaque, si improbable que tous nous sursautons.

Fox se tord de rire en serrant contre lui Cindy qui l'a rejoint. Et je remarque en même temps qu'elle porte un attaché-case dont je devine le contenu.

– Vous avez pu réunir la somme en si peu de temps ? je m'étonne avec une moue dégoûtée à Cooliers, en désignant la mallette.

– Un peu moins que ce que j'avais demandé, intervient Fox, toujours hilare, mais on s'en contentera. Vous devez bien valoir quelque chose…

Ma besace avec le .38 à l'intérieur est posée sur un des canapés. À plus d'un mètre d'où je suis. Mais le poignard que vient de brandir Fox est beaucoup plus proche. Il a lâché la fille et l'agite devant mon visage.

– Je suis sûr que vous allez nous suivre sans faire d'histoires…

– Nous ? sursaute Mme Cooliers comme si elle venait de se réveiller.

Il se tourne vers elle, toujours souriant.

– Vous savez quoi ? Cindy a réfléchi. Elle n'aime décidément pas cette maison… ni vous, d'ailleurs…

– Quoi ! réagit violemment son père. Qu'est-ce que vous dites ?

– Ta gueule, papa ! J'vais pas vous tuer parce que je crois que ça lui ferait quand même de la peine, à Cindy. Hein, ma Cindy ? Alors, dans un premier temps, vous me confiez vos clés de voiture, dans un deuxième temps, je vous saucissonne jusqu'à ce que quelqu'un vous trouve... et troisième temps, on part tous les trois.

– Je saurai vous en empêcher, salaud ! rugit Cooliers en se précipitant, et qui ne comprend pas comment il se retrouve avec la joue ouverte tant le geste de Fox a été fulgurant, et qui regarde avec stupéfaction ses doigts ensanglantés qu'il a portés à son visage.

Moi, j'ai plongé sur le canapé pour attraper mon sac et sortir mon .38, quand je reçois un sac de noix sur le dos qui me le fait lâcher au moment où je m'en emparais.

Je me retrouve à plat ventre, par terre, les genoux de Cindy enfoncés dans mon dos. J'entends Fox hurler, je me retourne brusquement, fais choir la fille, lui passe un bras autour du cou et serre de toutes mes forces.

Elle hoquette, cherche à se dégager, je me glisse derrière elle pour me protéger des coups de pied que Fox m'assène. J'entends les Cooliers hurler, la table basse se renverser, je suis toujours cramponnée au cou de cette tordue de Cindy qui se débat de moins en moins.

– Relève-toi, salope ! Et lâche-la !

Un objet dur et froid me transperce la tempe. Fox s'est emparé de mon revolver. Son visage est tordu de haine et je pense que je vis mes dernières secondes. Son index se crispe sur la détente, et soudain je réalise que je vis le même drame que celui qu'a connu Sam, face au Black. Puis la pression s'allège, j'ouvre les yeux. Cindy lui tire le bras en arrière.

– Laisse-la, dit-elle.

Il hésite un moment, qui me semble éternel, et ricane en se redressant. Il se tourne vers la jeune fille.

– T'aurais pas été là, j'perdais une belle somme d'argent...

Il se baisse, me cogne le nez avec le canon du .38, et je me mets à pisser le sang tandis que la douleur me vrille le crâne.

– Ne la frappez pas !

Cette fois c'est la mère Cooliers qui intervient. Elle a pris son temps, la garce ! Elle vient vers moi et me tend un mouchoir que je colle sur mon nez. J'ai la tête qui chavire et je me raidis pour ne pas tourner de l'œil.

Cooliers tente de raisonner sa fille qui ne l'écoute pas. Il s'accroche à son bras en la suppliant de rester. Elle se dégage sous les rires de Fox.

– Laisse tomber, tu lui donneras jamais ce qu'elle a avec moi ! Bon, l'heure tourne.

Il regarde autour de lui, va vers une des larges fenêtres, détache les embrasses des doubles rideaux, revient vers le couple, leur sourit.

– On monte, les jeunes...

– Qu'est-ce que vous allez faire ?

– Vous border. Allez, hop ! dit-il en les poussant avec le revolver. Grouillez, on n'a pas toute la nuit. Il se tourne vers moi. Colle-toi à plat ventre. Cindy, assieds-toi sur son dos avec le poignard sur sa nuque. Elle bouge, t'enfonces.

Il redescend quelques minutes plus tard en sifflotant, nous jette un coup d'œil, va vers la desserte, s'empare de deux bouteilles d'alcool.

– Tu sais que tes parents font chambre à part ? dit-il à Cindy. Y s'aiment plus ou quoi ?

Il continue sa ronde, embarque une coupe en argent massif qui le fait siffler d'admiration.

– Bon, allez, on s'arrache !

Je me lève et il colle le revolver dans mes côtes.

– T'éternues comme je veux pas, et je te bute...
compris ?

On sort et Cindy nous entraîne vers les garages. Il
lui caresse la tête et elle la pose sur son épaule.

– Tu vois que j'avais raison...

– Oui, Père, murmure-t-elle.

Pas une âme à des milliers de kilomètres à la ronde.
Le quartier le plus désert d'Amérique. Pourquoi Nina
ne s'inquiète-t-elle pas de mon absence ? Je jette un
coup d'œil à ma montre. Onze heures. Je suis partie
de chez moi à neuf heures. Mon téléphone est resté
dans mon sac qui, lui, est resté sur le canapé.

Cindy ouvre les portes des garages en appuyant sur
un bouton dissimulé au milieu d'un ampélopsis.

Six portes s'ouvrent simultanément tandis que
s'allument des rampes de lumière. Quatre voitures
luisantes de propreté s'alignent. Une Mercedes noire,
un cabriolet BMW, une Lexus argentée, une berline
Honda.

Fox examine les clés.

– Elles vont sur laquelle ?

Cindy les regarde et se dirige vers la Honda.

– Oh, merde, j'aurais préféré la Lexus ! Bon, tant
pis, allez, monte, dit Fox en me poussant. Tiens, tu vas
conduire.

Il met la mallette dans le coffre et vient s'asseoir à
côté de moi. Cindy s'est assise au milieu de la banquette arrière et je croise son regard dans le rétro. Je
sursaute. Il a changé.

– Allez, démarre ! aboie Fox en me frappant avec la
crosse du .38

Cindy lui met la main sur l'épaule en souriant.

– Ne t'énerve pas, Père.

Je démarre, suis l'allée, attends que la grille s'ouvre.

– On va où ?

367

– Au port. On part au Mexique, ça te plaît ?

Je prends la direction de la ville. Peu de voitures, comme je l'avais supposé, sans savoir que je le regretterais. On croise deux voitures de police mais Fox appuie plus fort le revolver dans mes côtes.

– Au cas où t'aurais de mauvaises idées. Ça va derrière ? demande-t-il à Cindy.

– Oui. Qu'est-ce tu vas faire d'elle ?

– Je t'ai dit, on part en voyage.

– Pourquoi elle ?

– Ma parole, t'es jalouse ! rit-il. C'est toi que je préfères, tu sais bien !

– Elle va nous gêner !

Et je croise une nouvelle fois son regard qui paraît vouloir me dire quelque chose.

– Tu veux que je la laisse derrière nous pour qu'elle nous balance, chérie ?

– Je m'en chargerai.

Il se retourne et feint l'étonnement.

– Je serais pas contre, mais elle peut nous rapporter du fric. Une journaliste connue...

– On a assez d'argent.

– On n'a jamais assez d'argent. Allez, c'est bon. Si t'as envie de t'amuser, je te donnerai d'autres occasions ! Roule, toi !

Mais je prends mon temps. Pas question que je parte avec eux. C'est ma mort assurée.

– Tu peux pas aller plus vite !

– Vous embarquez pour où ?

– J't'ai dit, le Mexique. Va au port marchand.

Je prends Hyde Street pour rattraper Marina Boulevard et descends sur Fisherman's Wharf. Je dépasse Union Square, cherchant une voiture de police, mais c'est à croire que tous les flics de Frisco sont chez eux à déballer leurs cadeaux de Noël.

Les gens ont raison : on ne trouve jamais de flics quand on en a besoin.

Fox regarde par la vitre, le .38 sur les genoux. Je prends le chemin des écoliers et toujours je sens le regard de Cindy sur moi.

– Dis donc, c'est un peu long pour descendre, grogne Fox. T'en rajouterais pas ?

– Vous connaissez le bateau que vous prenez ?

Il ricane.

– Le bateau dépend des dollars que j'alignerai.

Enfin, après bien des détours on arrive sur la partie du port réservée aux navires marchands. À cause de l'heure tardive et des fêtes, c'est carrément mort.

Des cargos en plus ou moins bon état sont à quai, la plupart ont leur coque rouillée, leur armature fatiguée. Près d'eux des montagnes de conteneurs sont alignées. Les quais sont déserts et noirs, seul le bureau des douanes est éclairé. Plus loin j'aperçois les bâtiments de la police fluviale et ceux des gardes-côtes.

– Arrête-toi là, me dit Fox quand on passe devant une espèce de bouiboui où derrière les vitres sales on aperçoit des têtes.

Je me raidis. À moins de vingt mètres il y a du monde, je me tiens prête à agir, mais comme s'il l'avait perçu, Fox m'ordonne de redémarrer.

– Faut savoir ce que vous voulez, je grogne.

– Ta gueule !

Au bout de trois ou quatre cents mètres, il remet ça.

– Arrête-toi !

Je me mords les lèvres. Un coin pourri, isolé et noir. Pouvait pas trouver pire. Des empilements de poubelles, de rails, de toutes les saloperies que l'on trouve dans les ports. Mais pas âme qui vive, et à quai des bateaux aux ponts déserts ravagés par l'âge.

– Descends, me dit-il en sortant sans me quitter des yeux, revolver braqué.

– Vous voulez m'abattre, je croyais que je partais avec vous...

– Tu vas la fermer ? Cindy, prends le colt et reste avec elle.

Il s'éloigne dans l'obscurité. Cindy est à moins de cinq mètres et tient fermement le .38. J'essaye de voir si le chien est baissé, mais il fait trop sombre.

– Ça vous dit vraiment de partir avec ce cinglé ?

Elle ne répond pas mais je la sens tressaillir. Si Fox compte trouver un capitaine qui va les embarquer en pleine nuit, sans les connaître, il va falloir effectivement qu'il les aligne.

– Vos parents vous adorent, ils feront tout pour vous. Avec un bon avocat vous pourrez expliquer que Fox vous a forcée à le suivre. Il n'y a pas de témoin pour vous accuser de quoi que ce soit. Ils sont tous morts. Le seul qui reste, Brad Timermann, ne vous connaît pas. Cindy, vous ne pouvez pas continuer à vivre de cette façon. Vous suivrez une cure de désintoxication, vous retrouverez une vie normale. Avec lui vous passerez le temps à fuir et un jour vous serez rattrapés et abattus. C'est ça que vous voulez ?

Elle reste muette mais j'entends son souffle se précipiter. À un mouvement qu'elle fait, je sens qu'elle a entendu quelque chose. Fox sort de l'obscurité.

– Qu'est-ce que vous racontiez à ma Cindy ?

– Qu'elle devrait vous lâcher.

– Sympa…

Il s'approche de moi et me balance une gifle monumentale. Ma tête fait un aller-retour et j'ai un goût de sang dans la bouche.

– Tu vas peut-être la fermer comme ça ! Cindy, file-moi le flingue. Tiens, prends le couteau. Il me regarde, les yeux plissés. T'as peut-être raison, elle va foutrement nous encombrer. D'ailleurs, j'ai trouvé que deux places pour embarquer…

Il pointe le .38 sur mon ventre. J'aperçois presque la balle au bord du canon. Je regarde le poignard de Cindy et me fais bêtement la réflexion que c'est un

Elk Ridge avec une épaisse lame d'acier de vingt centimètres, crantée d'un côté, destinée à déchiqueter les
chairs quand on l'arrache, et dont se servent les commandos de marines. Pourquoi à ce moment précis où
je suis sur le point de rejoindre mes ancêtres mon cerveau débile me sort une thèse sur les poignards ?
Peut-être parce que Cindy le tient comme prête à
embrocher, à longueur de bras de Fox.

– Attends. Tu disais qu'on pourrait demander de
l'argent pour elle…, dit-elle.

– Ouais, mais elle va trop nous emmerder… ici on
peut se débarrasser du corps, ni vu ni connu. T'as
trente brasses de fond sous les pieds.

Il lève vers moi le colt qu'il tient à deux mains, et je
ne pense plus à rien ni personne, je ne vois que la
mort qui me regarde, son doigt qui se crispe sur la
détente. Je me raidis.

Puis il crie, titube, tire, la balle atteint Cindy accro-
chée au poignard qu'elle lui a planté dans le ventre.

Je les regarde s'affaisser lentement comme des dan-
seurs qui ne pourraient se défaire, et juste avant que
la mort ne l'emporte, il tourne vers moi son regard
voilé, et tire encore.

Une douleur aiguë explose dans ma poitrine et je
tombe dans un feu d'artifice d'étincelles et de couleurs éclatantes.

Je ne ressens rien. Ils sont allongés sur un tapis
rouge qui s'élargit jusqu'à moi. Je crois pouvoir les
toucher.

Des sirènes, des sirènes… et puis plus rien.

« SPÉCIAL SUSPENSE »

Composition Nord Compo
Impression CPI Bussière en mai 2011
à Saint-Amand-Montrond (Cher)
Éditions Albin Michel
22, rue Huyghens, 75014 Paris
www.albin-michel.fr

ISBN 978-2-226-22964-9
ISSN 0290-3326
N° d'édition : 19801/01. – N° d'impression : 111532/4.
Dépôt légal : juin 2011.
Imprimé en France.

1—10·4